第43個祕密

The Woods

by Harlan Coben

●哈蘭·科本／著　●謝佩妏／譯

臉譜小說選系列83
第43個祕密
THE WOODS

作者	哈蘭・科本（HARLAN COBEN）
譯者	謝佩妏
封面設計	馮議徹
行銷企畫	陳彩玉、楊凱雯
業務	陳紫晴、林佩瑜、葉晉源
出版	臉譜出版
發行人	凃玉雲
總經理	陳逸瑛
編輯總監	劉麗真
	城邦文化事業股份有限公司 台北市民生東路二段141號5樓 電話：886-2-25007696　傳真：886-2-25001952
發行	英屬蓋曼群島商家庭傳媒股份有限公司城邦分公司 台北市中山區民生東路二段141號11樓 客服專線：02-25007718；25007719 24小時傳真專線：02-25001990；25001991 服務時間：週一至週五上午09:30-12:00；下午13:30-17:00 劃撥帳號：19863813　戶名：書虫股份有限公司 讀者服務信箱：service@readingclub.com.tw 城邦網址：http://www.cite.com.tw
香港發行所	城邦（香港）出版集團有限公司 香港灣仔駱克道193號東超商業中心1樓 電話：852-25086231　傳真：852-25789337
馬新發行所	城邦（馬新）出版集團Cite（M）Sdn. Bhd. 41-3, Jalan Radin Anum, Bandar Baru Sri Petaling, 57000 Kuala Lumpur, Malaysia. 電話：603-90563833　傳真：603-90576622 電子信箱：services@cite.my
二版一刷	2022年3月
ISBN	978-626-315-074-4

城邦讀書花園
www.cite.com.tw

定價：450元
（本書如有缺頁、破損、倒裝，請寄回更換）

國家圖書館出版品預行編目資料

第43個祕密／哈蘭・科本（Harlan Coben）著；謝佩妏譯. -- 二版. -- 臺北市：臉譜出版：英屬蓋曼群島商家庭傳媒股份有限公司城邦分公司發行, 2022.03
面；　公分. --（臉譜小說選系列；83）
譯自：The woods
ISBN 978-626-315-074-4（平裝）

874.57　　110021653

推薦序

捲土重來未可知

杜鵑窩人

在台灣的推理翻譯小說市場上，「水土不服」和「生不逢時」常常是一些高居國外暢銷榜上前幾名的大作家在台灣書市銷售失利的兩大主因。首先，「水土不服」最好的例子應該是約翰・葛里遜（John Grisham）的法庭作品，縱使有電影如《黑色豪門企業》和電視影集多方面的加持，也因為國情的不同和台灣人先天排斥法院的心態（所謂生不入公門）而屢戰屢敗。其次，如果說到「生不逢時」則應該首推哈蘭・科本的成名作——那套以米隆・博利塔為主角的系列小說了；印象中這一位個性衝動、卻心腸軟又極富正義感的運動經紀人的系列作品，無疑地應該是一套極為成功且優秀的懸疑小說，卻因為引進的當時，台灣在美國職棒大聯盟（ＭＬＢ）的選手們還沒發光發熱，因此身為選手代言人的「運動經紀人」，這個不太為人所知的職業，大概除了電影《征服情海》的湯姆・克魯斯之外都引不起注意，進而那套書也在不受台灣讀者注意中沉默地夭折了。畢竟在當時的環境下，台灣讀者並不能完全了解那套書中的文化背景，以致能夠接受那個系列的讀者自然是少數了。

最近，哈蘭・科本又一次和台灣讀者見面了，臉譜出版以《第43個祕密》這一本並非米隆・博利塔系列的書，再度把他介紹給台灣的讀者。哈蘭・科本以自己最擅長的懸疑手法，描述了一件二十年前的謀殺案，當時被認為已經死亡多年卻不見屍體的受害者竟然出現在如今時空的停屍間裡，而當年的關係人和受害家屬之一的男主角又已經成了當地的檢察官，如何去解決這件不可思議甚至可能是冤案的案件？

揭開過去案件所留下的謎團，應該說是偵探推理小說最古老也最常用的模式，像愛倫坡的《金甲蟲》和福爾摩斯的四本長篇探案《暗紅色研究》、《四個人的簽名》、《巴斯克村獵犬》和《恐懼之谷》，也都是因為現在發生的案件乃是植基於過去事件未完全解決而留下的恩怨情仇，亦即佛家所說的：「今日之果乃是昨日之因」，可見其歷史之悠久，而無疑地這也是作者最容易鋪陳的一種創作模式，因為推理小說之中需要用到的「5W1H」都已經具備，就看作者如何調製成讓讀者滿意的菜色了。但是就像「蛋炒飯」和「青椒肉絲」一樣，越是看來簡單容易的菜色，越不易調理得好，這完全是考驗廚師功力的大難題。簡單說，這種推理作品必須要一開始就能夠緊緊地抓住讀者的注意力，並且因為過去未解決的案件，在後來追查中一定會有兇手或既得利益者製造新的案件來試圖掩飾過去案件的真相，而到了末尾作者卻一定要能將現在和過去案件合乎邏輯地完整解決才可以！因此如果是能力不足的作者，不是會有自相矛盾的慘況，就是以意外或者是巧合來解決案件了；畢竟，這種案件得要把過去和現在環環相扣，並且要一次到位地解決才稱得上好看，而差勁的作者首尾不能相顧也就不奇怪了。

但是哈蘭．科本在《第43個祕密》這一本書就將場面控制得很好，所有過去和現在的案件都能緊緊地抓住讀者的眼睛，縱使是在現今的案件也能夠以雙線併合來吸引讀者的注意力，可以說處處有線索，頁頁有轉折，不讀完必不忍放手；而且作者成功地在故事結尾之處，印證現在一連串新案件和過去未解決案件兩者之間的因緣際會，甚至在結尾又來一個回馬槍，真正讓男主角和往日糾纏不清的幽靈來個徹底的一刀兩斷。無疑的，哈蘭．科本捲土重來並且跳脫了文化隔閡所擺弄的這本作品，確實是一本相當精采的懸疑推理小說，足以提供讀者一個愉快的閱讀體驗！

本篇作者為台灣推理作家協會前會長

序幕

我看見老爸手裡拿著鏟子。

他淚流滿面，胸口劇烈起伏，喉嚨發出粗嘎嚇人的啜泣聲。他舉起鏟子往地上一揮，土壤應聲裂開猶如刀鋒切開溼濡的肉體。

當時我十八歲，我對老爸最鮮明的記憶，就是森林裡手持鏟子的他。他不知道我在偷看，我躲得很好，藏身在一棵樹後面。掘著土的他看起來怒不可遏，好像給腳下的土壤惹毛了，正在發洩心頭之恨。

那是我第一次看見他哭。當年他父親過世、我媽拋家棄子出走，甚至在聽到我妹妹卡蜜拉的事時，他都沒掉過半滴眼淚。可是此時此刻他哭了，泣不成聲，淚如雨下，嗚咽聲在林間迴盪。

那是我第一次像這樣跟蹤他。每逢星期六他就說要出門釣魚，但我從來就不信。我一直都知道他背著大家去的地方就是那片陰森森的林子。因為有時候我自己也會偷偷跑來。

我一向都躲在樹後面偷看他。前後我總共這麼做了八次，從不現身打擾他。

我想他並不知道我在那兒，事實上對此我還頗有把握。直到有一天他正要去開車時，突然轉頭用冷冷的眼神看著我說：「保羅，你今天別來，我一個人去。」

我只好看著他駕車離開。

那是他最後一次前往那片林地。

將近二十年後，不久於世的老爸躺在床上握著我的手。他因為大量用藥而昏沉，他的雙手粗糙不平、老繭密布。這雙手辛苦了一輩子，連當年身處如今已不存在的國家、日子過得比現在舒服的時候也不曾停歇。老爸的外表強悍，皮膚好像經火煉一般，堅不可摧，簡直像穿在身上的盔甲。儘管他的身體承受過極大的痛苦，也從未因此流過一滴眼淚。

他只會閉上眼睛，咬牙忍過去。

每當我在老爸身邊，就會感到安全無比，以前如此，現在仍是，即便我已經長大也當了爸爸。還記得三個月前我們一起去喝酒，那時他還身強體壯。當天酒吧裡有人鬧事，老爸倏地起身擋在我身前，隨時準備幫我擋拳頭。我都幾歲的人了，但老爸還是一點也沒變。

看著躺在病床上的他，我想起林中的情景，想起他揮鏟掘土、最後決定罷手，想起老媽走了令他心死的種種往事。

「保羅？」

老爸突然情緒很激動。

我很想出聲求他不要死，但這麼做是不對的。我有過經驗，我知道這麼做對誰都沒好處。

「沒事的，爸，」我只能安撫他。「不會有事的。」

他並沒有因此平靜下來，反而想用力坐起來。我想幫他，他卻甩開我的手，兩眼直視我。我看見的是一雙清醒澄澈的眼睛，但也可能是我一廂情願的想法。最後的自我安慰。

一滴眼淚滑落他的眼眶，緩緩淌下他的臉頰。

「保羅，」他的俄國腔仍重，「我們還是要找到她。」

「我們會的，爸。」

他又一次察看我的表情。我點點頭，好讓他放心。但我不認為他想要的是放心。我想，我頭一次這麼想——他要找的是罪惡感。

「你，知道嗎？」他問我，聲息微弱。

我全身顫抖，但眼睛從頭到尾沒眨一下也沒別開。我想知道他看到什麼？又相信什麼？但我永遠不得而知了。

因為就在那一刻，老爸合上雙眼，永別人世。

1

三個月後

我坐在小學的體育館裡，看著六歲大的女兒凱拉緊張地走過離地約四吋高的平衡木。然而再一個小時不到，我的眼睛就會注視著一名慘死男子的臉。

不管是誰都不該對這種事感到訝異。

這些年我體認到——而且是一般人想像得到最可怕的方式——生與死、令人屏息的美麗和怵目驚心的醜陋、天真爛漫的畫面和慘絕人寰的場景，往往只有一線之隔，只消一秒就能打破。前一秒，生命如田園牧歌美好寧靜，你身處在小學體育館這樣乾淨明亮的地方，你的小公主正在轉圈圈，聲音一顫一顫，雙眼閉上。你在她臉上看到她母親，看到她母親過去閉眼微笑的模樣，然後你想起那條界線多麼脆弱。

「克普？」

是我的小姨子葛蕾塔。我轉頭對著她。葛蕾塔跟往常一樣擔憂地看著我。我擠臉一笑，裝傻。

「你在想什麼？」她輕聲問。

明知故問。反正我也沒說實話。

「手提式攝影機，」我說。

「啊？」

折疊椅都給家長占走了。我抱著雙臂站在後面。體育館門口貼了一些注意事項，到處都是可愛得叫人不知所措的打氣標語，比方「月球尚有人類腳印，誰說天空就是盡頭」。午餐桌收在一旁，我靠在其中一張上，感覺到金屬的冰涼觸感。我們老了，小學體育館卻永遠如昨，只是好像縮小了。

我指著家長。「攝影機比小孩還多。」

葛蕾塔點點頭。

「還有那些家長，什麼都拍，真的。何必呢？真會有人把帶子從頭看到尾嗎？」

「你不會？」

「我寧可去生小孩。」

她莞爾一笑，然後說：「才怪。」

「對啦，可是我們不都是MTV世代嗎？快速跳接、多角拍攝，但像這樣全程拍攝，把不知情的朋友或親人全都拍進……」

體育館的門打開，那兩個男人一走進門，我就看出他們是條子。就算之前毫無經驗我也看得出來。目前我是艾塞克斯郡的檢察官，暴戾之城紐華克也在這一郡。電視上確實有把一些東西搞對，比方條子的穿著──綠油油的里治塢郊區的爸爸就不會那樣穿。我們來看小孩表演體操，才不會穿西裝打領帶，頂多穿個燈芯絨褲或牛仔褲，T恤外面再加件V領上衣。這兩個傢伙卻穿著不合身的棕色西裝，那顏色讓我想起暴風雨過後被淋得濕答答的木屑。

兩人臉上不帶微笑，把體育館掃視了一圈。這一帶的條子我都認識，但這兩個我從沒見過。這令我不安，總覺得不太對勁。我當然知道自己又沒做什麼，但就是有種「清白無辜卻仍心虛害怕」的感覺在體內躁動。

小姨子葛蕾塔和她丈夫鮑伯有三個孩子。最小的女兒梅蒂森六歲大，跟我的凱拉同班。葛蕾塔和鮑伯幫了我很多忙。自從我太太珍──葛蕾塔的姊姊──走了以後，他們就舉家搬到里治塢。葛蕾塔說他們早就有此打算，但我很懷疑。總之我很感激，也就沒多問。我很難想像沒有他們，我要怎麼辦。

通常爸爸們會跟我一起站在後面，但今天是白天的活動，所以很少爸爸到場。媽媽們都很喜歡我，除了躲在攝影機後頭瞪著我瞧的某位媽媽，因為她聽到我批評攝影機的那番厥詞。媽媽們當然不是喜歡我本人，而是同情我的遭遇。五年前我太太過世之後，我就自己扶養女兒。鎮上也有其他單親家庭，多半是離婚媽媽，不過我就是特別得寵。如果我忘了寫紙條或太晚去接女兒，或把她的午餐忘在櫃臺上，其他媽媽或教職員就會主動伸手幫忙。他們覺得男人這樣糊里糊塗很可愛。換成是單親媽媽，就會被人說是粗心大意，還會受到高姿態媽媽的鄙視。

小朋友繼續翻滾——或跌倒，看你怎麼看。我望著凱拉，她好專心，表現得不錯，不過我懷疑她的動作缺乏協調感是不是遺傳自爸爸。有幾個體操隊的高中女生進去幫忙。這些女生年紀比較大，大概十七八歲。有個女生看見凱拉正在試著翻跟斗，那女孩讓我想起我妹妹。我妹妹卡蜜拉死的時候也差不多那麼大，媒體讓我永遠忘不了這一點。但也許這不是壞事。

卡蜜拉如果還活著，現在也三四十了，至少跟這些媽媽們差不多年紀。這麼想感覺很怪。在我心裡，卡蜜拉永遠是少女，很難想像她現在會在哪裡或應該在哪裡，也許坐在這裡的一張椅子上，臉上帶著陶醉自得、母儀天下、又喜又憂的微笑，舉著攝影機幫兒女留下記錄。不知道她今天會是什麼樣子，不過在我的想像裡，她永遠是那個早夭的少女。

看起來我好像怎麼兜也兜不出死亡。不過我妹妹遇害跟我太太過世這兩件事很不一樣。我妹妹的事使我選擇了現在的工作和生涯跑道，我可以在法庭對抗不公義，實際上也真的那麼做。我努力使這個世界更加安全，把害人的壞蛋關進大牢，讓其他家庭擁有我們家從來沒有的——終結傷痛。

至於我太太的死，我完全無能為力，不知所措，不管現在怎麼做也無法補救。

校長塗了厚厚口紅的嘴唇硬是拉開故作擔憂的微笑，往兩名條子的方向走過去。她跟對方搭了幾句話，但兩條子都不太理她。我留意著他們的眼神。比較高的那個一看就知道是老大，他走到我面前停住腳。一瞬間我們兩人都靜止不動。只見他把頭微微一斜，示意我離開這個滿是笑聲和翻滾的安全避風港。我也微微點頭。

「你要去哪裡？」葛蕾塔問我。

我不想說話太刻薄，可是葛蕾塔就是姊妹中長得比較抱歉的那個。她們姊妹倆像是像，一看就知道是同個媽生的，但放在我的珍臉上剛剛好的五官，放在葛蕾塔臉上就是不好看。我太太是個美人，高挺的鼻子更添女性魅力；葛蕾塔的鼻子也很挺，可看起來就是……大。珍的兩眼距離很寬，看起來很異國，到了葛蕾塔臉上卻好像爬蟲動物。

「不太清楚，」我說。

「公事？」

「應該。」

她把視線轉向那兩個應該是警察的陌生男子，再轉回我身上。「我要帶梅蒂森去吃午餐，要我帶凱拉一起去嗎？」

「當然好，那就太好了。」

「我也可以下課去接她放學。」

我點頭。「那也好。」

葛蕾塔在我臉上親了一下——她很少這樣。我起身往前走。孩童清脆響亮的笑聲此起彼落。我打開門，踏上走廊，兩名警察尾隨在後。學校走廊也都沒變，裡面幾乎有種鬼屋似的回音效果、要靜不靜的奇怪氣氛，還有一種微弱而清楚的味道，既撫慰人心又擾亂人心。

「你就是保羅．克普蘭？」比較高的那個問。

「對。」

他看看個子較矮的同伴。此人胖乎乎，沒脖子，頭型像煤渣磚，皮膚也像煤渣磚一樣粗糙。一班學生從轉角走出來，看上去應該是四年級生，個個都面色紅潤，可能剛從操場運動回來。一行人從我們面前走過去，老師在後面催趕，看到我們勉強擠出笑容。

「也許我們該到外面談，」高警察說。

我聳聳肩，搞不懂他們想幹嘛。清者自清，但根據我的經驗，跟條子有關的事往往不如表面所見。這跟我現在手上聳人聽聞的大案子無關，有的話，他們應該會打電話到我辦公室，然後我會在手機或黑莓機上收到通知。

他們一定是為了別的事，私人的事。

沒錯，我知道自己沒做虧心事。可是從以前到現在我看過各式各樣的嫌犯、各式各樣的反應，說出來你可能會嚇一跳。比方說，警察羈押主嫌犯時，常把人關在偵訊室裡好幾個鐘頭，你以為心裡有鬼的會翻牆逃跑，但大多時候剛好相反。最坐立難安、緊張惶恐的往往是無辜的人，他們不知道自己為什麼在這裡、警方誤以為他們做了什麼事。真正做了壞事的人反而呼呼大睡。

我們走到外面，艷陽炙人。高警察瞇起眼，舉手遮陽。煤渣磚可沒那種閒情逸致。

「我是塔克．約克警探，」高警察說。他拿出警徽，再指指煤渣磚。「這位是唐．迪倫警探。」迪倫也拿出警徽。兩人對我亮出證件，何必呢，假造證件又不難。「我能幫兩位什麼忙？」我問。

「可以請你告訴我們，昨晚你人在哪裡嗎？」約克問。

聽到這種問題我應該暴跳如雷，馬上提醒他們我是誰、沒有律師在場我不會回答任何問題之類的。但我自己就是律師，而且是個沒話說的好律師，但等到該代表自己的時候，這只會使我顯得更加愚蠢。我也是人，儘管在法律界打滾多年，看到警察找上門還是會想求饒，就是忍不住有那種感覺。

「我在家。」

「有誰可以證實嗎？」

「我女兒。」

約克和迪倫不約而同回頭看學校。「就是在裡頭翻跟斗的小女生？」

「對。」

「還有嗎？」

「應該沒了。到底什麼事？」

從頭到尾都是約克負責說話，他不理我的問題，接著問：「你認識一個叫馬諾洛·聖地牙哥的人嗎？」

「不認識。」

「確定？」

「滿確定的。」

「為什麼只有滿確定？」

「你們知道我是誰？」

「嗯。」約克往拳頭咳了幾聲。「要我們跪地拜見還是親吻你的戒指之類的嗎？」

「不是這個意思。」

「那好，大家有共識。」我不喜歡他的態度，但暫且不管它。「那為什麼問你認不認識馬諾洛·聖地牙哥，你只說『滿確定』？」

「我的意思是說，這名字我沒聽過，我應該不認識他。但也許他是我的被告或負責的案子的某個證人，天知道十年前我是不是在哪個募資會上見過他。」

約克點點頭，鼓勵我繼續胡說八道，但我收住話。

「可以請你跟我們跑一趟嗎？」

「去哪裡？」

「不用太久。」

「不用太久，」我重複說。「聽起來不像一個地方。」

兩警探互看一眼。我努力讓自己顯得沉著鎮定。

「有個名叫馬諾洛．聖地牙哥的人昨晚遇害身亡。」

「在哪？」

「屍體在曼哈頓，華盛頓高地被發現。」

「這跟我有什麼關係？」

「我們想你可能幫得上忙。」

「怎麼幫？我說過了，我不認識他。」

「你說──」約克指指他的筆記本，明顯只是做做樣子，我說話時他根本沒動過筆。「你『滿確定』自己不認識他。」

「我確定，可以了吧，我很確定。」

他挺有明星架勢地合上筆記本。「可是聖地牙哥先生認識你。」

「你怎麼知道？」

「我們希望你親眼去看。」

「我希望你直接告訴我。」

「聖地牙哥先生……」約克遲疑片刻，好像正在挑揀下個用詞。「身上有幾樣東西。」

「東西？」

「是。」

「可以講具體一點嗎？」

「指向你的東西，」他說。

「指向我的什麼？」

「嘿，律師先生？」

迪倫——煤渣磚——終於說話了。

「是郡檢察官，」我糾正他。

「反正。」他扭動脖子，指著我的胸口。「你害老子我快吐血了。」

「你說什麼？」

迪倫整個人擋在我面前。「我們看起來像來上該死的說話課的嗎？」

我不認為有必要回答，但對方等著我答腔，我只好說：「不像。」

「那就聽好了：我們發現一具屍體，死者身上的某些東西跟你很有關係，你想來幫忙釐清問題，還是繼續在這裡玩只會讓你顯得可疑得要命的文字遊戲？」

「警探，你到底以為自己在跟誰說話？」

「一個想競選公職、不會希望這件事鬧大上新聞的人。」

「你在威脅我？」

約克插話：「沒有人在威脅誰。」

但迪倫說中了我的痛處。其實我目前的職位只是暫時的，花園州（譯註：紐澤西州的別名）現任市長跟我是好友，當初他任命我擔任代理檢察官，還很認真鼓勵我競選議員，甚至鎖定參議院的位子。說我沒有政治野心是騙人的，這時爆發醜聞，就算是空穴來風都對我很不利。

「我不知道可以幫什麼忙，」我說。

「也許可以，也許不行。」迪倫跟煤渣磚互換角色。「但如果可以，你應該願意幫忙吧？」

「當然，」我說。「我可不希望你又吐血。」

他聽見這句話幾乎揚起嘴角。「那上車吧。」

「我今天下午有個很重要的會。」

「我們會及時送你回來。」

我以為出現在眼前的會是破破爛爛的雪佛蘭Caprice，沒想到是乾乾淨淨的福特。我坐後座，兩個新朋友坐前座，途中沒人說話。華盛頓大橋上車不少，但我們亮起警笛，一路暢行無阻。到了曼哈頓，約克才開口。

「我們覺得馬諾洛・聖地牙哥可能不是本名。」

「嗯哼。」我不知道還能說什麼。

「我們還無法確認死者的身分，屍體是昨天晚上發現的，他駕照上的姓名是馬諾洛・聖地牙哥。我們查過了，看來不是真名；比對過指紋也沒有收穫，所以我們不知道他到底是誰。」

「你們覺得我知道？」

兩人不甩我的問題。

約克突然一改口氣，換上春日般的悠閒口吻。「克普蘭先生，你是個鰥夫？」

「對，」我說。

「一定很辛苦，自己一個人扶養小孩。」

我沒說話。

「我們知道你太太得了癌症，你加入某個組織，很努力尋找治療方法。」

「嗯哼。」

「令人敬佩。」

最好是。

「你一定很不習慣，」約克說。

「什麼不習慣？」

「站在另一邊。通常你都負責問問題，而不是回答問題，感覺應該有點奇怪。」

他看著後照鏡對我笑。

「嘿，約克，」我說。

「怎樣？」

「你有節目單或演出表嗎？」

「什麼？」

「節目單哪，」我說。「這樣我才可以在你演出大家爭搶的好條子角色之前，看一下你之前還演出過什麼大角色。」

約克捧場地輕聲一笑。「我只是說奇怪而已，你以前沒被警察問過話吧？」

這問題是陷阱。他們不可能不知道。十八歲那年我擔任夏令營指導員期間，有四個隊員——吉爾．裴瑞茲和他女朋友瑪歌．葛林，還有道格．畢林漢和他女朋友卡蜜拉．克普蘭（就是我妹）——有一晚偷跑進森林。

從此消失無蹤。

後來只找到兩具屍體。瑪歌．葛林，十七歲，屍體在離營地不到一百碼的地方尋獲，喉嚨被割斷。道格．畢林漢，同樣十七歲，屍體在半哩遠處尋獲，身上多處刀傷，但死因同樣是被割喉。其他兩人——吉爾．裴瑞茲和我妹卡蜜拉的屍體一直沒找到。

這案子上了頭條。韋恩．史都本兩年後落網，他是營隊裡專門照顧富家子弟的指導員，不過落網之前他還帶過兩個營隊，至少又有四名青少年受害。後來媒體為他取了一個相當露骨的稱號：夏日殺人魔。之後的兩名受害者屍體在印第安那州蒙夕市的某童子軍營地尋獲，另一名受害者參加了維吉尼亞州維也納市的全方位營隊，最後一個參加的是波科諾山區的體育營隊。受害者都是被割喉之後埋在森林裡，有些是斷氣前就埋了進去。沒錯，活埋。警方花了很久時間才找到屍體，像波科諾山的那個孩子就花了六個月才找到。專家大多認為還有屍體埋在森林深處的地底下尚未尋獲。

例如我妹妹。

韋恩從頭到尾都不認罪，儘管在超高戒備的監獄裡蹲了十八年，他仍舊堅稱自己跟最早的四起命案無關。

我不相信他。至今仍有兩具屍體下落不明引起許多猜測和謎團，韋恩因此獲得更多注目，我認為他很樂在其中。不過未知的部分——那一絲希望——還是讓人痛苦不堪。

我愛我妹妹，我們一家都是。一般人以為死亡是最殘酷的一件事，其實不是。過了一陣子，更加折磨人的不是死亡，而是希望。希望像個惡毒的女主人，如果你像我一樣跟她住在一起太久，隨時任人宰割，斧頭幾天、幾個月、幾年來都懸在你頭上，你就會恨不得它落下來砍斷你的頭。外人都以為我母親跑了是因為無法接受我妹妹死去的事實，其實剛好相反。她之所以離開我們，是因為一直無法證實卡蜜拉是死是活。

我希望韋恩．史都本告訴我們他對卡蜜拉做了什麼，不是為了死者入土為安什麼的。能這樣當然很好，但重點不是這個。死亡純粹而確定，像顆大鐵球摧毀一切，它擊中你，將你粉碎，你再慢慢重建。可是什麼都不知道，那種不清不楚的感覺和心裡殘存的一絲希望，只會讓死亡像白蟻或某種細菌一樣，不斷咬齧腐蝕，由內而外將你吞噬。你無法阻止腐蝕的過程，也無法重建，因為心中的疑問會不停折磨你。

至今仍是，我想。

那部分不論我多想藏在心裡，媒體卻一提再提。甚至只要用Google快速查詢，就會看到我的名字跟「離奇消失的營隊成員」（媒體很快取了這個稱號）放在一起。要命，這個案子至今還會在探索或法庭頻道的「真實事件檔案」節目上播出。那晚我人在森林裡，案發現場。我在警方的搜尋名單上，也被警察問過話，而且是訊問，說不定他們還懷疑過我。

所以他們一定知道。

我決定不回答，約克和迪倫也就作罷。

抵達太平間時，他們帶我走過一條長廊。沒人說話。我不太知道怎麼看待眼前的一切。剛剛約克說的話我懂了：我確實置身於另外一邊。過去我看過很多證人走過這樣的長廊，也在太平間裡看過各式各樣的反應。指認者通常都很冷靜，我不清楚為什麼，武裝自己嗎？還是心中仍有一絲希望——又是這兩個字？我不知道。無論如何，希望很快消逝。認屍從不會出錯。如果你覺得躺在那裡的是你心愛的人，那就是了。太平間不是會發生最後奇蹟的地方。從來就不是。

我知道他們都盯著我瞧，觀察我的反應。我開始留意自己的步伐、姿態、臉部表情，希望自己顯得漠然中立，但又奇怪何必多此一舉。

他們帶我到窗戶前。一般不會走進房間，只會站在玻璃後面。房間鋪上瓷磚，水管直接沖一沖就好，沒必要花心思裝潢布置或找人清掃。裡頭的輪床除了一張，其他全是空的。屍體蓋著床單，但我看得到掛在腳趾上的標籤。他們真會用這種東西。我打量著露在床單外面的腳趾，只覺得那不是我熟悉的腳趾。我不認得這人的腳趾。

心智在壓力下確實會出現奇怪的反應。

一個戴口罩的女人把輪床推往窗戶。我腦中浮現許多畫面，其中一幕是我女兒出生那天。我還記得育嬰室，那裡的窗戶跟這裡差不多，只不過裝飾了一些箔片捲成的鑽石。護士跟太平間裡的那個女人體型相仿，她把我的小女兒推到窗戶前面，就像現在這樣。我想在正常情況下這一幕會讓我有深刻的感觸——生命的開始與結束——但今天沒有。

只見她拉開床單前端。我低頭看那張臉。全部眼睛都盯著我看，我知道。死者跟我年紀一般，三四十歲，蓄鬍，頭髮看來剛剪過，頭戴浴帽——看起來有點蠢，但我知道為什麼戴浴帽。

「頭部中槍？」我問。

「對。」

「幾槍？」

「兩槍。」

「口徑？」

約克乾咳幾聲，好像是要提醒我這不是我的案子。「你認識他嗎？」

我又看一眼。「不認識。」

「確定？」

我預備點頭，但又停住。

「怎麼了？」約克問。

「為什麼要我來這裡？」

「我們想知道你認不──」

「對，可是你們憑什麼認為我認識他？」

我目光一斜，瞥見約克和迪倫互看一眼，迪倫聳聳肩，約克接球。「他口袋裡有你的住址，」約克說。「還有跟你有關的一疊剪報。」

「我是公眾人物。」

「對，我們知道。」

他不再接話。我轉向他。「還有呢？」

「那些剪報嚴格說來不是關於你的。」

「那是？」

「你妹妹，」他說，「還有當年在樹林裡發生的那件事。」

房裡的溫度一下掉了十度，不過拜託，別忘了這裡是太平間。我極力讓聲音保持冷靜。「也許他是犯罪迷，這種人很多。」

他遲疑幾秒。我瞥見他跟同伴再度交換眼神。

「還有呢?」我問。

「什麼意思?」

「他身上還有什麼?」

約克轉向一名手下,我之前完全沒發現這個人。「可以讓克普蘭先生看私人物品嗎?」

我的目光集中在死者臉上。那張臉有痘疤和皺紋,我在腦中將那皺紋撫平。這個人我不認識,我從沒見過馬諾洛·聖地牙哥。

那人拿出一個紅色塑膠證物袋,把袋子裡的東西倒在桌上。從這個距離我可以看到一件藍色牛仔褲和一件法蘭絨襯衫,還有一個皮夾和一支手機。

「手機檢查過了嗎?」我問。

「嗯,是拋棄式手機,通話記錄是空的。」

我硬是把視線從死者臉上別開,走向桌子,雙腿忍不住發抖。

桌上有幾張摺起來的剪報。我小心翼翼打開其中一張,是《新聞週刊》的報導,附上四名遇害青少年的照片——遭夏日殺人魔毒手的第一批受害人。這些報導都從瑪歌·葛林說起,因為她的屍體馬上就找到了。道格·畢林漢的屍體隔了一天才找到。但真正的焦點在另外兩個人身上。警方雖然發現了血跡還有吉爾跟我妹的破碎衣物,卻一直沒找到屍體。

為什麼沒有?

原因很簡單:森林面積很大,韋恩·史都本把屍體藏得很好。不過也有人不同意這種說法。為什麼就這兩個人沒找到?史都本怎麼可能這麼快藏屍滅跡?他會不會有共犯?他是怎麼脫身的?還有,那四個人一開始到林子裡做什麼?

直到今天,韋恩落網十八年後,仍有人談論森林裡的「幽靈」——也許有個神祕教派住在廢棄的小屋裡，或者是逃跑的精神病患、一隻手裝了鐵勾或接受奇怪醫療實驗結果出了差錯的畸人。人們說森林裡有鬼怪，還找出鬼怪留下的篝火餘灰，篝火周圍也許還堆著他吃掉的小孩的殘餘骸骨。他們說晚上還聽得到吉爾和我妹妹卡蜜拉的哭號喊冤聲。

我獨自在森林裡待了很多晚，卻從沒聽過哭號聲。

我的眼睛掠過瑪歌和道格的照片，我妹妹的照片在旁邊，那張照片我不知看過多少次。媒體很愛用這張照片，因為照片中的卡蜜拉看起來就像普通家庭的孩子、典型的鄰家女孩、大家最信賴的臨時保母、住在附近的甜美少女。真正的卡蜜拉才不是那個樣子，她調皮愛玩，有雙靈動的眼睛，斜嘴笑時那種滿不在乎的神氣，男孩子看了都會倒退一步。那張照片很不像她本人，她本人豐富多了，也許這也使她賠上了性命。

我正要轉頭去看最後一張照片——吉爾的照片，但某樣東西使我一怔。

我的心跳停止。

聽起來很誇張我知道，但就是這種感覺。從馬諾洛．聖地牙哥的口袋搜出的銅板放在桌上，我在一堆銅板中看見它，那一刻彷彿有隻手伸進我的胸腔，緊擰住我的心臟，讓它再也無法跳動。

我往後一站。

「克普蘭先生？」

我的手伸了出去，好像有自己的意志。我看著自己的手抓起它，拿到眼前。

是個戒指，女生的戒指。

我看著吉爾的照片，他就是跟我妹妹在樹林裡遇害的男生。腦中的畫面倒轉二十年，我想起了那道疤。

「克普蘭先生？」

「讓我看他的手臂，」我說。

「什麼？」

「他的手臂。」我轉身面對玻璃，手指著屍體。「讓我看他該死的手臂。」

約克對迪倫示意，迪倫按下對講機鍵。「他想看看那個人的手臂。」

「左手還右手？」太平間裡的女人問。

兩人都看我。

「不知道，」我說，「兩手吧。」

兩人一臉疑惑，但女人應允照辦，拉下床單。

他的胸部已經長了毛，體型也比較大，至少比以前多了三十磅，但這並不令人意外。他變了，我們都是，但我找的不是這個，我想看的是手臂，他手臂上那個凹凸不平的疤。

疤還在。

就在他的左手臂上。我沒有倒抽一口氣或大驚失色。感覺我的某些現實已被抽離，我全身麻木，不知如何反應，只能呆呆站在原地。

「克普蘭先生？」

「我認識他，」我說。

「他是誰？」

我指著週刊上的照片。「吉爾．裴瑞茲。」

2

有段時間露西．金教授——英國文學及心理學雙博士——很喜歡辦公室時間。那是跟學生面對面坐下、真正認識他們的好機會。她喜歡看見老是頭低低坐在課堂後面、聽考一樣振筆疾書，或是頭髮像窗簾掛在臉前的學生走進她的辦公室，抬起眼睛，說出他們心裡的話。

但大多時候，比方現在，出現在她辦公室門前的都是些馬屁精。他們覺得成績完全取決於外在的學習熱忱，而跟老師照面的時間越多，成績就越高，好像嫌活潑外向的人在我們國家受到的獎勵還不夠似的。

「金教授。」說話的是名叫席維亞．波特的女孩。露西想像她還在中學的模樣——肯定是個討人厭的女孩，大考的早上一到學校就哀號自己一定考不好，結果第一個交卷，早早就得意地把成績傲人的試卷交給老師，利用剩下的時間整理筆記。

「什麼事，席維亞？」

「教授，妳今天在班上朗讀葉慈的詩的時候，我好感動。那些詩句經過妳聲音的轉化……妳聽起來真像專業演員。」

露西很想說：「饒了我，直接烤些布朗尼蛋糕來吧。」但她仍然投以微笑。苦差事一件。她瞄一眼手錶，覺得自己這麼做很糟糕。席維亞是個很努力的學生，但最多就是努力而已。我們都會找到面對、適應和求生存的方法，席維亞的方法也許比一般人要聰明也更保險。

「我也很喜歡寫那份作業，」她說。

「我很欣慰。」

「我的是關於……呃，我的第一次，妳知道我的意思……」

露西點點頭。「文章都是匿名的，絕不會公開，妳知道吧？」

「哦好。」她垂下眼睛。露西好奇她想說什麼，席維亞從不垂眼看地下的。

「我全部看完之後，如果妳想，我們可以談談妳的文章。私底下。」

她仍然低著頭。

「席維亞？」

她發出極輕的聲音說：「好。」

辦公室時間結束了，露西只想趕快回家。她問對方：「妳想現在談嗎？」盡可能不讓語氣顯得意興闌珊。

「不是。」

女孩還是低著頭。

「那好吧。」露西誇張地看一看錶，說：「我十分鐘後要去開教職員會議。」

席維亞站起來。「謝謝妳跟我談。」

「我的榮幸，席維亞。」

席維亞似乎還想說什麼但終究沒開口。五分鐘後，露西站在窗前低頭看中庭，只見席維亞走出門，抹抹臉，昂起頭，硬擠出笑容，然後踩著輕盈的步伐穿過校園。露西看見她跟同學揮手、遇到一群人又融入另一群人，最後變成人群中模糊的一點。

露西轉過身，在鏡中看見自己，不很喜歡自己看到的畫面。那女孩在向她求助嗎？有可能，而妳卻毫無回應，算妳厲害，大明星。

她坐在書桌前，打開最下層抽屜，看見裡頭的伏特加。伏特加很好，味道別人聞不到。

這時辦公室門打開，走進門的傢伙一頭長髮塞耳後，耳朵戴了好幾副耳環。他沒刮鬍子，為了趕時髦，長得就像上了年紀的男孩團體成員，挺帥。下巴裝飾了幾個銀色飾釘，臉上的表情老是心不在焉，垮褲上繫著銀釘皮帶但有繫跟沒繫差不多，脖子上的刺青寫著：多多交配。

「妳，看起來真辣！」他說，對她放射他最迷人的微笑。

「謝啦，羅尼。」

「喂，我說真的，妳很辣。」

羅尼．伯格是她的助教，雖然年紀跟她差不多。他永遠陷在教育體制的陷阱裡，拿學位，在校園裡晃來晃去，眼周浮現清楚可見的歲月痕跡。羅尼厭倦了校園那套政治正確、規規矩矩的性別屁話，所以他決定豁出去了，有妞可泡就盡量泡。

「妳應該穿露一點，也許可以考慮集中型胸罩，」羅尼又說。「說不定會讓班上男生更專心。」

「是啊，希望如此。」

「說真的，老闆，妳上一次買那玩意兒是什麼時候？」

「八個月過六天又……」露西看看錶。「四個鐘頭。」

羅尼笑出聲。「妳要我？」

她白他一眼，沒答腔。

「我把文章印出來了，」他說。

那些祕密的、匿名的文章。

目前她正在教一堂學校名為「創造性思考」的課程，將記憶最深刻的心理創傷與創意寫作及哲學結合。坦白說，露西很喜歡這門課。目前的作業是，每個學生都要寫下一件造成心理創傷的事件，而且是平常不會跟人說的事，不提人名，不打分數。除非匿名學生在文章最後表示同意，露西才會考慮在班上面前唸一小段供大家討論，但當然不公開作者姓名。

「你開始讀了嗎？」她問。

羅尼點點頭，在席維亞幾分鐘前坐的位置上坐下，兩腿一伸，擱在桌上。「一如往常，」他說。

「三流黃色書刊？」

「我會說是含蓄的色情小說。」

「不同在於？」

「我哪知。我跟妳提過我新泡的妞嗎？」

「沒有。」

「很可口。」

「嗯哼。」

「我說真的，是個女服務生，我交過最辣的一個。」

「而我會想聽是因為……？」

「吃醋？」

「是，」露西說。「一定是。請把作業給我好嗎？」

羅尼拿了幾份給她。兩人開始埋首閱讀。五分鐘後，羅尼搖搖頭。

露西問：「怎樣？」

「這些小朋友大概都多大？」羅尼問。「二十歲左右吧？」

「嗯。」

「他們的性冒險怎麼好像都有兩小時那麼久。」

露西笑著說：「豐富的想像力。」

「妳年輕的時候男生有那麼行嗎？」

「現在的男生沒那麼行了，」她說。

羅尼豎起眉毛。「那是因為妳太辣了，他們控制不了自己，是妳的錯，真的。」

「嗯。」她拿起鉛筆橡皮擦輕敲下唇。「這句你不是第一次用了吧？」

「妳覺得我該想新的？這句怎樣：我發誓我第一次有這種感覺？」

露西嗯了一聲。「抱歉，再接再厲。」

「可惡。」

兩人又回去看文章。羅尼吹了聲口哨，搖搖頭。「也許我們生錯時代了。」

「確實。」

「露西？」他快速瀏覽文章。「妳真的應該試一試。」

「嗯哼。」

「我很樂意無條件幫忙。」

「那可口的女服務生怎麼辦？」

「我們不排斥別人。」

「了解。」

「我建議的完全是肉體的東西，互相發洩安慰一下，妳懂我的意思。」

「噓，我在看文章。」

他抓到了這句話背後的暗示。半小時後，羅尼坐向前看著她。

「怎樣？」

「妳讀這個，」他說。

「為什麼？」

「讀就是了。」

她聳聳肩，放下正在讀的文章——又一個女孩跟新男友喝醉酒最後三P結尾的故事。露西讀過很多三P的故事，好像每個都跟酒精脫離不了關係。

但一分鐘後她忘了這一切，忘了她自己一個人住，忘了她在這世上已經沒有真正的家人，而她是一個大學教授，正在她的辦公室俯瞰中庭，羅尼就坐在她的面前。露西．金消失了，取而代之的是一個不同姓名的年輕女人，其實是女孩，一個正在成熟邊緣卻仍稚氣未脫的女孩：

這件事發生在我十七歲那年，我到某個夏令營擔任指導員。要得到這個工作對我來說並不難，因為那是我爸的地……

露西停住，看看第一頁。沒有名字，那是一定的。學生都用電子信箱把文章傳來，羅尼再把文章印出來，應該無從得知文章是誰寄的。這是讓學生安心的一點，甚至連留下指紋的風險都沒有，只要按下匿名的「傳送」鍵就好了。

那是我生命中最美好的一個夏天，至少到最後一晚為止。即使現在，我也知道那樣的時光這輩子難能再得。奇怪吧？總之我知道，我知道自己永遠無法像那年夏天那樣快樂。永遠。如今我的笑容不一樣了，比過去悲傷一些，好像哪裡破碎了，再也無法修補。

那年夏天我愛上了一個男孩，在這裡就稱他為P好了。他比我小一歲，是低年級的指導員。他們全家都在營隊裡，他妹妹在營隊裡打工，爸爸是營隊醫生，但我很少注意他們，因為第一眼看見P，我就覺得自己的魂飛了。

我知道你會這樣想：這不過是愚蠢可笑、隨便玩玩的夏日戀情。不是的。而且現在我很怕自己再也無法像愛他一樣愛任何人。很好笑吧，大家都這麼認為，也許他們說得對。我不知道。我還很年輕，但感覺上卻不是如此。我總覺得自己曾有機會獲得幸福，而我卻親手把它毀了。

露西心裡有個洞漸漸打開、擴大。

有一晚，我們跑進樹林裡。我們不該這麼做的，營隊嚴格禁止，沒有人比我更清楚那些規則。我五歲那年，我爸買下這片營地，此後我每個夏天都在這裡度過。可是，那天剛好輪到P「值夜」。至於我，營隊等於是我家開的，我想去哪就去哪，聰明吧？一對熱戀中的情侶守護其他孩子的安全？饒了我吧。

他不想溜走，覺得自己應該留守營地，可是拜託，我怎麼會不知道怎麼引誘他？現在我當然後悔了，但後悔也改變不了事實。總之，我們偷跑進森林裡，就我們兩個。森林很大，只要轉錯一個彎，就會一輩子困在裡頭出不來。我聽說過小孩走進樹林再沒回來的傳聞。有人說這些小孩至今仍在樹林裡徘徊，過著動物一般的生活。有人說他們死了或比死了更慘。你知道營火故事有多誇張。以前聽到這些故事我會哈哈大笑，從不覺得害怕，現在光想到這些故事，我就會毛骨悚然。

我們繼續走著，我認得路，P握著我的手。森林裡很黑，根本看不到前方十呎以外的東西。我們聽見沙沙作響的聲音，知道有人在森林裡。我一怔，身體僵住，但我記得P在黑暗中笑了笑，把頭一搖，那樣子很好笑。你知道隊員之所以在樹林裡碰面，那是因為……因為這是男女混合的營隊，男生一邊，女生一邊，男女之間只有一林之隔。懂了吧。

P嘆口氣，說：「我們最好去看一看。」之類的，我不記得確切的用字。

可是我不想。我想跟他單獨在一起。

我的手電筒沒電了。我還記得我們走進樹林時，我的心臟跳得多快。在黑暗中，我跟心愛的人手牽手站在一起。他一碰我，我整個人就會融化。你知道那種感覺嗎？你無法忍受跟一個人分開甚至短短五分鐘；做一件事，其實是做所有事都不禁想：「他會怎麼想呢？」那種感覺很瘋狂，既美好又難受。你是那麼脆弱而稚嫩，所以時時刻刻都懸著一顆心。

「噓，」男孩說。「停。」

我們停步。靜止。

P把我拉到一棵樹後面。他舉起雙手捧著我的臉。他有一雙大手，我喜歡那雙手觸碰我的感覺。他抬起我的臉吻我。那感覺往四處蔓延，先從心窩開始顫動，然後漸漸擴散。他把手從我臉上移到我的肋骨上，放在我的胸部旁。我滿心期待，我發出呻吟。

我們吻了又吻，熱烈無比的吻。我們恨不得貼彼此更近一些，我全身上下好像著了火。他把手移到我的襯衫底下……接下來的我就不說了。總之我忘了林中的沙沙作響聲。但現在我知道了。我們應該去通知誰，應該要阻止他們往樹林裡走去，但我們沒有，只顧著激情纏綿。

我完全陷了進去，陷入兩人世界中，所以一開始我甚至沒聽見尖叫聲。我想P也沒有。尖叫聲持續傳來。你知道人們怎麼形容瀕死經驗嗎？當下我就是那種感覺，只不過有點反過來。感覺我們兩人正朝著美麗的光芒前進，而尖叫聲就像一直把我們往回拉的繩索，儘管我們並不想往回走。

他停止吻我。可怕的就在這裡。

他再也不曾吻過我。

露西翻頁，但底下沒了。她猛一抬頭，問：「其他的呢？」

「就這樣啊。是妳說寄片段就好了，妳忘啦？就這樣。」

她又看看文章。

「還好嗎，露西？」

「羅尼，你電腦很行吧？」

他又豎起眉毛。「泡妞更行。」

「我看起來還有心情開玩笑嗎？」

「好好好，我電腦很行。幹嘛？」

「我必須查出這是誰寫的。」

「可是——」

「我必須查出這是誰寫的。」她又說一遍。

羅尼跟她視線交會，打量了她的表情一會兒。她知道他想說什麼：這麼做違背了這堂課的宗旨。他們在這裡讀過慘不忍睹的故事，今年甚至讀過父女亂倫的故事，但也從沒想過要查出作者是誰。

羅尼說：「妳想告訴我這是怎麼回事嗎？」

「不要。」

「可是妳要我打破我們從以前到現在建立的信任關係？」

「對。」

「這麼糟？」

她只是看著他，不回答。

「真要命！」羅尼說：「我來看看能幫什麼忙。」

3

「我說，那個人是吉爾‧裴瑞茲。」我又重複一次。

「二十年前跟令妹一起遇害的人。」

「看來他當年並沒有死，」我說。

他們似乎不相信我的話。

「也許是他哥哥或弟弟也不一定，」約克說。

「戴著我妹妹的戒指？」

迪倫又說：「那種戒指很常見，二十年前流行過一陣子，我妹妹好像也有一個，好像是十六歲生日人家送的。你妹妹的有刻字嗎？」

「沒有。」

「那就無法確定了。」

我們又談了一下，但沒什麼進展。我真的不知道這是怎麼一回事。他們說會跟我保持聯絡。他們會通知吉爾的父母，看他們是否能確認死者身分。我不知道要做什麼，只覺得茫然、困惑又全身麻木。

我的黑莓機和手機響個不停。我跟被告團約定的時間已過，這次的案子是我至今接到最重大的案子。兩名來自短坡豪華郊區住宅的公子哥（也是大學網球選手），被控強暴了一名十六歲、來自厄文頓鎮的黑人女孩，女孩名叫查蜜‧強森——跟女籃明星同名對此案並無幫助。這案子已經開庭、延期再審，現在我希望再次開庭前先跟對方就求刑時間取得共識。

兩名警察載我到我在紐華克的辦公室。我知道被告律師一定會認為我遲到是種策略，就算如此我也無可奈何。我走進辦公室那一刻，被告的兩名主要律師已經就座。

其中一個名叫莫特．普賓，見我進門他馬上站起來大罵：「你這混蛋！知道現在幾點了嗎？知道嗎？」

「莫特，你瘦了是嗎？」

「別跟我說一堆屁話。」

「等等，不對。你長高了是嗎？你長大了，是個大人囉。」

「去你媽的，克普，我們等了你一個鐘頭！」

另一名律師富萊．希克利蹺著腿坐在座位上，天塌下來都不在乎似的。我在意的是富萊。莫特嗓門大、討人厭又愛現，但我最戒慎恐懼的被告律師還是富萊。他會出什麼招，誰也摸不準。首先，富萊——他發誓說這是他的本名，但我很懷疑——是男同志。好吧，這沒什麼大不了，律師裡不少同志，但富萊是個歡樂又招搖的男同志，就好像利伯洛斯和麗莎．明妮莉的私生子，從小聽芭芭拉史翠珊和歌舞配樂長大。

在法庭上他也毫不掩飾自己，甚至故意更高調。

他任由莫特咆哮了一兩分鐘，自己則悠哉地動動手指，檢視修剪過的指甲，看起來很滿意。接著他舉手倏地一揮，要莫特閉嘴。

「夠了，」富萊說。

他穿了一件紫色西裝，也許是茄子或長春花之類的色調，我對顏色不太在行。他的襯衫跟西裝一樣顏色，堅挺的領帶也是，放口袋的手帕也是，連——我的天啊！——鞋子也是。富萊看到我在看他的衣服。

「喜歡嗎？」他問我。

「邦尼龍加入了鄉巴佬合唱團？」我說。

富萊對我皺起眉頭。

「怎樣？」

「邦尼龍、鄉巴佬合唱團。」他嘛起嘴。「你有可能說出比這兩個還要過時、還要被過度濫用的流行用語嗎？」

「我本來要說紫色天線寶寶，但想不起他的名字。」

「丁丁，而且還是過時了。」他抱著雙臂一嘆。「現在既然大家都到齊了，聚在這間顯然走異性戀風格的辦公室裡，那麼是不是可以放我的當事人走、把事情搞定呢？」

我正視他的眼睛。「富萊，是他們幹的。」

他不否認。「你真要讓那個瘋瘋顛顛的脫衣舞孃兼妓女站上證人席嗎？」

我會替她辯護，但真相是什麼，他早就心裡有數。「沒錯。」

富萊忍住不笑。「我會毀了她，」他說。

我沉默不語。

他會的，我知道，這就是他厲害的地方。富萊就算又殺又剮還是一樣迷死人。我看過他露過幾手。你以為陪審團中起碼會有幾個恐同的，要不恨他要不怕他，但富萊的情況可不一樣。女性陪審員想跟他一起逛街血拚，跟他說丈夫的壞話；男性陪審員覺得他毫無威脅，以為他不可能耍什麼花招。這種人當辯護律師，可以說是男女通吃。

「你想要什麼？」我問。

富萊咧嘴笑。「你很緊張是吧？」

「我只不過是想保護一名強暴受害者，免得受你欺負。」

「在下？」他指著自己胸口。「真是侮辱人。」

我盯著他看，這時門打開，我的檢察事務官羅倫・繆思走進來。繆思跟我一樣三十五六歲，之前在我的前輩艾德．史坦堡手下擔任凶殺案調查員。

繆思沒說話甚至沒打招呼就直接坐下。

我轉回去面對富萊，又問一次：「你想要什麼？」

「首先，」富萊說，「我要查蜜．強森小姐公開道歉，因為她毀了兩名優秀又正直的男孩的名譽。」

我盯著他不放。

「這樣我方就會立刻撤銷所有告訴。」

「做你的大頭夢。」

「克普啊克普。」他搖頭，嘖嘖砸嘴。

「你展現男子氣概的時候很迷人，不過這你早就知道了吧？」富萊的目光飄到羅倫．繆思身上，痛苦的表情掠過他臉龐。「我的老天啊，瞧妳穿那什麼鬼？」

繆思站起來。「怎樣？」

「妳的衣櫥實在是，根本就像福斯電視台新推出的真人秀：女警怎麼打扮自己。老天啊，還有那雙鞋……」

「很實穿啊，」繆思說。

「甜心，流行守則一：鞋子和實穿絕對不能放在同一個句子裡。」富萊眼睛眨都不眨一下又把臉轉向我：「我的當事人犯了小錯被逮到，你就行行好，讓他們緩刑。」

「不行。」

「我可以給你兩個關鍵字嗎？」

「不會是『鞋子』和『實穿』吧？」

「恐怕要可怕得多：卡爾和吉姆。」

他頓了頓。我瞄一眼繆思，只見她換了換姿勢。

「卡爾和吉姆這兩個名字啊，在我聽來相當悅耳，」富萊接著說，語調輕快。「知道我在說什麼嗎，克普？」

我沒上鉤。

「在你們提出的受害者供述中……你不是唸過那份供述嗎？在供述中，她明明說強暴她的人是卡爾和吉姆。」

「這不代表什麼，」我說。

「是嗎，寶貝，你聽清楚了，我想這對你的案子相當重要：我的當事人名叫拜瑞．麥倫和艾德華．詹瑞特，不叫卡爾和吉姆，是拜瑞和艾德華。跟我一起唸，來，你可以的：拜瑞和艾德華。你想這兩個名字聽起來像卡爾和吉姆嗎？」

這次換莫特．普賓接招。他咧嘴一笑，回答：「不像。」

我按兵不動。

「而且，那是『你們的』受害者供述，」富萊接著說。「非常好，不覺得嗎？等等，讓我找一找，我很喜歡把它唸出來。莫特，你手邊有嗎？哦，找到了。」富萊戴上半圓形眼鏡，清清喉嚨，換個聲調：「對我做這件事的兩個男生名叫卡爾和吉姆。」

他放下文件抬起頭，彷彿在期待聽見掌聲。

我說：「她的體內還殘留拜瑞．麥倫的精液。」

「是啊，但年輕的拜瑞──帥哥一個，順道提醒你，我們都知道這不能忽略──承認那天晚上更早之前曾跟年輕又飢渴的強森小姐發生你情我願的性行為。我們都知道查蜜人在他們的兄弟會會所，這點沒問題吧？」

雖然不喜歡，但我還是說：「沒有。」

「事實上，我們都同意查蜜・強森一週前曾到那裡跳過脫衣舞。」

「是豔舞，」我糾正他。

他盯著我看。「所以這是她第二次去，這次沒有金錢交易，這點也沒有問題吧？」他沒等我回答就繼續說：「我可以找到五六個男孩證實她對拜瑞很和善。得了，克普，你也去過那一帶。她是個脫衣舞孃，未成年，偷偷溜進大學的兄弟會派對，跟一個年輕富有的小夥子激情一夜。他呢要不是翻臉不認人就是沒打電話之類的，讓女方很難過。」

「而且身上有多處傷痕，」我說。

莫特握起拳頭往桌上一擊，那股狠勁像動物被車子碾過似的。「她只是想撈一票罷了，」莫特說。

富萊說：「莫特，時機未到。」

「管他的，誰不知道她打什麼算盤。她看上人家有錢。」莫特冷冷地瞪著我。「你不也知道那婊子有前科？那個叫查蜜的？」他故意拉長音，那樣子讓我很火大。「她也找來了律師，打算好好敲我們當事人一筆，對那個賤人來說，這不過是發財的好機會，他媽的大好機會。」

「莫特？」我說。

「幹嘛？」

「噓，大人在說話。」

莫特哼了一聲。「你好不到哪去，克普。」

我等著他出招。

「你想告他們只有一個理由：他們是有錢人，這你心知肚明。你在媒體上搬弄的就是富人跟窮人之間的狗屁衝突。別說你沒有。你知道最差勁的是什麼嗎？你知道最叫我火大的是什麼嗎？」

今天早上我害人差點吐血，現在又叫人火大。有夠折騰的一天。

「你告訴我，莫特。」

「這已經變成我們社會的常態，」他說。

「什麼常態？」

「討厭有錢人。」莫特兩手一攤，情緒激動。「到哪裡都可以聽到人說：『我討厭那傢伙，他太有錢了。』看看安隆案和其他醜聞就知道了。現在痛恨有錢人變成受到鼓勵的一種偏見。我要是說我痛恨窮人，鐵定會被吊起來打。如果說出大富豪的名字呢？保證你安全過關。大家都可以名正言順討厭有錢人。」

我看著他。「也許這些人該成立一個後援會。」

「去你的。」

「我是認真的。比方川普或哈里伯頓那些大亨，這世界對他們不太公平，成立個後援會是應該的，也許舉辦個電視募款什麼的。」

富萊．希克利站起來，當然同樣誇張作態，我甚至期待他會一鞠躬。「我想今天就到此為止，明天見了，帥哥。至於妳——」他看看羅倫．繆思，嘴張開又合上，最後只聳聳肩。

「富萊？」

他看著我。

「卡爾和吉姆，」我說，「只能夠證明她說的是實話。」

富萊露出微笑。「何以見得？」

「你的當事人很聰明，他們自稱是卡爾和吉姆，所以她才這麼稱呼。」

他挑起眉頭。「你認為這過得了關？」

「不然還有什麼理由？」

「什麼意思？」

「我是說，如果查蜜想設計你的當事人，為什麼不直接說出他們的真名？何必編出跟卡爾和吉姆的那些對話？那份供述你也讀過，那些句子你知道：『卡爾，把她轉過來這邊』、『吉姆，把她壓下去』、『卡爾，她很愛這個』。她何必捏造這些話？」

莫特：「因為她是個見錢眼開、比豬還笨的妓女？」

但看得出來我將了富萊一軍。

「說不通，」我對他說。

富萊靠上前。「克普，重點是：沒必要說得通，這你也知道。也許你說得對，確實說不通，不過這就會導致困惑，而困惑就會帶領合理的懷疑登上舞台——這也是我最愛的部分。」他綻放微笑。「你也許握有物證，可是只要你把那女孩放上證人席，我絕不會手下留情，到時候鹿死誰手你我都很清楚。」

他們走向門。

「掰，朋友，法庭上見。」

4

我跟繆思沉默了幾分鐘。

卡爾和吉姆。這兩個名字讓我們洩氣。

檢察事務官幾乎是壯丁居多，看過太多大風大浪，一副飽經世故、粗裡粗氣的模樣，肚子大又圓，就愛唉聲嘆氣，身披一件破舊風衣到處晃。照道理說，陪著一根腸子通到底的郡檢察官，尤其是像我這種空降部隊一路過關斬將，打進艾塞克斯郡一層又一層法律體制的，應該是男性才對。

羅倫．繆思大約五呎高，體重跟小四生的平均體重差不多。我選擇繆思曾引起一些前輩的惡毒批評，但沒辦法，我就是偏好某個年齡層的單身女性，這是我個人的偏見。這樣的女性工作更賣力，忠誠度更高。我知道，我知道，但幾乎每一次都證實我的看法沒錯。比方找一個三十三歲的女性好了，她會為了事業而活，投入工作的時間和心力遠非結過婚有小孩的女人能夠比擬。

真要說的話，繆思也是個不可多得的天才。我喜歡跟她討論事情，我會說是召喚「繆思」，旁人聽到應該會會心一笑。我眼前的繆思此刻正低著頭看地板。

「妳在想什麼？」我問她。

「這雙鞋子真有那麼醜嗎？」

我看著她，等她開口。

「簡單來說，」她說，「如果想不出方法解釋卡爾和吉姆這兩個名字，我們麻煩就大了。」

我抬頭看天花板。

「怎樣？」繆思問。

「那兩個名字。」

「怎樣啊？」

「為什麼？」我問了不知多少次。「為什麼是卡爾和吉姆？」

「不知。」

「妳又去找查蜜問話了？」

「嗯。她的說法從頭到尾都很一致。他們用的是那兩個名字。我想你說得沒錯，他們故意用那兩個名字當掩護，好讓她的陳述聽起來很白癡。」

「可是為什麼是那兩個名字？」

「也許隨便取的。」

我皺眉。「我們漏掉了什麼。」

她點頭。「我知道。」

我一直很善於把生活分割成不同區塊，其實你我都是，但我比一般人更行。我可以在自己的世界裡創造不同的小宇宙；我可以對付生活中的某一面，同時又不讓它干擾其他面。有些人看幫派片時會好奇，那些匪徒為什麼在街頭那麼暴力，回到家又那麼溫柔。我知道，我也有那種能力。

我並不以此為傲。這不一定是種好的特質，也許可以用來保護自己，但我知道這會導致什麼行為。

因此半個小時以來，我一直把清楚浮現心裡的問題推開：假如這些年吉爾．裴瑞茲一直還活著，那他人在哪裡？那一晚在森林裡發生了什麼事？而最大的問題當然是：如果吉爾逃過了那個可怕的夜晚……

那麼我妹妹也逃脫了嗎？

「克普？」

是繆思的聲音。

「怎麼了？」

我想告訴她，但還不是時候，我得先自己在腦中整理一遍，想個透徹，還要確認死者是否真是吉爾．裴瑞茲。我站起來走向她。

「卡爾和吉姆，」我說。「我們得弄清這到底怎麼回事，而且要快。」

我的小姨子葛蕾塔和她丈夫鮑伯住在某條死巷裡的「麥克豪宅」——像麥當勞一樣缺乏特色的大房子。那條新闢的巷子跟北美任何一條新闢的死巷沒有兩樣。巨型砌磚建築往四面延伸，但地方太小就顯得擁擠。每棟房子的形狀和顏色不一，但不知為什麼看起來都大同小異。所有東西都有點太刻意，想營造一種古雅氣息，卻反而顯得造作。

我是先認識葛蕾塔才認識我太太的。我還沒滿二十歲，我母親就跑了，但我還記得卡蜜拉潛入樹林之前幾個月她說過的一些話。我們住的小鎮各色人種都有，我們家算是經濟狀況最差的那種。爸爸媽媽在我四歲那年從舊蘇聯移民到美國，一開始還不錯，當初抵美時我們可被拱成了英雄，但後來情況就一落千丈。

我們住在紐華克一幢三戶住宅的頂樓，不過上的是槭樹林鎮的哥倫比亞高中。我爸法第米爾．克普斯基（後來他入境隨俗，改名為克普蘭）以前在列寧格勒當醫生，到了美國拿不到醫師執照，無法執業，最後只好去幫人刷油漆。我媽是個弱不禁風的美人，名叫娜塔莎，過去是貴族學校教授的千金，自命不凡，受過良好教育，後來只能到短坡和利文斯頓的有錢人家當幫傭，但每次都撐不久。

有一天，我妹妹卡蜜拉放學回來就用取笑的口吻跟大家說，鎮上某個有錢人家的女兒暗戀我，我媽聽了興奮不已。

「你應該約她出去才對，」她對我說。

我做了個鬼臉。「你見過她？」

「見過。」

「那妳也知道她長得像怪獸。」隨便一個十七歲男生都會跟我一樣反應。

我媽不服，豎起手指闡述她的論點：「俄國有句話說，富家女站在萬貫家財上就很漂亮。」

第一次見到葛蕾塔，我腦中就閃過這句話。她爸媽很有錢，過去是我的岳父岳母，現在應該也還算是凱拉的外公外婆。也就是說，我太太來自有錢人家。他們把錢都留給凱拉，暫時由我保管，我是遺囑執行人。至於等到她多大才把錢給她，我跟珍認真討論了很久。雖然不希望小孩年紀輕輕就繼承一大筆財產，但再怎麼說這都是她的錢。

自從醫生宣判她死刑之後，我的珍就變得實際得不得了，但她的話我就是聽不進去。當你心愛的人來日不多時，你會發現很多以前不知道的事。我發現我太太有無比的力量和勇氣，那是她生病之前我完全無法想像的。我還發現那兩樣我一樣都沒有。

我看見凱拉和梅蒂森在車道上玩。現在白天越來越長了。梅蒂森坐在柏油路上，手拿著很像雪茄的粉筆在畫畫。我女兒騎著現在很受六歲以下小朋友歡迎的迷你電動慢速車玩，家裡有這種車的小孩通常碰都不碰，只有玩耍日來找他們玩的孩子占著這種車不放。玩耍日，天啊，我恨這個詞。

我下了車大喊：「嘿，小朋友！」

我期待兩個六歲大的小女孩暫停動作，飛也似地跑過來，團團抱住我。是啊。梅蒂森往我這裡瞄了一眼，但面無表情，動了腦部手術導致反應遲鈍的人都不至於這麼沒反應。我自己的女兒則假裝沒聽見，她開著芭比吉普車一直繞圈圈，電池消耗得很快，電動車轉動的速度比莫理斯舅舅下棋的速度還慢。

葛蕾塔推開紗門。「嘿。」

「嘿，」我回她。「後來的體操表演怎麼樣？」

「別擔心，」葛蕾塔說，舉手遮陽，動作像在敬禮。「我都拍下來了。」

「真聰明。」

「那兩個警察要幹嘛？」

我聳聳肩。「只是談公事。」

她不相信但也不再追問。「凱拉的背包在裡面。」

她關上門返回屋裡。有幾個工人走到後面來。鮑伯和葛蕾塔想挖一個游泳池再搭配造景，這個構想已經醞釀多年，但他們想等梅蒂森和凱拉大一些，沒有安全顧慮時再說。

「好了，」我對女兒說，「我們該走了。」

凱拉還是不理我，假裝粉紅電動車的嗡嗡聲影響了她的聽力。我皺起眉頭，瞪著眼睛看著她。凱拉相當固執，我很想說「就像她母親」，但珍是我見過最體貼最有耐心的女人。真不可思議。你在自己孩子身上看到好的或壞的特質，但在凱拉身上，所有負面特質似乎都遺傳自父親。

梅蒂森放下粉筆：「來嘛，凱拉。」

凱拉也不理她。梅蒂森對我聳聳肩，露出小孩子的無奈感嘆。「嗨，克普姨丈。」

「嗨，甜心，玩得開心嗎？」

「不開心，」梅蒂森說，雙手握拳叉腰。「凱拉都不跟我玩，只跟我的玩具玩。」

我努力流露出同情的眼神。

葛蕾塔拿著背包走出來。「功課已經做完了，」她說。

「謝謝。」

她揮揮手表示不謝。「凱拉，寶貝？爸爸來囉。」

凱拉也不理她，我知道她在鬧脾氣，我猜這大概也遺傳自父親。我們的人生觀受迪士尼影響太深，總覺得少了母親的父女關係都美好無比，看很多卡通就知道，比方小美人魚、美女與野獸、小公主、阿拉丁等等，懂了吧。在電影裡，沒有媽媽似乎是件滿不錯的事，仔細想想其實剛好相反。在現實生活中，沒有媽媽大概是發生在小女孩身上最糟糕的一件事。

我發出堅定的聲音，說：「凱拉，我們要走了。」

她還是沒有表情，我已經準備好面對衝突，幸好這時老天出手相救。電動車沒電了，粉紅色吉普車停下來，凱拉試著用身體推了一小段距離，但車子一動也不動。凱拉唉了一聲，跨出吉普車往我的車子走去。

「跟葛蕾塔阿姨和表妹說再見。」

她那冷酷的聲音連青少年聽了都會覺得佩服。

回到家，凱拉沒經過我的同意就轉開電視，坐下來開始看海綿寶寶。感覺上電視好像隨時都在播海綿寶寶，真懷疑是不是有專播海綿寶寶的電視台，而且每次都播重複的那幾集，不過小孩子好像不太介意。

我本來想說什麼，但還是算了。此刻我希望她分心去做別的事。我腦子裡正在整理查蜜．強森的強暴案，還有吉爾．裴瑞茲突然出現又遇害的事。我承認我手上的大案子——從業以來最大的一宗——此刻狀況很不樂觀。

我先去準備晚餐。我們晚餐大多是外食或叫外賣。家裡雖然有請保姆兼幫傭，但今天她放假。

「吃熱狗好嗎？」

「隨便。」

電話響了。我拿起話筒。

「克普蘭先生嗎？我是塔克．約克警探。」

「是，警探，有什麼事嗎？」

「我們找到吉爾．裴瑞茲的父母了。」

我感覺到自己的手握緊。「他們指認屍體了嗎？」

「還沒。」

「你怎麼跟他們說的？」

「克普蘭先生，我無意冒犯，不過這種事不好在電話上說，你知道吧？總不能說：你死去多年的孩子其實還活著，哦對了，他不久前被殺了？」

「我懂了。」

「所以電話上講得挺模糊的。我們打算帶他們過來看能不能確認身分。但還有一件事：你確定他是吉爾．裴瑞茲嗎？」

「滿確定的。」

「你知道這還不夠吧。」

「我知道。」

「總之，現在很晚了，我跟我的搭檔已經下班。明天早上我們會派人開車去載裴瑞茲夫婦過來。」

「所以這通電話是……禮貌性告知？」

「之類的。我想你會想知道，而且明天早上你可能要跑一趟，以免到時冒出什麼奇怪的問題。」

「哪裡？」

「還是太平間。需要去接你嗎？」

「不用，我知道路。」

5

幾小時後，我把女兒送上床。

睡覺時間凱拉從不找我麻煩。我每天都唸床邊故事給她聽，這已經變成一個很棒的生活習慣。我並不是因為所有育兒雜誌都這麼建議才做的，我這麼做純粹是因為凱拉喜歡。我從沒見她聽著聽著就打起盹，更不可能睡著。往往睡著的都是我，有些很差勁的書讓我直接躺倒她床上就睡著了，但她也從不叫醒我。

凱拉對書本的胃口越來越大，大到我都趕不上了，於是我開始買有聲書給她。晚上我會先唸書給她聽，再讓她接著聽個四、五十分鐘，都聽完了她才肯閉上眼睛進入夢鄉。凱拉了解也喜歡這個規則。

現在我正在唸羅爾德·達爾（Roald Dahl）的故事給她聽，只見她眼睛睜得好大。去年我帶她去看舞台劇版的《獅子王》，在那裡買了一個貴到不行的丁滿玩偶給她。現在她右手緊緊抱著跟她一樣愛聽故事的丁滿。

唸完故事後，我在凱拉的臉上親一下，她聞起來有嬰兒洗髮精的味道。「晚安，爹地，」她說。

「晚安，小乖乖。」

這就是孩子，前一秒像個脾氣陰晴不定的米蒂亞，下一秒又變成了上帝親吻過的小天使。

我按下播放鍵，關掉電燈，然後走進書房開電腦。我點進工作檔案，打開查蜜·強森的強暴案再細讀一遍。

卡爾和吉姆。

我的當事人不是那種能博取陪審團同情的受害人。查蜜·強森，現年十六歲，未婚懷孕生下一子，有過兩次拉客被捕、一次持大麻被捕的記錄，平常靠在派對上表演艷舞（說白一點就是跳脫衣舞）維生。大家都會質疑她在那場派對上幹了些什麼，但這不會打擊我的信心，只會讓我更加努力抗戰。這麼做不是因為我有多在意政治正確，而是為了追求正義。假如查蜜是金髮女生、學生會副會長、來自高尚無瑕的利文斯頓，而那兩個男孩是黑人……你懂我的意思吧。

查蜜是個有血有肉的人，不該受到拜瑞．麥倫和艾德華．詹瑞特如此惡劣的對待。

我打算讓他們死得很難看。

我回到檔案開頭，重新再讀一遍。那棟兄弟會的會所相當豪華，放眼望去可見大理石圓柱、希臘字母、鮮亮的油漆和鋪了地毯的地板。我查了全部的電話記錄，資料量非常大，因為裡面每個男生都有專線，更別提還有手機、簡訊、電子信箱、黑莓機等等。繆思手下的一個調查員追蹤了當晚所有從會所打出的一百多通電話，但沒什麼發現。帳單部分也沒什麼特別，就是一般的水電費、當地酒行的帳單、清潔費、有線電視費、網路電信費、網易通線上電影、上網訂披薩……

停。

我想了想，思索著當事人的陳述。我沒必要再看一次，那內容不但噁心還很具體。兩個男生強迫查蜜就範，壓著她擺出不同姿勢，從頭到尾不停說話。但整個過程，在他們把她翻來翻去、轉來轉去的過程中……

電話響了，是繆思。

「好消息嗎？」我問。

「除非『沒消息就是好消息』這句話成立。」

「不成立。」

「可惡。」

「你那邊呢？」她問。

卡爾和吉姆。我漏了什麼？就在那裡，只是抓不到。你知道那種感覺，你知道的某個事物就在不遠處，比方《裙帶路口》裡那隻狗的名字，或是《洛基第三集》裡T先生飾演的拳擊手的名字。但是，無論如何就是想不起來。

卡爾和吉姆。

答案就在某個地方，躲在內心的某個轉角。不管如何我都要堅持下去，讓那兩個混蛋好看。

「還沒有，」我說。「不過我們要繼續努力。」

隔天一早，約克警探坐在裴瑞茲夫婦對面。

「謝謝兩位過來，」他說。

二十年前，裴瑞茲太太在營隊洗衣房工作，但悲劇發生之後我只見過她一次。那次是死者家屬在離此不遠的一間豪華又寬敞的律師事務所開會，出席的有富裕的葛林家、更富裕的畢林漢家、貧窮的克普蘭家、更貧窮的裴瑞茲家。四家人聯合控告營地所有人。那天裴瑞茲夫婦很少開口，兩人只坐在位子上聽，讓其他的家長慷慨陳詞地表述意見。我記得當時裴瑞茲太太把皮包緊緊抓在膝上，此刻她把皮包放桌上，但雙手仍緊抓著皮包兩邊。

他們倆坐在偵訊室裡。約克警探建議我先在單向鏡後面看，暫時別讓他們看見我。我認為有道理。

「叫我們來有什麼事嗎？」裴瑞茲先生問。

裴瑞茲先生是個大塊頭，一板一眼的襯衫有點小，身上的肉繃得好緊。

「這件事不太好說。」約克警探瞄一眼鏡子，看他別開眼神我就知道他在找我。「那麼我就直說了。」

裴瑞茲先生瞇起眼睛，他太太握緊皮包。而我則是分心去想那會不會是十五年前的那個皮包。心智在這種情況下的反應真是奇怪。

「昨天曼哈頓區的華盛頓高地發生了一起命案，」約克說。「我們在一五七街附近的某條巷子裡找到了一具屍體。」

我直盯著他們的臉，裴瑞茲夫婦不動聲色。

「死者是男性，外表看來介於三十五到四十歲之間，身高五呎十吋，體重一百七十磅。」約克警探的語調漸漸變得制式化。「他用的是化名，所以我們無法確認其身分。」

約克停頓。標準的技巧，看能不能引對方開口。裴瑞茲先生上鉤：「我不懂這跟我們有什麼關係。」

裴瑞茲太太的目光飄向丈夫，但身體其他部分維持不動。

「我正要說。」

我幾乎看得到約克的腦袋裡正衡量著該如何談起死者口袋裡的剪報、戒指等等。我可以想像他在腦中排練這些話，並知道那聽起來會有多蠢，畢竟剪報、戒指都證明不了什麼。突然間我也開始心存懷疑了。我們站在這裡，眼看著裴瑞茲夫婦的世界就要像開腸剖肚的小牛一樣瓦解。我很慶幸自己在鏡子的這一邊。

「我們找了一名證人來指認屍體，」約克接著說。「他覺得死者可能是你們的兒子吉爾。」

裴瑞茲太太閉上眼睛，她先生則是全身僵硬。有幾秒的安靜，沒人說話，沒人移動。裴瑞茲沒看他太太，他太太也沒看他，兩人只是坐著，文風不動，剛落的話語也凝結在空中。

「我兒子二十年前就死了，」裴瑞茲先生終於開口。

約克點頭，不知該說什麼。

「你們是說終於找到他的屍體了？」

「不，不是這樣。令郎是十八歲那年失蹤的，是嗎？」

「快滿十九，」裴瑞茲先生說。

「這名男性，就是我說的死者，大約三、四十歲。」

裴瑞茲先生往後靠，他太太還是一動不動。

約克趁勢直追：「令郎的屍體一直沒找到是嗎？」

「你現在的意思是……？」

裴瑞茲先生的話音中斷。沒人跳進來說：「對，這就是我們的意思——你的兒子吉爾這二十年來都還活著，卻沒有告訴你或任何人，等到終於有機會見到失蹤多年的兒子，卻是在得知他被殺了的這天。活著真好，不是嗎？」

裴瑞茲先生說：「太離譜了。」

「我知道這聽起來很——」

「你憑什麼認為那是我兒子？」

「我剛說了，我們找到一名證人。」

「誰？」

我一聽到裴瑞茲太太開口，差點想要低下身躲起來。

約克極力安撫他們：「我明白二位很難受……」

「難受？」死者父親又說。「你知道那種感覺？你能想像？」

他的聲音再度熄滅。裴瑞茲太太把手放在丈夫的手臂上，稍微直起身體，片刻間她對著窗戶，我敢說她一定看得到我。後來她對上約克的眼神，開口說：「所以屍體現在在這裡。」

「是的，夫人。」

「這是你帶我們來這裡的原因，你希望我們看看那人是不是我兒子？」

「對。」

裴瑞茲太太站起來。她丈夫看著她，突然間他看來既弱小又無助。

「好吧，」她說，「那就看吧。」

*

裴瑞茲夫婦步上走廊。我隔著適當距離跟在後面，迪倫在我旁邊，約克陪著裴瑞茲夫婦。裴瑞茲太太昂首挺胸，走在丈夫前頭，手上仍緊緊抓著皮包怕有人搶走似的。有性別歧視的人可能會覺得應該反過來：死者母親情緒崩潰，父親強自鎮定面對現實。就像剛剛在眾人面前，裴瑞茲先生負責「扮演」強者的角色。但是，現在手榴彈引爆了，裴瑞茲太太走在前頭，她丈夫卻是每往前一步就縮小一點。

破舊油布地板，會刮傷皮膚的水泥牆，如果再有個百無聊賴的官僚人員在休息時間靠在牆上，這條走道就徹底是公家機關的典型樣貌。這一路上，我聽著腳步聲發出的回音、裴瑞茲太太手腕上沉重金鐲隨著腳步發出規律的叮噹聲。

當他們右轉面對我昨天面對的那扇窗戶時，迪倫突然伸手擋住我，他的動作簡直像在緊急煞車中要保護一個坐在前座的小朋友。其實我們跟他們保持了十碼的安全距離，十分小心沒讓他們看見。

我們看不清楚他們的臉，只見裴瑞茲夫婦並肩站著，兩人身體並無接觸。從我這邊也看得到裴瑞茲先生低著頭。他身穿藍色休閒外套，裴瑞茲太太則是深色上衣，色調近似凝結的血液，還有她身上掛了好多金飾。我還看見一個陌生的大鬍子高個男人，把輪床推到窗前。那具屍體還罩著床單。

一切就緒之後，鬍子男瞄了約克一眼，等約克點頭，他開始輕輕拉起床單，好像底下是易碎品似的。我很怕發出聲音，但還是微微把身體斜向左邊，想看看裴瑞茲太太的表情，就算只有側面也好。

我記得在某篇文章裡讀過，說受虐者會極力控制身體，克制自己不要叫喊出聲，不讓表情扭曲，不要有任何反應，總之就是不給施虐者一丁點滿足感。裴瑞茲太太的臉讓我想起這篇文章。她在防備自己，唯一出現的反應是微微聳肩。

她又瞪大眼睛看了一會兒。沒人說話。我發現自己一直屏住呼吸。我轉去看裴瑞茲先生，他盯著地板看，眼睛含淚，我看得出他的嘴唇在顫抖。

裴瑞茲太太目不轉睛地說：「那不是我兒子。」

沉默。這反應出乎我意料。

約克說：「裴瑞茲太太，妳確定嗎？」

她沒回答。

「你們最後一次看到他，他還是個青少年，」約克接著說，「我知道他當時留長髮。」

「對。」

「這名男子剪過頭髮，還留鬍子。中間又隔了這麼多年，裴瑞茲太太，妳再看仔細一點。」

裴瑞茲太太的視線終於離開屍體，轉去看約克。約克不再說話。

「那不是吉爾，」她又說。

約克嚥下口水，轉去看裴瑞茲先生。「裴瑞茲先生？」

他勉強點頭，清清喉嚨。「像的地方不多。」他閉上眼睛，臉又抽搐一下。「只不過……」

「年齡一樣。」裴瑞茲太太替他把話說完。

約克說：「我不明白。」

「像我們這樣失去了兒子的人，腦袋常常亂想。對我們來說，他永遠是青少年的模樣，但如果他還活著，年紀就跟這個壯碩的男人差不多。我們會想他變成了什麼樣的人？結婚了嗎？有小孩嗎？長成什麼模樣？」

「你確定不是？」

她露出我看過最悲傷的微笑。「是的，警探，我確定。」

約克點頭。「抱歉，讓你們跑這一趟。」

正當他們要轉身離開時，我說：「讓他們看手臂。」

所有人轉向我。裴瑞茲太太銳利的目光掃向我，那目光不太尋常，有幾分狡猾，甚至帶有挑戰意味。但先開口的是裴瑞茲先生。

「你是誰？」他問。

我直直盯著裴瑞茲太太，悲傷的笑容重現她的臉龐。「你是克普蘭家的孩子，對不對？」

「對，夫人。」

「卡蜜拉．克普蘭的哥哥。」

「是。」

「來指認的就是你？」

我想跟他們解釋剪報和戒指的事，但又覺得時間有限。於是，我說，「手臂。吉爾的手臂上有道很深的疤。」

她點頭。「我們有個鄰居養了駱馬，家裡架起帶刺鐵絲網。吉爾從小就很愛爬上爬下，八歲那年他有次想爬進畜欄裡，腳一滑，鐵絲網刺進肩膀。」她轉向丈夫。「霍黑，他縫了幾針？」

霍黑．裴瑞茲臉上也浮現悲傷的笑容。「二十二針。」

吉爾在我們面前可不是這麼說的。他掰了一個刀劍械鬥的故事，聽起來很像蹩腳的《西城故事》。雖然當時年紀小，但我一個字都不信，所以現在聽到新版本也不怎麼驚訝。

「這件事我在營隊裡聽過，」我說，用下巴指指玻璃。「看一下他的手臂。」

裴瑞茲先生搖搖頭。「但我們已經說——」

他太太舉起手，要他別再說，毫無疑問在這裡由她作主。她對我點點頭，然後又轉回玻璃。

「讓我看看，」她說。

她丈夫一臉茫然，但也一起面向窗戶。這次她牽起他的手緊握住。鬍子男已經把輪床推走。約克敲敲玻璃，鬍子男嚇了一跳，直起身體。約克示意他把輪床推回玻璃前。他聽命照辦。

我走到裴瑞茲太太附近，聞到她身上傳來有些熟悉的香水味，但我不記得在哪聞過。我距他們有一呎遠，只能從後腦勺中間的空隙往前看。

約克按下對講鍵。「讓他們看手臂。」

鬍子男拉開床單，手勢同樣溫柔小心。疤在那裡，很顯眼的一道疤痕。笑容重回裴瑞茲太太的臉龐，但是悲，是喜，是困惑，是假裝的，是練習過的，還是自然流露，我一點也看不出來。

「左邊，」她說。

「什麼？」

她轉向我。「這個傷痕在左手臂，」她說。「吉爾的在右手，而且沒那麼長或深。」

裴瑞茲太太面向我，一手按住我的手臂。「克普蘭先生，不是他，我了解你為什麼那麼希望是吉爾，但不是他。他不會回到我們身邊了。令妹也是。」

6

回到家時，我看見羅倫．繆思在屋前踱方步，像隻虎視眈眈守在受了傷的瞪羚附近的獅子。凱拉坐在車子後座，她一個小時之後要上舞蹈課。負責帶她去上課的不是我，我們的保姆艾絲妲今天回來了，由她開車接送凱拉。艾絲妲的薪水比一般保姆都高，但我不在乎，能找到負責任又會開車的保姆，他們開多少價碼我都無所謂。

我把車開進車道。這棟房子是三房式的錯層住屋，太平間走廊有的特色它都有。這本來應該是我們的「第一間房子」，珍想日後再換成麥克豪宅，也許可以選擇富蘭克林湖那一帶。我對住哪裡其實不太在意，房子車子這些我都不是太熱中，寧可交給珍去打理，這方面她比我有慧根。

我很想念她。

羅倫．繆思一直咧著嘴，掩不住激動。我敢打賭她一定不玩撲克牌，不懂怎麼樣不露聲色。「我弄到全部的帳單了，電腦記錄也是。上工了。」說完她轉向我女兒：「嗨，凱拉。」

「羅倫！」凱拉高喊，馬上跳下車。她很喜歡繆思。繆思沒結過婚，沒生過小孩，卻對小孩很有一套。幾個禮拜前我碰見她最近的一個男朋友，她跟那傢伙看起來很不搭，不過這似乎是到了某個年紀的單身女人常遇見的狀況。

我跟繆思把資料全攤在房間地板上，有證人供述、警方筆錄、通話記錄、兄弟會的所有帳單。我們從帳單開始看起，但實在多到不可思議，每通手機、每筆啤酒訂單和線上購物資料都在這裡。

「所以我們在找什麼？」繆思問。

「我知道才怪。」

「我以為你有概念。」

「只是一種感覺。」

「殺了我吧，別跟我說你只是有種直覺。」

「我才不會，」我說。

我們繼續找。

「通常翻這些資料是要找到一張寫著『大線索由此進』的標示嗎？」

「我們在找一種催化劑，」我說。

「說得好。什麼樣的催化劑？」

「不知道。不過答案就在這裡，我幾乎看得到。」

「好吧。」她忍住不耐煩。

我們繼續找。他們幾乎每晚都訂披薩，八大張，跟外賣披薩訂，刷卡付費。另外也固定跟網易通租片，每次有三部片送到家；另一個名為網逸通的公司則提供色情片。他們還訂製了繡上兄弟會標誌的高爾夫球襯衫，同樣的標籤也出現在不計其數的高爾夫球上。

我們試著把這些資料分類排列，為了什麼我也說不上來。

我把網逸通帳單拿給繆思看。「真便宜。」

「網路讓色情片變得輕易可得，一般大眾都負擔得起。」

「多謝告知，」我說。

「但這可能是個切入點，」繆思說。

「什麼切入點？」

「青少年，漂亮妞——或者找一個妞就夠。」

「說清楚一點，」我說。

「我想雇用外面的人來幫忙。」

「誰？」

「名叫辛格．雪克的私家偵探，聽過嗎？」

我點頭，此人我聽過。

「不對，」她說。「應該是說你見過她嗎？」

「沒。」

「但你聽過？」

「對，聽過，」我說。

「不是我誇張，辛格．雪克那個身材不只能停住車流，甚至可以把道路摧毀，碾平高速公路上的分隔島。而且她很厲害，想讓那些有律師撐腰的兄弟會男生難看，找辛格準沒錯。」

「好吧，」我說。

幾個小時後——究竟幾個小時我也不知道——繆思站起來。「克普，這裡沒什麼發現。」

「看來是這樣。」

「早上你要直接跟查蜜談嗎？」

「嗯。」

她站了起來。「你最好把時間花在那上面比較值得。」

我對著她比了個「遵命，老大」的搞笑手勢。我跟查蜜早已演練過上台作證時要說的話，但沒有大家想像的那麼認真，我不希望她表現得太駕輕就熟。我腦子裡想的是另一種策略。

「我會盡我所能，」繆思說。

她大踏步走出門，一副天不怕地不怕的模樣。

艾絲妲幫我們做了晚餐，義大利麵和肉丸子。艾絲妲的廚藝差強人意，不過總之食物都進了我們的肚子。之後我帶凱拉去吃冰淇淋，當做今天的犒賞。此刻她的話變多了，從照後鏡看，可以看到她整個人綁在安全座椅上。以前我們小孩都可以坐在前座，現在呢，要到法定飲酒年齡才可以。

我想聽清楚她在說什麼，但她只是像一般孩子一樣哇啦啦亂說話。聽起來好像是布蘭尼對摩根很壞，所以基爾丟他橡皮擦，然後基爾——不是那個基爾，是另一個基爾，他們班有兩個基爾——下課不想盪鞦韆，除非奇耶拉也去等等等。我不停瞄著那張表情豐富的臉，皺成一團好像在學大人。那強烈的感覺又襲上心頭，不知不覺滲透腦海，當父母的常有這種感覺：你看著自己的孩子，只是尋常的瞬間，不是上台表演或投出關鍵一球的特殊時刻，只是坐在那裡看著他們，意識到他們是你全部的生命，突然覺得又感動又害怕，甚至想停住時間。

我失去了妹妹，失去了妻子，最近還送走了我父親，三次我都熬過來了。但此刻我看著凱拉，看她比手劃腳說話、睜大眼睛的可愛模樣，我知道生命中有種打擊我永遠無法平復。

我想起我爸，在森林裡，手拿鏟子。他的心碎了，只想找到他的女兒。我想起我媽，她拋下我們跑了，我不知道她在哪裡。有時候我會去找她，但不像以前那麼常了。有很多年我恨死她了，至今也許仍是。或許現在我有自己的孩子了，比較能體會她承受的痛苦與煎熬。

我們走回屋裡時，電話響了。艾絲妲把孩子接了過去，我去接電話。

「我們有麻煩了，克普。」

是鮑伯，葛蕾塔的丈夫。他是珍在乎慈善基金會的主席。珍死後，我、葛蕾塔和鮑伯成立了這個基金會，成立之初吸引了不少精采的報導。那是我對溫柔美麗的妻子的一種紀念。

這麼說來，我應該是個很不錯的丈夫。

「怎麼了？」我問他。

「你手上的強暴案忙得我們團團轉。艾德華．詹瑞特的父親叫他好幾個朋友取消贊助。」

我不由閉上眼睛。「算他狠。」

「更糟糕的是，他還到處散播我們盜用公款的流言，這混蛋的人脈很廣，我已經開始接到詢問電話了。」

「那就公開帳目啊，」我說。「沒什麼好怕的。」

「別傻了，克普，我們還得跟其他慈善機構爭取資金，只要傳出一點醜聞，我們就完了。」

「那也沒辦法。」

「我知道，只不過……我們做了不少公益。」

「我知道。」

「但募款一直是個問題。」

「所以你建議？」

「沒有。」鮑伯遲疑片刻，我聽得出來他還有話要說，所以等他先開口。「不過克普，你們不是常有認罪協商嗎？」

「沒錯。」

「輕微的案子睜隻眼閉隻眼，把時間花在大案子上。」

「必要的時候。」

「那兩個男孩，我聽說他們是好孩子。」

「你聽錯了。」

「我不是說他們不應該受罰，但有時就是得妥協，為了更大的利益。珍在乎發展得很快，它可能代表了更大的利益。我想說的就是這個。」

「晚安，鮑伯。」

「克普，我沒別的意思，只是想幫忙而已。」

「我知道，晚安。」

我掛上電話，雙手在顫抖。詹瑞特那混帳不拿我開刀，竟從我對太太的記憶下手。我走上樓，怒火中燒，想找方法疏導，平復心情。我坐在書桌前，桌上只擺了兩張照片，一張是我女兒近期的校園照，凱拉就是這張照片的中心，照片中最珍貴的一點。

另一張照片畫質粗糙，是我外公外婆在俄國照的照片——或者該稱蘇聯，他們在古拉格喪命時，還是這麼稱呼的。我很小的時候他們就去世了，當時我們還住在列寧格勒，但我對他們還隱約有印象，尤其是我外公亂蓬蓬的白色大鬍子。

我常納悶自己幹嘛把這張照片放在這裡？

他們的女兒，也就是我媽不是拋棄了我們嗎？仔細想想其實挺傻的。但儘管多少會觸景傷情，我卻覺得這張照片很適合擺在這裡。我看著它，看著我外公外婆時，會想著生命的波瀾和家族的詛咒，還有一開始這一切到底是從哪裡開始的。

以前我也會擺珍和卡蜜拉的照片。我喜歡她們近在我眼前的感覺，也從中得到了安慰。但我在死者身上找到安慰，並不表示我女兒也一樣。面對一個六歲大的孩子我很難拿捏得當。一方面想跟她談她母親，想讓她認識珍，讓她知道她母親是多麼好的人，她會多麼疼愛自己的小女兒；一方面也想給她一些安慰，告訴她媽媽在天國守護著她。但我不相信天堂之說，雖然很想。我想相信還有美好的來世，而我太太、我妹妹和我爸都在天國含著微笑注視我們，但我無法說服自己。儘管覺得這樣說很像在說謊，但我在女兒面前還是這樣說了。那感覺很像聖誕老公公或復活節小兔子，總之只是暫時的安慰，到最後凱拉會跟其他小孩一樣，發現這不過是父母搬出的另一套輕易就能戳破的謊言。或者是我錯了，他們確實在天上看著我們，或許這才是凱拉日後的結論。

午夜時分，我終於讓思緒飄到它想去的地方：我妹卡蜜拉、吉爾．裴瑞茲，還有那個神奇又可怕的夏令營。時光倒回那年夏天，卡蜜拉浮現我腦海，我想起那一晚，這麼多年來也第一次任憑自己想起露西。

一抹悲傷的笑容掠過我的臉龐。露西．銀斯坦是我第一個真正交往的女朋友。我們談了一場甜甜蜜蜜、童話般的夏日之戀，但一切都在那晚劃下句點。我們從來沒有機會說分手，只是被血淋淋的命案拆散，兩人分開時還深陷愛河，我們的愛——在一般人眼裡就像小孩子遊戲——也仍在滋長。

露西屬於過去。我給自己下了最後通牒，決心再也不要想她，但心才不理會什麼最後通牒。這些年來，我調查過露西的下落，也上Google查詢過她，儘管我很懷疑自己有沒有勇氣跟她聯絡。不過一直都沒找到什麼。我猜那件事之後她大概改了名字免得麻煩。露西可能結婚了，跟我一樣，說不定過著幸福快樂的生活。希望如此。

我把這些想法推開，此刻應該想吉爾．裴瑞茲的事才對。我閉上眼睛回到過去，想起他在營隊的樣子、我們在隊上胡鬧鬼混、我開玩笑給他手臂一拳而他會說：「哼！一點感覺都……」

他的身影浮現我眼前：瘦削的身材，超寬鬆的褲子（當時垮褲還沒開始流行），需要大肆矯正牙齒的笑容，還有……

我張開眼睛。有地方不對勁。

我走進地下室，馬上找到那個紙箱。珍一直很會標明東西，我在紙箱一邊看見她工整的字跡，整個人一怔。字跡是那麼私人的東西。我的指尖掠過那些字，碰到那些字母，不由想像她手拿大簽字筆，嘴含著筆蓋，手俐落地寫下：「照片．克普蘭家」這幾個字。

我犯過很多錯誤，但珍……是上天給我的禮物，她的好改變了我，讓我變成一個更好更堅強的人。沒錯，我愛她，深深愛著她，但除此之外，是珍讓我發揮最好的自己。我其實神經質又沒安全感，是學校裡少數幾個申請助學貸款的窮學生，而她這樣一個幾近完美的人卻出現在我面前，看中了我身上的某些特質。怎麼會呢？如果這麼好的人會愛上我，我怎麼可能多糟糕多沒用？

珍是我的支柱。後來她生了病，我的支柱一倒，我也跟著倒了。

我找到那年夏天的照片，裡頭沒有露西，多年前我就很明智地把它們丟了。我跟露西還有屬於自己的歌，凱特．史帝文斯和詹姆斯．泰勒，那些歌甜蜜到化不開，甜到就算噎到喉嚨，我們也甘願，但後來我沒辦法再聽，至今仍是，我絕不讓這些歌靠近我的iPod，在廣播上聽到二話不說馬上轉台。

我翻閱那年夏天的一疊照片，其中大多是我妹的照片，翻來翻去直到找到她遇害前三天照的一張照片。道格．畢林漢（她的男朋友）也在照片裡。道格是有錢人家的小孩，我媽當然舉雙手贊成他們交往。這個夏令營是富有和貧窮階級的奇怪混合體。在營隊裡，上下階層的小孩混合雜處的程度跟在學校操場上差不多，這正是管理營地的嬉皮老闆——露西他那愛玩愛熱鬧的嬉皮老爸——想要的。

照片中，瑪歌．葛林，另一個有錢人家的小孩，站在他們中間當電燈泡，她老是這樣。瑪歌是營隊上的萬人迷，她很清楚自己的身價，誰叫她是金髮波霸，又常賣弄風騷。跟吉爾交往之前，瑪歌老是跟年紀比較大的男生約會。在周圍的普通人眼裡，瑪歌的生活就像電視劇，像我們看得入迷的八點檔。此刻我看著她，想像她喉嚨被割的模樣，不由閉上雙眼。

吉爾．裴瑞茲也在照片裡，這是我來翻箱子的目的。

我把照片拿到桌燈底下仔細看。

剛剛在樓上我想起一件事。我是右撇子，但我鬧著玩出拳打吉爾的手臂時，用的是左手，因為怕碰到他那道怵目驚心的疤痕。那個傷口雖然癒合了，但我還是不敢太靠近，所以才會使左手打他的右手臂。我瞇起眼睛靠近看。

看得到T恤下隱隱可見疤痕。

我覺得天旋地轉。

裴瑞茲太太說她兒子的疤痕在右手臂。若是如此，我應該使右拳打他的左肩才對，但實際上我是出左拳打他的右肩。

證據有了。

吉爾．裴瑞茲的疤痕其實在左手臂。

裴瑞茲太太說了謊。

我不得不懷疑原因何在。

7

隔天一早我就趕到辦公室。再過半小時，查蜜．強森就要站上證人席，我正在複習筆記。時鐘走到九點時，我受不了了，乾脆拿起電話打給約克警探。

「裴瑞茲太太說謊，」我說。

他聽我從頭解釋。

「說謊？」聽我說完後，約克重複這兩個字。「不覺得這麼說太過火了？」

「不然你說是什麼？」

「也許只是一時搞錯？」

「搞錯自己兒子哪邊手臂有疤痕？」

「誰說不可能。她一開始就說不是他，這很自然。」

我不相信。「這案子有什麼新發現嗎？」

「我們認為聖地牙哥住在紐澤西。」

「你們有他的住址？」

「沒有，不過有個女朋友，至少我們認為是女朋友，總之是他的朋友。」

「怎麼找到她的？」

「那個空手機，她打電話來找他。」

「那他究竟是誰？我是說馬諾洛．聖地牙哥。」

「不知道。」

「他女朋友不說？」

「女朋友只知道他叫聖地牙哥。哦，有件重要的事。」

「什麼？」

「他的屍體移動過，這我們一開始就知道了，現在正式確認。我們的法醫說，根據血跡和一些我聽不懂也不想聽懂的亂七八糟東西來判斷，聖地牙哥可能斷氣一小時後才被棄屍。他們發現一些地毯纖維之類的，初步研判來自車內。」

「所以凶手殺了他之後把他塞進行李箱，然後運到華盛頓高地棄屍？」

「目前的理論是這樣。」

「知道是什麼車嗎？」

「還不知道，不過應該是部老車，我們的人現在只確定這點，他們還在努力。」

「多老的車？」

「不知道，反正不新就是了。饒了我吧，克普蘭。」

「我個人對這個案子很感興趣。」

「說到這……」

「怎樣？」

「你要不要跳進來幫忙？」

「這表示？」

「表示我的工作多到我想抓狂。現在這案子可能連到紐澤西，因為聖地牙哥有可能住那裡，至少他女朋友是，而且他們見面都在紐澤西。」

「我住的郡嗎？」

「不是，應該是哈德遜或是博根，誰知道，反正很近。不過我還可以補充幾個關聯性。」

「我在聽。」

謂。

「當年你妹妹住在紐澤西吧？」

「對。」

「那不在我的管轄範圍，大概可以說是你的，雖然不同郡。舊案重審，不是每個人都會想碰。」

我想了想，總覺得自己多少被擺了一道。他希望我幫他跑點腿，功勞則由他獨占，這些我都無所謂。

「那個女朋友，」我說，「你有名字嗎？」

「拉雅．辛。」

「住址呢？」

「你要去找她？」

「你介意？」

「只要不把我的案子搞砸，隨便你怎麼做。不過我可以給你些忠告嗎？」

「請說。」

「那個瘋子，夏日殺人魔，我忘了他的名字。」

「韋恩．史都本，」我說。

「你認識他吧？」

「你調閱過檔案了？」我問。

「嗯，他們對你緊追不捨是吧？」

我還記得那個洛威爾警長臉上半信半疑的表情。其實我可以理解。

「你想說什麼？」

「很簡單：史都本還想翻案。」

「他從來沒有因為最初四件命案被起訴，」我說。「也不需要，因為其他案子有更多鐵證。」

「我知道，可是還是跟他有關係。如果那人真的是吉爾・裴瑞茲，史都本一定會感興趣，這等於幫了他大忙。你懂我的意思？」

意思是要我閉上嘴巴，除非找到具體證據。我懂了。我無論如何都不想幫韋恩・史都本的忙。

我掛上電話。繆思把頭探進辦公室。

「有什麼新發現嗎？」我問。

「沒，抱歉。」她看看錶。「準備好大顯身手了嗎？」

「準備好了。」

「那就上場吧。表演時間到了。」

「檢察官傅查蜜・強森。」

查蜜的打扮偏保守，但看上去並不可笑。你在她身上仍看得到街頭女郎的影子，看得到凹凸有致的線條，我甚至要她穿上高跟鞋。有時你必須干擾陪審團的視線，也有時候，比方現在，你知道唯一的勝算就是毫不掩飾地讓他們看見全部真相。

查蜜抬頭挺胸，眼光東飄西轉，但不是尼克森式的狡猾眼神，反而像防備著不知會從哪飛來的下一個打擊。她的妝有點濃，但那也無妨，只讓她看起來像個想裝大人的小女生。

我的辦公室有些人不贊成這種策略，但我相信如果要爭取陪審團的支持，而且是以真相爭取支持，就非這麼做不可，所以我打算就用這種策略。

查蜜報上姓名，按著聖經發誓完就坐下。我對她微笑，跟她四目相對，她對我微微點頭，示意我可以開始了。

「妳的工作是跳脫衣舞，是嗎？」

以這種問題直截了當開場，可把在場人士嚇了一跳，底下有幾個人倒抽一口氣。查蜜眨眨眼，她多少知道我要做什麼，但我刻意不說得太具體。

「是兼差的，」她說。

這答案我不喜歡，太小心翼翼。

「但妳的確靠脫衣服賺錢吧？」

「對。」

這才好些。毫不猶豫。

「多半跑夜總會還是私人派對？」

「都有。」

「哪間夜總會？」

「粉紅尾巴，在紐華克。」

「妳今年幾歲？」我問。

「十六。」

「不是要十八歲才能跳脫衣舞嗎？」

「嗯。」

「妳怎麼解決這問題？」

查蜜聳聳肩。「就弄個假身分證，跟人說我二十一歲。」

「所以妳做了違法的事。」

「大概吧。」

「有還是沒有？」我問，語氣有點強硬。查蜜聽懂了我的暗示，我要她誠實回答，要她——原諒我這裡的雙關語——毫不遮掩。語氣強硬其實是在提醒她這點。

「有，我犯了法。」

我看往被告席。莫特．普賓瞪大眼睛看我，好像我失去了理智似的。富萊．希克利雙手合起，食指放在嘴唇上。兩名當事人拜瑞．麥倫和艾德華．詹瑞特身穿藍色休閒外套，臉色蒼白，看起來不得意、不自信也不邪惡，一副懊悔、害怕又年輕稚嫩的模樣。憤世嫉俗的人會說他們是故意的，一定是律師教他們該怎麼坐、該有什麼表情。但我沒那麼笨，不會讓這些影響我。

我對我的證人露出微笑。「查蜜，違法的不只有妳一個。我們在被告的兄弟會會所裡找到一堆假證件，他們拿著這些證件到處玩、辦未成年派對。起碼妳犯法是為了討生活。」

莫特驀地起身。「抗議！」

「同意。」

但話都說了。就像那句老話：說出去的話，潑出去的水。

「強森小姐，」我接著問，「妳不是處女吧？」

「不是。」

「事實上妳曾經未婚生子。」

「是。」

「孩子多大了？」

「十五個月。」

「告訴我，強森小姐，不是處女再加上未婚生子，難道這樣妳就比別人下等？」

「抗議！」

「同意。」法官眉毛濃密，名叫阿諾．皮爾斯，他對我皺眉頭。

「庭上，我只不過說出顯而易見的事實罷了。如果強森小姐是來自短坡或利文斯頓的上流階層白人女孩——」

「留到結辯的時候再說吧，克普蘭先生。」

我會的，但一開始我就把話挑明。我轉回去看我的受害人。

「查蜜，妳喜歡跳脫衣舞嗎？」

「抗議！」莫特．普賓又站起來。「不相干的問題，誰管她喜不喜歡跳脫衣舞。」

皮爾斯法官看著我。「所以呢？」

「這樣好了，」我看著普賓說，「你不問她脫衣舞的事，我就不問。」

普賓不說話。富萊至今尚未開口，他不喜歡抗議，法官多半不喜歡人家抗議，他們會覺得你在隱瞞什麼。富萊想維持形象，所以都讓莫特扮黑臉，跟好條子壞條子的劇本異曲同工。

我轉去面對查蜜。「妳被強暴那晚並沒有跳脫衣舞，對吧？」

「抗議！」

「聲稱被強暴，」我自動改正。

「沒有，」查蜜說。「有人邀我去的。」

「妳受邀到麥倫和詹瑞特先生住的兄弟會會所參加派對嗎？」

「沒錯。」

「麥倫先生或詹瑞特先生邀請了妳，是嗎？」

「不是。」

「那麼是誰邀請妳的？」

「另一個住在那裡的男生。」

「他叫什麼名字？」

「傑瑞．弗林。」

「我知道了。妳跟弗林先生怎麼認識的？」

「我前一個禮拜到兄弟會工作。」

「妳說工作是指——」

「跳脫衣舞，」查蜜幫我說完。很好，我們越來越有默契了。

「當時弗林先生也在嗎？」

「他們都在。」

「妳說『他們』——」

她指著兩名被告。「他們兩個也在，還有其他一群男生。」

「妳估計有幾個？」

「二十、二十五個吧。」

「好，但一個禮拜後邀請妳去派對的是弗林先生？」

「對。」

「而妳答應了？」

此刻她紅了眼眶，但頭仍抬得高高的。「對。」

「妳為什麼答應去？」

查蜜思考了一下。「那就像大富豪邀妳去他的遊艇上玩。」

「妳對他們印象深刻？」

「嗯。當然。」

「還有他們的財力？」

「也有，」她說。

答得非常好。

「而且，」她接著說，「我跳脫衣舞的時候，傑瑞對我很好。」

「弗林先生待妳很和善？」

「對。」

我點頭。現在進入較棘手的階段，但我豁出去了。「好，再回到妳受雇去跳脫衣舞那晚……」我感覺自己呼吸變弱。「妳是否為在場的其他男生提供別的服務？」

我直視她的眼睛。她嚥了一口氣，但仍打起精神，此刻她的聲音變柔和，剛剛的稜角不見了。

「嗯。」

「跟性有關嗎？」

「對。」

她低下頭。

「不需要覺得丟臉，」我說。「妳需要賺錢。」我指向被告席。「反倒是他們有什麼理由？」

「抗議！」

「同意。」

但莫特．普賓還沒完。「庭上，這句話是羞辱！」

「是羞辱沒錯，」我附和。「你應該馬上懲戒你的當事人。」

莫特．普賓臉色漲紅，哭著嗓子喊：「庭上！」

「克普蘭先生。」

我對著法官舉起手，示意他有理，我會適可而止。我非常相信辯護時要盡量息事寧人，不過是照我自己的方式。必要時，還是得滅滅對方的氣焰。

「妳想跟弗林先生交往嗎？」

普賓又來了：「抗議！跟此案何干？」

「克普蘭先生？」

「當然有關。被告會說強森小姐是為了大撈一筆才提出告訴，而我呢，正在重現她那天晚上的心態。」

「繼續說，」皮爾斯法官說。

我又重複一次問題。

查蜜有點扭捏不安，讓她更像個小女生。「傑瑞跟我是不同世界的人。」

「可是？」

「可是，我想是的，我也不知道。我從沒碰過像他那樣的人，他幫我開門，他人真的很好，我不太習慣。」

「而且他很有錢，我是指跟妳比起來。」

「對。」

「這點對妳重要嗎？」

「當然。」

我喜歡她的誠實。

查蜜轉頭去看陪審團，那種反抗的眼神又回來了。「我也有夢想。」

我讓這句話縈繞片刻才接著說：「那麼查蜜，那晚妳的夢想是什麼？」

莫特又要抗議，但富萊伸手制止他。

查蜜聳聳肩。「很白癡啦。」

「妳說說看。」

「我以為說不定……真的很白癡……我以為說不定他喜歡我……」

「嗯，」我說。「妳怎麼去派對的？」

「從厄文頓搭巴士再走一段路。」

「妳到的時候弗林先生在嗎？」

「在。」

「對妳還是一樣和善？」

「一開始是。」一滴眼淚滑落。「他真的很好，那是——」

她聲音哽咽。

「是什麼，查蜜？」

「一開始……」又一滴淚滑落她的臉頰。「那是我這輩子最幸福的一個晚上。」

我讓這些話在空中繚繞迴響。第三滴淚滑落。

「妳還好嗎？」我問。

查蜜抹抹臉。「沒事。」

「確定？」

她的聲音又恢復強硬。「繼續問吧，克普蘭先生，」她說。

她表現得太好了。陪審團全抬起頭，豎耳傾聽——我想也相信——她說的每句話。

「弗林先生對妳的態度從某一刻就突然改變了嗎？」

「對。」

「什麼時候？」

「我看見他跟他們其中一個交頭接耳。」他指著艾德華．詹瑞特。

「詹瑞特先生嗎？」

「對。就是他。」

詹瑞特盡量不閃躲查蜜的目光，他可以說成功了一半。

「妳看見詹瑞特先生跟弗林先生交頭接耳？」

「對。」

「然後呢？」
「傑瑞問我想不想去散步。」
「妳是指傑瑞．弗林？」
「對。」
「好。告訴我們後來發生了什麼事。」
「我們走去外面，他們有鑰匙，他問我要不要喝啤酒，我說不要。他整個人怪怪的。」
莫特．普賓又起身：「抗議。」
我攤攤手，一臉不高興。「庭上。」
「我想聽下去，」庭上說。
「繼續。」
「傑瑞到啤酒桶那裡拿了瓶啤酒，一直盯著它看。」
「啤酒嗎？」
「對，反正他就是不看我，感覺不太對勁。我問他還好嗎，他說很好啊，後來……」她沒有哽咽，但相當接近。「他說我身材很辣，他想看我脫掉衣服。」
「妳有嚇一跳嗎？」
「有，因為他從沒這樣跟我說過話，突然間口氣變得很粗魯。」她強忍淚水。「跟其他人一樣。」
「繼續說。」
「他說，『妳想上樓看我的房間嗎？』」
「妳怎麼回答？」
「我說好。」
「妳想進他房間嗎？」

查蜜閉上眼睛，又一滴淚迸落。她搖搖頭。

「請妳大聲回答。」

「不想，」她說。

「那妳為什麼進去？」

「我希望他會喜歡我。」

「妳認為如果妳跟他上樓，他就會喜歡你？」

查蜜的聲音變弱。「我知道我如果拒絕，他就會討厭我。」

我轉身走回我的桌前，假裝在看筆記，其實是想給陪審團一些時間消化。查蜜挺直背脊，抬起下巴，奮力穩住情緒，但旁人仍感覺得到她內心的痛苦。

「妳上樓之後發生了什麼事？」

「我們經過一扇門。」她又把視線轉回詹瑞特身上。「後來他伸手抓住我。」

我要她指出此人是誰，並說出他的姓名。

「房裡還有其他人嗎？」

「有。他。」

她指向拜瑞．麥倫。我發現被告的家人就坐在他們後方。雙方父母面色凝重，好像戴著死亡面具，好像有人從後面把他們的臉皮往後拉，以致於顴骨特別突出，眼睛深陷又驚恐。他們就像哨兵一樣，排成一列保護自己的骨肉，每個人都很惶恐不安。我為他們感到難過。可是怎麼辦呢，艾德華和拜瑞有人保護他們。

查蜜卻一個也沒有。

其實我內心有一部分明瞭那晚發生了什麼事：大夥兒喝了酒，酒後亂性，忘了會有什麼後果。也許他們這輩子不會再犯，也許他們真的學到了教訓。但怎麼辦呢？

確實有人壞到骨子裡，一輩子狠毒無情，只會傷害別人。也有些人只是不小心闖了禍，也許走進我辦公室的人多半都是如此。但分辨兩者的差別不是我的工作，這要交由法官去裁決。

「好，」我說。「後來呢？」

「他關上門。」

「哪一個？」

她指麥倫。

「查蜜，為了方便起見，請妳稱呼他麥倫先生，稱呼另一位被告詹瑞特先生好嗎？」

她點頭。

「所以麥倫先生關上門，然後呢？」

「詹瑞特先生要我跪下。」

「這時候弗林先生在哪裡？」

「我不知道。」

「妳不知道？」我假裝訝異。「他沒跟妳一起上樓嗎？」

「有。」

「詹瑞特先生抓住妳的時候，他不是站在妳旁邊嗎？」

「是。」

「然後呢？」

「我不知道，他沒進房間，只看著房門關上。」

「之後妳有再看到他嗎？」

「晚一點才看到。」

我深呼吸一口氣，全速進攻。我問查蜜接下來發生了什麼事，引導她說出全部經過。她的證詞十分詳細，口氣冷淡，像在交代一件事而已。有很多切入點：他們說了什麼、怎麼談笑、對她做了什麼事。我需要具體的描述。明知道陪審團不會想聽，這我能理解，但我還是需要她盡可能明確交代每一個姿勢、在場的有誰、誰做了什麼。

全場靜默無聲。

我方作證結束後，我暫停幾秒才提出最棘手的一個問題：「妳在證詞裡聲稱強暴妳的人使用的名字是卡爾和吉姆。」

「抗議，庭上。」

這次是富萊．希克利，他終於說話了，聲音低沉，是那種會讓所有人豎起耳朵的低沉嗓音。

「她並沒有說她們『使用』卡爾和吉姆這兩個名字，」富萊說。「不論在證詞或剛剛的陳述中，她都說對方就是卡爾和吉姆。」

「那我換個說法。」我口氣慍怒，彷彿在跟陪審團說：「你們看他多愛吹毛求疵？」我回身面對查蜜。「哪個是卡爾？哪個是吉姆？」

查蜜指稱拜瑞．麥倫是卡爾、艾德華．詹瑞特是吉姆。

「他們有介紹自己是誰嗎？」我問。

「沒有。」

「那妳怎麼知道他們的名字？」

「他們這樣稱呼對方。」

「比方根據妳的證詞，麥倫先生曾說：『吉姆，把她壓下去』之類的嗎？」

「對。」

「妳知道這兩名被告不叫卡爾也不叫吉姆嗎？」我問。

「知道，」她說。

「妳可以解釋為什麼嗎？」

「不能，我只是說出他們說的話。」

毫不遲疑，不找理由，答得好。我不再追問。

「他們強暴妳之後又發生了什麼事？」

「他們逼我把身體洗乾淨。」

「怎麼逼？」

「把我推進浴室，在我身上抹肥皂，他們還逼我把水管刷洗乾淨。」

「然後呢？」

「他們拿走我的衣服，說要拿去燒掉，然後給了我一件T恤和一件短褲。」

「後來呢？」

「傑瑞陪我走到公車站。」

「弗林先生在路上有跟妳說什麼嗎？」

「沒有。」

「一個字也沒有？」

「一個字也沒有。」

「那妳對他說了什麼嗎？」

「沒有。」

我又面露詫異。「妳沒告訴他妳被強暴了？」

她第一次露出微笑。「你不覺得他知道嗎？」

這部分我也暫時擱下不談。我想再換個方向。

「查蜜，妳請了律師嗎？」

「算吧。」

「什麼意思？」

「其實不是我請的，是他找上我的。」

「他名叫？」

「何瑞斯·傅利，他不像那裡的希克利先生穿得那麼好看。」

富萊莞爾一笑。

「妳想提出告訴？」

「對。」

「為什麼？」

「要他們付出代價，」她說。

「這不就是我們正在做的事嗎？」我問。「想辦法懲罰他們。」

「對，但打這場官司是為了錢。」

我擠擠臉好像聽不懂她的話似的。「但被告會說妳是為了敲竹槓才提出告訴，他們會說妳提出告訴是因為愛錢。」

「我是愛錢，」查蜜說。「我說過我不愛錢嗎？」

我等著她繼續說。

「你不愛錢嗎，克普蘭先生？」

「愛，」我說。

「所以？」

「所以，」我說，「被告會說這是妳說謊的動機。」

「那我也沒辦法，」她說。「如果我說我不愛錢，那就是說謊。」她注視陪審團。「我坐在這裡告訴你們，錢對我不重要，你們會相信我嗎？當然不會。假如你說你不愛錢，打死我也不相信。事發之前我愛錢，現在也愛錢。我沒說謊，他們強暴了我，我要他們去坐牢。如果我能從他們身上得到一些錢，為什麼不要？我可以好好利用這筆錢。」

我往後退。坦率——百分之百的坦率——的滋味什麼也比不上。

「我問完了，」我說。

8

午餐休息時間，審判暫停。

午餐通常是跟下屬討論策略的好時機，但我現在只想一個人獨處，在腦中複習一次剛剛的辯護，想想自己遺漏了什麼，並推測富萊會出什麼招數。

我點了一份起司漢堡和一杯啤酒，幫我點餐的女服務生那樣子，好像很想在「想出走嗎？」廣告裡軋一腳似的。她叫我甜心，我喜歡女服務生叫我甜心。

審判說穿了就是兩種說法互相較量，爭取注目。你必須讓當事人變成真實的人，真實比清白重要多了，律師常忘了這點。他們以為要把當事人塑造成完人，但沒有人是完人。所以我從來不把陪審團當笨蛋，人心裡其實都有一把尺，知道怎麼看人。如果你坦露自己的弱點，他們反而更容易相信你，至少我這邊——原告這邊——確實如此。辯護時大家都想把黑的說成白的，攪和一池清水。富萊·希克利說得很清楚，應該把名為「合理的懷疑」這個美艷女郎引誘出來。我呢，剛好相反，我要池水清可見底。

女服務生走出來，說：「好了，甜心。」同時把漢堡放在我面前。漢堡看起來油滋滋的，簡直像一張血管造影片，但老實說，這正是我想要的。我雙手按著漢堡，感覺到手指陷進麵包裡。

「克普蘭先生？」

站在我面前的年輕人我看都沒看過。

「有什麼事嗎？」我說。「我正在吃午餐。」

「這是給你的。」

他把一張紙條放在桌上就走了，是那種標準黃色筆記簿摺成的小紙條。我打開來看。

請到你右手邊後面的電話亭來找我。 ＥＪ．詹瑞特

是艾德華的父親。我低頭看心愛的漢堡，它也回看我一眼。我最討厭吃冷掉或重新加熱的食物，而且肚子好餓，所以還是一口接一口吃了起來，盡可能不狼吞虎嚥。牛肉的味道很讚。

吃完我站起來，走向右手邊後面的電話亭。他人在裡頭，一杯看起來像威士忌的飲料放在他前面的平台上，他雙手握住杯子像在保護它似的，兩隻眼睛怔怔的。

我閃進電話亭時，他沒抬起頭。如果他不高興我晚來——天曉得他有沒有發現——也隱藏得很好。

「你找我？」我問。

ＥＪ點頭。他體型魁梧，運動員身材，身上穿的設計師品牌襯衫看起來仍像領口掐住脖子似的。我等他開口。

「你自己有小孩，」他說。

我不接腔。

「換成你，你會怎麼保護她？」

「第一，」我說，「我絕不會讓她去參加你兒子的兄弟會舉辦的派對。」

他抬起頭。「不好笑。」

「你說完了嗎？」

他慢條斯理喝了口酒。

「我會給那女孩十萬元，」他說。「再捐十萬元給你太太的慈善基金會。」

「很好，你想現在開支票嗎？」

「你會撤銷告訴？」

「不會。」

他注視我的眼睛。「他是我兒子，你真的想要他在牢裡蹲十年嗎？」

「對，但判決如何由法官裁定。」

「他只是個孩子，一時失去理智。」

「詹瑞特先生，你不也有女兒嗎？」

詹瑞特盯著飲料看。

「如果兩個厄文頓的黑人小夥子把她拖進房間做那種事，你會想掩蓋這件事嗎？」

「我女兒不是脫衣舞孃。」

「確實不是，她生下來就養尊處優，享盡榮華富貴，何必跳脫衣舞？」

「得了吧，」他說，「別搬出什麼狗屁社會經濟理論。你的意思是說，她是社會弱勢，除了賣淫別無選擇？拜託，這對努力脫離貧民窟的人是種侮辱。」

我瞪大眼睛。「貧民窟？」

他沒答腔。

「你住短坡是嗎，詹瑞特先生？」

「所以呢？」

「告訴我，」我說，「你有多少鄰居選擇跳脫衣舞或者——用你的字眼——賣淫維生？」

「我不知道。」

「查蜜．強森的職業跟她被強暴一點關係也沒有。我們用不著做那種選擇，你的兒子也用不著決定誰該或不該被強暴。但無論如何，查蜜．強森之所以跳脫衣舞是因為選擇有限，令嬡就沒這種煩惱。」我搖搖頭。「你真的不懂。」

「不懂什麼？」

「她被迫去跳脫衣舞和出賣肉體這件事，並不會讓艾德華比較無辜，如果有任何影響，也只是讓他更該死而已。」

「我兒子沒有強暴她。」

「所以才要對簿公堂，」我說。「你說完了嗎？」

他終於抬起頭。「我會要你好看。」

「看來你已經動手了。」

「取消捐款嗎？」他聳聳肩。「那沒什麼，小意思。」

他跟我視線交會並停在原地，毫不閃躲。我決定到此為止。

「再見，詹瑞特先生。」

他伸手抓住我的手臂。「他們會全身而退的。」

「等著瞧吧。」

「今天你贏了，但那個賤人還是得自求多福。你無法解釋她為什麼把名字弄錯，你也知道這是你們的致命傷，所以好好聽聽我的建議。」

我按捺不動。

「只要不會坐牢，我兒子和麥倫會承認所有罪狀。他們可以做社區服務，也可以接受條件嚴苛的緩刑，時間隨便你開，這很公平。除此之外，我會幫助那個痛苦的女孩，並確保珍在乎基金會募款順利。再好不過的條件。」

「不要，」我說。

「你真的認為那兩個孩子會再犯嗎？」

「說實話嗎？」我說。「可能不會。」

「我以為監獄是讓人改過自新的地方。」

「是，但我在意的不是改過自新，」我說，「是伸張正義。」

「你認為把我兒子送進監獄是伸張正義。」

「對，」我說，「但話說回來，這就是陪審團和法官存在的目的。」

「克普蘭先生，你犯過錯嗎？」

我閉口不答。

「我會挖出來，我會挖出你犯過的所有錯誤並用來對付你。克普蘭先生，你有些不可告人的過去，你知，我知。如果你要繼續這場女巫獵殺，我會把事情全挖出來攤在陽光下。」此刻他似乎找回了自信，這讓我很不舒服。「最壞的情況是，我兒子犯了大錯，我們設法彌補他的過錯，不讓他這一生化為烏有，這點你了解嗎？」

「我沒有話要說了，」我說。

他仍抓住我的手臂不放。

「最後一個警告：我會不計代價保護我的孩子。」

我看著他，然後做了一件令他訝異的事。我笑了。

「笑什麼？」

「很好，」我說。

「什麼意思？」

「你兒子有這麼多人願意為他而戰，」我說。「在法庭上也是，艾德華有很多人站在他那一邊。」

「他很受大家疼愛。」

「很好，」我又說，用力把手抽回。「但是當我看著坐在令郎背後的親友團，你知道我不得不注意到什麼事嗎？」

「什麼？」

「查蜜的背後一個人也沒有，」我說。

「我想跟大家一起分享這篇文章，」露西．金說。

露西喜歡學生把桌椅排成一個大圓圈，她就站在圓圈中間。在「學習的拳擊場」上像黑臉摔角選手一樣昂首繞步，這樣很做作沒錯，但她發現效果不錯。只要學生圍成圈圈，不管圈圈多大，每個人都坐第一排，都無處可藏。

羅尼也在教室裡。露西原本考慮由他來唸，這樣她才能好好觀察學生的表情，但文章的敘述者是女性，由男性來唸感覺不對。此外，寫這篇文章的人一定知道露西會觀察大家的反應，暗地裡注意大家的表情，所以露西決定由她來唸，羅尼負責觀察學生。露西當然也會抬抬頭，讀一下停一下，希望能看出一些蛛絲馬跡。

馬屁精席維亞．波特就坐在她面前，雙手交疊，睜大雙眼。露西跟她視線交會，對她淺淺一笑，席維亞頓時臉色一亮。她旁邊坐的是艾爾文．雷佛，班上數一數二的懶骨頭。雷佛的坐姿就是一般學生的坐姿，一副沒有骨頭、隨時會滑下椅子變成一團泥巴的模樣。

「這件事發生在我十七歲那年，」露西開始唸。「我到某個夏令營擔任指導員……」

她邊唸邊繞著小圈圈走，唸到森林裡發生的事、敘述者和她的男朋友P、樹下的吻、林中的尖叫等等。這篇文章她讀了不下十次，但此刻在其他人面前大聲唸出來，她只覺得喉嚨束緊，兩腿發軟。她很快瞥了羅尼一眼。他也察覺她語調有異，此刻正盯著他看。她對他使了個眼色，暗示他「應該看他們，不是看我」，羅尼才轉頭去看學生。

唸完後，她請大家發表意見，這可以說是例行程序。學生知道作者就在他們之中，在這個班上，但打擊別人就是鞏固自己的方法，因此緊接著大家就會爭先恐後砲轟這篇文章。學生舉起手時往往會先含蓄地說：「是我的問題嗎？」或是「我的看法也許不對，可是……」然後開始說：

「文字很平淡……」

「我感受不到她對P的愛，你們呢……」

「手移到襯衫底下？拜託！」

「老實說，我覺得這是瞎掰的。」

「敘述者說『我們吻了又吻，熱烈無比的吻』，不能只是說，要秀出來啊……」

露西出面維持場面，這是這堂課最重要的一部分。教書並不容易，她常回想自己受教育的過程：聽了好幾堂麻痺心智的課，卻想不起自己從中得到了什麼。她真正有收穫、真正烙印在心中且會反覆想起並實際應用的課，都是老師在討論時間給學生的短評。教書講求的是質，不是量。說太多，你的聲音就會變成討人厭的背景音樂；說得少，反而有加分效果。

老師也喜歡獲得注目，但這可能有危險。以前有個教授曾就這點給了她一針見血的建議：教書不是個人秀。這句話她一直牢記在心、奉為圭臬。另一方面，學生也不喜歡你在大家爭論不休時置身事外。所以當她偶爾發表經驗之談時，也會盡量分享自己把事情搞砸——反正這種例子不少——以及怎麼搞砸的例子，雖然是反例，但最後的效果並不太差。

還有一個問題：學生常為了引人注目而說出自己都不相信的話。這種情況在教職員會議上也會發生：大家說得口沫橫飛，卻沒道出事實。

但此刻露西的措辭比平常更加尖銳。她希望學生有反應，希望作者站出來，因此她繼續施壓。

「這應該是回憶，」她說。「但有人相信這是真正發生過的事嗎？」

全班頓時靜了下來。這堂課上有些不成文的規定，但露西剛剛等於在跟作者喊話，說她是騙子。露西退後一步。「我想說的是，這篇讀起來像小說，通常這不是壞事，但放在這裡會不會不適合？各位開始質疑它的真實性了嗎？」

大家七嘴八舌熱烈討論，紛紛舉手發表意見，一來一往相互爭論。這是教書工作最精采的部分，老實說，這種狀況她很少遇到，但她很愛這些孩子。每個學期她都會重新愛上這些孩子，他們就像她的家人，不論從九月到十二月，或從一月到五月都是。之後學生會離開她，有些會再回來，但很少很少，每次看見他們她都很開心，只不過他們不再是她的家人，只有目前這班學生例外，實在奇怪。

到了某一刻，羅尼突然走出教室。露西好奇他要去哪裡，但她沉浸在課堂的討論中，只覺得有時討論結束得太快，今天就是。下課鐘響，學生開始收拾背包時，她還是不知道究竟是誰寫了這篇匿名文章。

「別忘了，」露西說，「還要寄兩頁文章給我，我希望明天之前收到。」接著又補一句：「超過兩頁也無所謂，想寫多少就寫多少。」

十分鐘後她走回辦公室。羅尼已經在裡頭。

「你從他們的表情看出了什麼嗎？」她問。

「沒有。」

露西開始收拾東西，把作業塞進筆記電腦袋裡。

「妳要去哪？」羅尼問。

「有個約會。」

她的語調讓他不敢再問。露西每週都有一次這種「約會」，但她對誰都不透露細節，羅尼也不例外。

「哦，」羅尼說，眼睛看地板。露西停下動作。

「怎麼了，羅尼？」

「妳確定妳想知道那篇文章是誰寄的？我是說，我不知道耶，這整件事感覺就像背叛。」

「我必須知道。」

「為什麼？」

「不能告訴你。」

他點頭。「好吧。」

「什麼好吧？」

「妳什麼時候回來？」

「一兩個小時後。」

羅尼看看錶。「到時候我應該就知道是誰寄的了，」他說。

9

下午的審判還是延期。

有人說這會使案情出現變化，因為我的說詞會在陪審團腦海中盤旋並逐漸沉澱之類的。這根本是無稽之談。一個案子的生命週期就是如此。這其中如果有什麼好處的話，也因為富萊．希克利會因此多點時間準備而抵銷掉。審案過程就像這樣，一下子情緒飆到最高點，但碰到這種狀況又會把情緒撫平。

我用手機打給繆思。「有收穫嗎？」

「還在努力。」

我掛斷，看見約克警探傳來的簡訊。裴瑞茲太太說謊的事，我實在不知道該怎麼辦才好。如果當面問她，她大可以說自己搞錯了，什麼事也沒有。

但她一開始為什麼說謊呢？

她會不會只是說出自己認定的事實——那具屍體不是她兒子？裴瑞茲夫婦會不會只是犯了一個嚴重（但可以理解）的錯誤，只是無法相信吉爾這些年都還活著，所以難以接受擺在眼前的事實？

還是他們說了謊？

要是如此，為什麼說謊？

跟他們對質之前，我必須掌握更多證據才行。必須找到明確的證據，證明躺在太平間那個化名馬諾洛．聖地牙哥的人，確實是吉爾．裴瑞茲，證明他就是將近二十年前跟我妹妹、瑪歌．葛林和道格．畢林漢消失在森林裡的那個男孩。

約克的簡訊說：「抱歉這麼晚才回你消息。上次你問起拉雅．辛，就是死者的女友。信不信由你，我們只有她的一支手機號碼，總之我們打了電話，知道她現在在林肯隧道附近三號路的一家印度餐廳工作。」他給我餐廳名稱和住址。「她應該整天都在那裡。如果你問出聖地牙哥的真名，別忘了跟我說一聲。目前我們只知道他用這個假名有一陣子了。我們找到他六年前在洛杉磯一帶的幾筆記錄，不過沒什麼重要的。那再聯絡吧。」

我不知道該怎麼想才好，眼前沒多少選擇。我走向車子，一坐進去我就覺得很不對勁。

駕駛座上放了一個牛皮信封。

我知道那不是我的，我沒把信封放在這裡，而且我確定自己有鎖車門。

這表示有人摸進我的車。

我頓了頓，拿起信封，上面沒有住址，沒有郵票，正面全部空白，信封摸起來薄薄的。我坐進前座，關上車門。信封封住，我用食指把信封扯開，伸手抓出裡頭的東西。

看見手中的東西時，我的血液當下凝結，是我爸的照片。

我皺起眉頭。搞什麼？

照片底下白色邊框的地方，整整齊齊印著他的名字：法第米爾．克普蘭。就這樣。

我不懂。

我呆坐了一會兒，怔怔看著照片中親愛的父親，想起他在列寧格勒行醫的樣子，想起他失去了多少東西，生命最後又如何變成一連串無止盡的悲劇和失望。我記得他跟我媽吵架的情景，他們找不到人發洩怒火只好拿彼此出氣，結果兩人都受了傷。我記得我媽獨自哭泣，記得有些夜裡我跟卡蜜拉互相依偎。我跟卡蜜拉從沒吵過架，這在兄妹裡很少見，也許是我們受夠吵架了。有時她會牽著我的手，有時會說我們去散散步吧。但大多時候我們會進她房間，她會放她最喜歡但有夠蠢的流行歌曲給我聽，告訴我她為什麼喜歡，好像歌裡隱含了什麼意義似的，然後跟我說她在學校喜歡的男孩。我聽著她說，心中就會莫名其妙湧現一股滿足感。

我不懂。為什麼是這張照片？

信封裡還有別的東西。

我把信封轉過來，沒東西掉出來，之後我把手伸到信封底下，摸到一張索引卡。我拿出卡片，沒錯，是索引卡，白底紅線，有線的那部分是空白的，另一面全白的部分打了幾個字：

第一件醜事

「你知道文章是誰寄的？」露西問。

「還不知道，」羅尼說。「但我會查出來的。」

「怎麼查？」

羅尼垂著頭，之前的神氣自信都不見了。露西覺得難受，羅尼不喜歡她要他做的事，她自己也不喜歡，可是她沒有選擇。這些年她極力隱藏自己的過去，改名換姓，不讓保羅找到她，把一頭天生的金髮——她這年紀的女人有幾個有天生的金髮——換成現在的棕色亂髮。

「好吧，」她說。「我回來時你還會在？」

他點頭。露西走下樓去開車。

在電視節目裡，要取得新身分似乎很容易，對露西來說卻非如此。那是個漫長的過程，起先她把姓從銀斯坦改成金，銀變成金，聰明吧？她覺得還好，但這對她是一種方法，讓她覺得自己還跟深愛的父親保持某種聯繫。

她常常搬家。營地早就沒了，她父親的財產也是，到最後連她父親也離她遠去。

她父親伊拉．銀斯坦僅剩的東西，都放在離雷斯頓大學十哩左右的一間中途之家裡。她開著車，享受獨處的時光，聽著湯姆．威茲唱著他希望自己不曾陷入愛河，但他當然已經陷了進去。她把車停進停車場。眼前的住屋是棟改建過的豪宅，占地很廣，比一般豪宅要好一些。露西薪水一大半都砸進這裡了。

她把車停在他父親的老爺車——一輛鏽跡斑斑的黃色福斯金龜車——旁邊。金龜車永遠停在同一個地方，她懷疑這一年來是不是從沒動過。她父親在這裡可以自由行動，隨時要出門都可以，進出隨他高興，但令人心痛的是，他幾乎從未離開過自己房間。貼在車子保險桿上的左派貼紙早已褪色。露西有一副金龜車的備用鑰匙，每隔一陣子她就會去發動發動車免得電池壞掉。光是坐在車上都會勾起她的回憶，彷彿看見滿臉鬍鬚的爸爸開著車，車窗打開，笑容滿面，對沿途每個人揮手、按喇叭。

她一直沒有勇氣把車開出去繞一繞。

露西到前門櫃臺登記。這房子經過特殊的設計，裡頭住的多是長期用藥或有精神問題的老年人。這個範圍似乎很廣，從外表完全「正常」的人，到可以在《飛越杜鵑窩》裡軋一腳的臨時演員都有。

伊拉兩種都有一點。

她站在他的房門口，伊拉背對著她，披著他常穿的那間麻布斗篷，一頭灰髮往四面八方亂翹。收音機轟轟傳出一九六七年當紅的草根樂團那首〈及時行樂〉。露西停下來聽主唱華倫．恩特勒氣勢萬鈞地數秒一、二、三、四，然後樂團轟然響起「沙啦啦啦，及時行樂！」她閉上眼睛，無聲地跟著一起唱。

真是好東西。

房間裡有串珠、染布和一張「花兒不見了」的反戰海報。露西不由微笑，但開心的成分很少。懷舊是一回事，心智日漸退化又是另一回事。

初期的痴呆症狀漸漸浮現，侵占身體，是年老還是藥物所致，沒有人知道。伊拉一直腦袋迷糊，活在過去，很難確定這是怎麼開始的。這是醫生的說法，但露西知道最初的斷裂、最初的傾斜始於那年夏天。那年在樹林裡發生的事使伊拉成了眾矢之的，畢竟那是他的營地，照理說他應該負起保護隊員的責任。

媒體追著他跑，雖然不像追受害家庭那麼誇張，但伊拉是個老實人，禁不起這種折磨，很快就倒了。

如今他很少踏出房門，心智在不同年代之間跳來跳去，但六〇年代是他唯一覺得放心的年代。有一半時間他真的以為現在是一九六八年，但其他時候他其實心裡很清楚，從表情就看得出來，他只是不願意面對罷了。所以醫生採用了「確認療法」，讓他的房間實際上就停留在一九六八年。

醫生說這種痴呆症不會好轉，所以應該盡可能讓患者保持心情愉快、沒有壓力，儘管這多少表示要活在謊言之中。簡單的說就是，伊拉想重回一九六八年，那是他最快樂的時光，既然如此，何不順著他呢？

「嘿，伊拉。」

他一向不喜歡她喊他「爸」。只見伊拉「慢動作」循著她的聲音轉過頭，彷彿從水底舉起手揮一揮，然後說：「嘿，露西。」

她吞下淚水。他沒有一次不認得她，每次都知道她是誰。如果他真的活在一九六八年，那麼女兒當時還沒出生，這似乎說不通，但這從來就粉碎不了伊拉的幻想。

他對她微笑。在這樣殘酷的世界裡，伊拉永遠顯得太慷慨太寬大，太像孩子也太天真。她會說他是「昔日的嬉皮」，但這就意味著在某個時候伊拉已經放棄當嬉皮。大家早都交出染布、花的力量、和平珠鍊，早就剪掉長髮、剃掉鬍子，伊拉卻仍緊抓住當年的理想。

露西有段美好的童年時光，印象中伊拉從不對她大聲說話，也從不設限、從不約束她，希望女兒去看去體驗各種事物，就算是不太好的事物也無妨。奇怪的是，這種放任反而使他唯一的孩子變得中規中矩，以當時的標準來看也是。

「妳來我好高興……」伊拉說，他踩著踉蹌的步伐走向她。

她上前一步抱住他。他父親身上散發年老和體汗的味道。斗篷得洗了。

「身體怎麼樣，伊拉？」

「很好，好得不得了。」

他打開瓶子拿出維他命，這是他常有的動作。儘管作風不像資本家，但七〇年代初伊拉靠維他命發了筆小財，後來拿這筆錢買下一塊賓州和紐澤西州交界的土地。有陣子他把它當做公社一樣經營，但維持不久，後來就轉成夏令營了。

「你好嗎？」她問。

「好得不得了，露西。」

說完他就哭了起來。露西坐在他身旁握著他的手。他哭了又笑，笑了又哭，一再跟她說他有多麼愛她。

「妳就是我的世界，露西，」他說。「我看見妳……就看見事物該有的樣子，妳懂我的意思嗎？」

「伊拉，我也愛你。」

「看吧？我就是這個意思，我是全世界最富有的人。」

他又哭。

露西不能待太久，還得回辦公室看羅尼有什麼收穫。此刻伊拉的頭靠在她的肩上，頭皮屑和體味陣陣飄來。護士進來時，露西趁機脫身，她討厭自己這樣。

「我下禮拜再來，好嗎？」

伊拉點頭。她離開時，他臉上還掛著微笑。

護士在走廊上等她，露西忘了她的名字。「他還好嗎？」露西問。

通常這只是象徵性問題。這裡的患者狀況都不好，但家人不愛聽這些，所以護士一般會說：「哦，還不錯。」但這次她說：「妳父親最近情緒比較激動。」

「怎麼說？」

「他通常是最貼心、最溫和的一個，但最近他的情緒波動——」

「他常有情緒波動。」

「不是那樣的。」

「他闖了什麼禍嗎？」

「沒有，不是的……」

「那是什麼？」

她聳聳肩。「最近他很常提往事。」

「他本來就常提六〇年代的事。」

「沒有那麼遠。」

「那是？」

「他提起夏令營的事。」

露西覺得胸口一沉。「他說了什麼？」

「他說他曾經有個夏令營，之後沒了，然後開始激動地說起樹林、流血、黑夜之類的事情，說完就沉默下來，聽得人心裡發毛。之前我從沒聽他說過營地的事，擁有一片營地就更不用說了。當然有可能是他的思緒跳來跳去，也許只是他自己的想像？」

這似乎是個問句，但露西沒回答。走廊另一邊有名護士喊：「蕾貝卡！」

原來她叫蕾貝卡。護士說：「我得走了。」

露西獨自站在走廊上，回頭去看房間。她父親背對著她，兩眼發直盯著牆壁，她很好奇他在想些什麼，有什麼事沒告訴她。

他對那晚發生的事知道多少。

她強迫自己走向門口。門前的接待員要她簽出。每位病患都有自己專屬的頁面。接待員翻到伊拉的那一頁，把本子轉個頭讓她簽名。她手握筆，正要像進門那樣心不在焉簽下姓名時，手倏地停住。

上面還有一個名字。

上個禮拜伊拉還有一名訪客。除了她以外，有史以來第一個也是唯一一個訪客。她蹙著眉頭看那名字，從來沒看過。

究竟誰是馬諾洛·聖地牙哥？

10

第一件醜事

我父親的照片還在我手裡。

現在我必須繞路去找拉雅・辛。我看著那張索引卡：第一件醜事，這表示接下來還有。但先從眼前這件開始——我父親。

說到我爸和他可能隱瞞的醜事，能幫我的只有一個人。我拿出手機，按下六號，這組號碼我很少打，但仍然把它設為特殊號碼，我想往後也一樣。

鈴響一聲對方就接起，用低沉的聲音說：「保羅。」

短短兩個字口音濃重。

「嗨，索希叔叔。」

索希不是我的親叔叔，是我們家在俄國就認識的一位老朋友。我們有三個月沒見了，上一次見面是在我爸的喪禮上，但一聽見他的聲音，他的魁偉身影馬上浮現我眼前。我爸說，索希叔叔是普可佛——列寧格勒外郊，他們從小長大的地方——最有權勢、最叫人害怕的人。

「太久了，」他說。

「我知道，很抱歉。」

「喔。」他似乎不屑我的道歉。「不過我猜到今天你會打來。」

這倒是令我意外。「為什麼？」

「小夥子，因為我們需要談一談。」

「談什麼？」

「談談我為什麼從來不在電話上說事情。」

索希的事業即使不算違法，也是街頭上比較見不得人的那一種。

「我在市區家裡。」索希在曼哈頓三十六街有間豪華頂樓公寓。「你什麼時候過來？」

「車子不多的話半小時以後，」我說。

「很好，待會兒見。」

「索希叔叔？」

他等我接下去說。我看著副駕駛座上我爸的照片。

「可以稍微透露是什麼事嗎？」

「跟你的過去有關，培維爾。」他喊我的俄文名字，腔調明顯。「跟你的過去該留下什麼有關。」

「這話什麼意思？」

「到時再說。」他掛上電話。

路上車不多，不到二十五分鐘我就到了索希叔叔的住處。門房穿著有流蘇的可笑制服，光是索希叔叔住在這裡就夠有趣了，門房穿成那樣更讓我想起俄共總書記布里茲涅夫在勞動節遊行時的打扮。門房認得我的臉，也知道我要來。如果沒事先接獲通知，他就不會打電話上去，我就進不去了。

索希的老朋友亞力士站在電梯門前。亞力士．科可洛夫負責保護索希的安全，從我有記憶以來就這樣了。他應該六七十了，比索希小幾歲，長相是你能想像最其貌不揚的那種。他的鼻子又圓又紅，臉布滿一條條血管，應該是喝酒過量造成的，上衣和長褲怎麼看怎麼不合身，但身材又不適合穿那種高級時裝。

亞力士看到我似乎並不高興，不過他本來就不太愛笑。他幫我扶住電梯門，我默不作聲走了進去，他很快點個頭就放掉門，讓我獨自上樓。

電梯直上頂樓。

索希叔叔站在門前不遠處。他的公寓很大，家具走立體派風格，從窗戶看出去視野極佳，但牆上的壁紙非常厚，好像掛毯一樣，那種顏色講究一點可能稱為「葡萄紅」，但看在我眼裡卻像血的顏色。

索希一看到我就臉色一亮，攤開雙手。他的一雙大手是我最深刻的童年回憶。現在那雙手仍然大於常人。這些年他的頭髮已成灰白，屈指一算，他少說也有七十了，但我還是覺得那雙大手強而有力甚至令人敬畏。

我停在電梯門外。

「怎麼？」他對我說，「老到連擁抱都不行了嗎？」

我們不約而同走上前，他那種俄國式的擁抱是貨真價實的「熊抱」。他的體內散發強大力量，手臂跟過去一樣孔武有力，當他把我拉向他時，我總覺得他只要拳頭一緊就能把我的脊椎折斷。過了一會兒，索希抓住我的手臂靠近二頭肌的地方，跟我隔著一臂之遙仔仔細細打量我。

「你父親，」這次他的聲音不只帶有濃重的俄國腔。「你長得跟你父親一模一樣。」

我們來美國沒多久，索希也跟著來了。他在蘇聯外籍旅客觀光局工作，也就是蘇聯觀光局在曼哈頓的分社。他的工作是提供想到莫斯科還有當時的列寧格勒旅遊的美國觀光客協助。

那是好久以前的事了。蘇聯解體後，他就投入了人稱「進出口」的可疑事業。我從來不知道那到底是什麼，反正他靠它賺到這棟豪華公寓就是了。

索希又打量了我一會兒。他身穿白色襯衫，沒扣釦子，看得見裡頭的V領內衣和一大叢冒出來的灰色胸毛。我不想打斷他，知道這不會太久，索希叔叔不是喜歡閒話家常的人。

他彷彿看穿我的心思，直直看著我的眼睛，說：「我最近一直接到電話。」

「誰的電話？」

「老朋友。」

我等他把話說完。

「從故國打來的，」他說。

「我不確定這什麼意思。」

「打來問問題。」

「索希？」

「嗯？」

「在電話上你擔心被竊聽，在這裡也是嗎？」

「不會，這裡百分之百安全，每週都會掃一次。」

「很好，那就別再打啞謎，告訴我你在說些什麼？」

他笑了，他喜歡單刀直入的作風。「有人在莫斯科到處撒錢問人問題，是美國人。」

我自顧自點頭。「什麼問題？」

「關於你爸的。」

「什麼樣的問題？」

「記得之前的謠言嗎？」

「你在開我玩笑嗎？」

當然不是。奇怪的是，這似乎說得通。第一件醜事。我早該猜到了。

我怎麼會不記得那些謠言，我們家差點因此毀了。

我跟我妹在所謂的冷戰期間在蘇聯出生。我爸是醫生，但因為莫須有的罪名被吊銷執照，誰叫他是猶太人。那個時代就是這樣。

當時，美國——明確地說是伊利諾州的斯科基——有個猶太改革教會奮力為蘇聯的猶太人請命。七〇年代間，美國的猶太教堂十分關心蘇聯的猶太人，想盡辦法要拯救猶太人脫離蘇聯。

在他們的幫助下，我們很幸運離開了蘇聯。

很長的一段時間，我們在新國度被拱為英雄。星期五的晚間禮拜時間，我爸會上台慷慨激昂地談論猶太人在蘇聯所受的苦。那時小孩戴上反共徽章，捐款不斷湧入，但大約過了一年，我爸跟教會的首席拉比吵架，不久就傳出我爸之所以離開蘇聯是因為他是蘇聯特務組織KGB的成員，他自稱是猶太人只是個幌子。這些指控薄弱、矛盾，完全胡說八道，距今也已超過二十年。

我搖搖頭。「所以他們想證明我爸是KGB成員？」

「對。」

該死的詹瑞特。我懂了，我猜到了。現在我多少也算公眾人物，這些指控就算到頭來證明是子虛烏有，也會對我造成傷害。我早該想到的。二十年前，我爸因為那些流言幾乎失去一切。我們離開了斯科基，東遷到紐華克，家裡再也無法像以前一樣。

我抬起頭。「你在電話上說猜到今天我會打給你。」

「如果沒有，我也會打給你。」

「提醒我小心嗎？」

「對。」

「所以，他們一定握有把柄。」

站在我面前的大漢閉口不答。我看著他的臉，感覺上我的全世界、我從小相信的一切似乎都漸漸轉變。

「索希，他是嗎？」我問。

「那是很久以前的事了，」他說。

「所以是？」

索希臉上的笑容慢慢浮現。「你不了解。」

「我還是要問：『所以他是？』」

「不是，但你爸……也許本來應該會是。」

「這話什麼意思？」

「你知道我怎麼來美國的嗎？」

「你在旅行社工作。」

「培維爾，那是蘇聯，蘇聯沒有私人公司，都歸政府管，所有東西都是，你懂嗎？」

「大概。」

「所以蘇聯政府有機會送人到紐約市，你想他們會選最會訂機票拚觀光的人，還是在其他方面對他們有幫助的人？」

我想起他的龐然大手，想起他的孔武有力。「所以你是KGB？」

「我是軍隊上校，我們不叫它KGB，但沒錯，你可以說我是——『間諜』。」他豎起手指比出引號。「我會跟美國官員見面，設法買通他們。外人以為我們藉此獲得可能改變權力平衡的重要情報，其實沒這回事，根本都是些不重要的資訊。美國間諜呢？一樣挖不到我們的情報。雙方就把無用的消息傳來傳去，蠢死了。」

「那我爸呢？」

「蘇聯政府放他走的。你們的猶太朋友以為是自己的功勞，得了吧。猶太教會那麼一小撮人，真的以為自己能對誰都不甩的政府施壓嗎？這麼想的話就太可笑了。」

「所以你的意思是？」

「我只是告訴你事實。你父親有沒有答應幫蘇聯政府？那是一定的，但他的目的只是想出國門。

培維爾，事情很複雜，你無法想像對他是什麼感覺。你父親是個好醫生也是個好人，蘇聯政府捏造他犯了醫療疏失的罪名，吊銷他的執照。然後你外祖父母……唉，娜塔莎那對善良的父母……你當時還很小，記不得了──」

「我記得，」我說。

「是嗎？」

我懷疑自己是否真的記得。我還記得外公的樣子，他濃密的白鬍子，也許還有他的開懷大笑，也記得外婆溫柔責備他的模樣。但他們被帶走時我才三歲。我真的記得他們，還是那張老照片獲得了生命？那是真實的記憶，還是我擷取母親的故事創造出來的東西？

「你的外祖父母都是知識分子，大學教授。你外祖父是歷史系主任，你外祖母是很優秀的數學家，這你知道吧？」

我點頭。「我母親說她從餐桌上學到的東西比在學校還多。」

索希聞言一笑。「有可能，國內頂尖的學術機構都想延攬他們，不過這當然引來當局的注意。後來他們就被貼上激進分子、危險分子的標籤。你還記得他們被逮捕的時候嗎？」

「我記得後來的事，」我說。

他閉上眼睛一會兒。「對你母親的打擊嗎？」

「對。」

「娜塔莎後來變了一個人，你知道？」

「知道。」

「所以你父親失去很多，事業、名聲、醫師執照，甚至岳父岳母都遭殃。就在他最消沉的時候，當局突然給了他一條出路，一個重新開始的機會。」

「移民美國。」

「對。」

「只要他答應當間諜？」

索希揮揮手，不理我的問題。「你還不懂嗎？那不是普通人玩得起的，你爸那種人怎麼可能學得會，就算他試了也一樣，但他並沒有。他能給什麼情報呢？」

「那我媽呢？」

「娜塔莎在他們眼中只是個弱女子，當局才不管女人。有一陣子她確實是個問題，我說過，她爸媽也就是你外祖父母在政府眼裡是激進分子。你說你記得他們被帶走？」

「我想我記得。」

「你外祖父母召集一些人，想把違反人權的事揪出來，本來進行得不錯，後來有個叛徒跑去告密，特務晚上就找上門了。」

他停下來。

「怎麼了？」我問。

「這件事很難說。他們之後的遭遇。」

我聳聳肩。「反正現在也傷害不了他們了。」

他沒回答。

「後來怎麼了？」

「他們被送去古拉格，就是勞改營。那裡的狀況很糟，你外祖父母都不年輕了。你知道最後怎麼結束的嗎？」

「他們死在勞改營裡，」我說。

索希轉身背對我，舉步走到窗前，將哈德遜河盡收眼底，此刻港口有兩艘大型遊艇，轉向左邊甚至可以看到自由女神像。曼哈頓太小了，從頭到尾只有八哩長，但像索希這樣的人永遠感覺得到它的強大力量。

「索希？」

再度開口時，他的聲音變得輕緩。「你知道他們是怎麼死的嗎？」

「就像你之前說的，勞改營裡的狀況很糟，我外公的心臟出了毛病。」

他還是沒轉向我。「當局不幫他治療，甚至不給他藥，不到三個月他就走了。」

我靜待著。

「所以你還有什麼沒告訴我？」

「你知道你外婆怎麼了嗎？」

「我只知道我媽告訴我的。」

「她告訴你什麼？」

「說外婆也生病了，外公一走，她的心也死了，常聽說相守多年的老夫老妻都會這樣：一個走了，另一個也放棄了。」

他不說話。

「索希？」

「某方面來說也對，」他說。

「某方面？」

索希一直看著窗外。「你外婆是自殺的。」

我的身體一僵，不由自主開始搖頭。

「用床單上吊自殺。」

我坐在椅子上想像外婆的樣子，想起她機靈的笑容，想起我媽說的有關她的故事，還有她的聰明才智和伶牙俐齒。自殺。

「我媽知道嗎？」我問。

「知道。」

「她從沒告訴過我。」

「或許我也不該說。」

「那又為什麼要說？」

「我希望你看清事實。你母親是個美麗的女人，迷人又嬌弱，你父親很愛她。但自從她的父母被帶走甚至被迫走上絕路之後，她就變了個人。你也感覺到了是嗎？她的憂鬱？甚至在你妹妹出生之前就有了。」

我沒答腔，但我確實感覺到了。

「我大概希望你知道真相，」他說。「為了你母親，這樣你說不定更能理解她、體諒她。」

「索希？」

他等著我把話說完，眼睛仍看著窗外。

「你知道我媽在哪裡？」

大塊頭索希過了好久都不答。

「索希？」

「以前知道，」他說，「她剛逃走的時候。」

我穩住情緒。「她去哪裡了？」

「娜塔莎回家了。」

「我不懂。」

「她跑回俄國了。」

「為什麼？」

「你不能怪她，培維爾。」

「我沒怪她，我只想知道原因。」

「你可以像其他人一樣離開家、盡可能改變自己，縱使你恨執政當局，但從來不曾討厭你的同胞，祖國就是祖國，永遠不會改變。」

他轉向我。我們四目相交。

「這就是她逃走的原因？」

他站在原地不說話。

「這就是她的解釋？」我幾乎是用喊的，只覺血管一跳一跳地抽動。「因為祖國就是祖國？」

「你沒聽我說。」

「我有。祖國就是祖國，什麼鬼，那能不能說家庭就是家庭？丈夫就是丈夫，或者更切身一點：兒子就是兒子？」

他不答。

「那我們呢？我跟我爸呢？」

「這個問題我沒有答案。」

「你知道她現在在哪裡嗎？」

「不知道。」

「真的？」

「真的。」

「但你可以找到她是嗎？」

他沒點頭也沒搖頭。

「你有孩子，」索希對我說，「你的未來大有可為。」

「所以？」

「所以這些都過去了，過去的歸死者所有，你不會想讓死者復活，應該將他們埋葬，然後繼續前進。」

「我媽還活著，對嗎？」我問。

「我不知道。」

「那你為什麼提到死者？還有，既然你提起死者，還有一件需要考慮的事。」我忍不住脫口而出：「我甚至不確定我妹妹是不是死了。」

我以為聽到這句話他會很驚訝，結果沒有，一點也沒有。

「對你來說，」他說。

「對我來說什麼？」

「對你來說，他們應該都死了。」

11

我把索希叔叔的話拋到腦後，開車往回走，穿越林肯隧道。此刻我必須把精神集中在兩件事上，其他什麼都不想。第一：把那兩個強暴查蜜．強森的混蛋定罪；第二：查清吉爾．裴瑞茲這二十年來的行蹤。

我拿出約克警探給我的住址。死者的女友（證人之一）在一家名為咖哩卡里的印度餐廳工作。我討厭雙關語——還是喜歡？喜歡好了，抱著這種心態去比較好。

我正開車前往餐廳途中。

我爸的照片仍放在前座，但其實我並不擔心那些指控。跟索希談完之後，我幾乎可以預料到這種結果。但此刻我又把那張索引卡重看了一次。

第一件醜事

第一件。這表示還沒完。看來這位大爺花錢可不手軟，麥倫大概也有貢獻。如果他們翻出我父親二十多年前的醜事，這就表示他們豁出去了，不達目的絕不罷休。

他們還會挖出什麼事？

我不是壞蛋，也不是完人，沒有人是，所以他們遲早會抓到我的把柄，非搞到天翻地覆才會滿意。這會嚴重打擊珍在乎基金會、我的名聲、我的政治野心。再說，查蜜也有不可告人的事，之前我要她不用隱瞞，把過去全攤在陽光下。

難道我不該這樣要求自己嗎？

抵達印度餐廳時，我把車開進停車場，熄火。這裡不是我的轄區，但應該無所謂。我看看窗外，又想起信封的事，決定先打手機給繆思。她一接起我就報上名字，說：「我可能有個小問題。」

「什麼？」繆思問。

「詹瑞特他爸想找我麻煩。」

「怎麼說？」

「他正在打聽我的過去。」

「有找到什麼嗎？」

「不管是誰，總會翻出一些東西，」我說。

「我可沒有。」

「真的？那麼雷諾那幾具屍體呢？」

「告訴都撤銷了。」

「非常好。」

「跟你開玩笑的，放輕鬆嘛。」

「真服了妳，這時候還開玩笑，算妳厲害。」

「好吧，言歸正傳。你要我做什麼？」

「妳認識一些本地的私家偵探吧？」

「對。」

「打聽看看是誰在調查我。」

「好，包在我身上。」

「繆思？」

「怎樣？」

「這不急，如果人手不夠就算了。」

「不會，包在我身上，你放心。」

「妳覺得我們今天表現得如何？」

「今天是好人有好報的一天，」她說。

「嗯。」

「但可能還不夠好。」

「妳是指卡爾和吉姆嗎？」

「我想把所有叫卡爾和吉姆統統槍斃。」

「繼續努力。」我說完就掛了。

說到室內裝潢，印度餐廳大致可分為兩類：很暗一類，很亮一類。這間光線明亮、色彩繽紛，模仿印度神廟的風格，不過是比較劣質的那種。裡頭有仿造的馬賽克畫，打了燈的象神和其他我不認識的神像。女服務生穿著露肚皮的水綠色紗麗，讓我想起《夢見珍妮》裡那個壞姊姊穿的衣服。

固守刻板模式是人之常情，不過這家店整體看來好像隨時會有寶萊塢歌劇演員跳出來似的。各種外國文化我都會試著去欣賞，但不論怎麼試，還是沒辦法喜歡印度餐廳放的音樂。此刻那音樂聽起來就像西塔琴正在虐待一隻貓。

看見我進門，女服務生眉頭一緊。「請問幾位？」她問。

「我不是來用餐的，」我說。

她等我把話說完。

「拉雅．辛在嗎？」

「誰？」

我又說一次。

「我不……哦，你說那個新來的女生。」她雙手抱胸，不再說話。

「她在嗎？」我問。

「你是哪位？」

我豎起眉毛。這方面我實在不行，想要帥卻每次都弄巧成拙。「美國總統。」

「嗄？」

我遞給她名片，她看完就放聲大叫，嚇了我一跳。「拉雅！拉雅．辛！」

拉雅．辛站上前，我不由倒退一步。她比我想像的年輕，二十出頭，艷光四射。你第一個注意到的——那身薄紗叫人不注意也難——是她的身材，凹凸有致得超出常人對身體的想像。她站著不動，看起來卻像在動。一頭黑色蓬髮像在跟人招手，偏黑的皮膚帶著金色光澤，一雙杏眼可能會讓男人一不小心就掉進去，永遠迷失在裡頭。

「妳是拉雅．辛？」我問。

「是。」

「我是保羅．克普蘭，艾塞克斯郡的檢察官。方便跟妳談一下嗎？」

「談那件命案？」

「對。」

「當然可以。」

她的聲音帶有新英格蘭寄宿學校的優雅腔調，彷彿她是穿越千里來到你面前。我盡量不盯著她看，只見她抿著嘴笑，想必是察覺到了。我不希望自己聽起來像個變態，因為我真的不是。女性的美令我著迷，我不認為自己是特例。就像我為藝術品，比方林布蘭或米開朗基羅的作品著迷一樣。或是巴黎的夜景、大峽谷的日出、亞歷桑納天空的藍綠色落日。那種感覺並不可恥，我把它解釋成對美的一種反應。

我尾隨她走到外面街上，那裡比室內安靜。她抱著雙臂好像會冷，那動作就像她的其他動作一樣引人遐思。大概不是故意的。她身上所有一切都讓人聯想到月光照耀的天空、豪華的四柱床——我「對美的反應」因此有點招架不住，只想脫下外套幫她披上，儘管外面一點也不冷，我也沒穿外套。

「妳認識馬諾洛．聖地牙哥嗎？」

「他被殺了，」她說。

她語調輕快，好像在唸劇本一樣。

「妳認識他？」

「認識。」

「你們是情侶？」

「還不是。」

「還不是？」

「我們之間，」她說，「是柏拉圖式的關係。」

我把目光移到人行道上又越過街道。好些了。我其實對命案本身或凶手是誰沒多大興趣，我想知道的是馬諾洛．聖地牙哥到底是誰。

「妳知道馬諾洛．聖地牙哥住哪裡嗎？」

「不知道，抱歉。」

「你們怎麼認識的？」

「他在街上跟我搭訕。」

「就這樣？在街上走過來說要認識妳？」

「對，」她說。

「然後呢？」

「他問我想不想一起喝杯咖啡。」

「妳答應了。」

「嗯。」

我又大膽瞄了她一眼。美如天仙，貼著古銅皮膚的藍綠色薄紗……沒哪個男人受得了。「妳常這樣嗎？」我問。

「怎樣？」

「接受陌生人的邀約？」

她似乎覺得這問題很好玩。「克普蘭先生，我有必要跟你解釋我的行為嗎？」

「沒有。」

她不表意見。

我又說：「我們必須多了解一點聖地牙哥這個人。」

「我可以知道原因嗎？」

「馬諾洛・聖地牙哥是化名，我想查出他的真名，這是一點。」

「我怎麼會知道？」

「我想知道一件事，不過這可能會逾越我的權限，」我說。

「什麼事？」

「妳一定很多男人追求，」我說。

她歪嘴一笑，顯然懂我的意思。「謝謝讚美。」

我緊抓住話題，繼續問：「那麼妳為什麼答應跟他喝咖啡？」

「這很重要嗎？」

「我們可以藉此更了解他。」

「很難想像。這麼說好了，就算我說因為我覺得他很帥，難道會有幫助？」

「妳認為呢？」

「我什麼？認為他很帥嗎？」又是微笑。一綹亂髮落下，遮住她的右眼。「你聽起來好像在吃醋？」

「辛小姐？」

「是。」

「我正在調查命案，所以我們能不能就別再繞圈圈。」

「你想我們可以嗎？」她把頭髮塞回去。我站穩腳。「好吧，可以，」她說。

「妳可以幫我查出他真正的身分嗎？」

她想了想。「也許可以從他的手機記錄下手？」

「我們查過他身上的手機，上面只有妳的電話。」

「之前他還有另一個號碼，」她說。

「妳還記得嗎？」

她點點頭。我拿出原子筆，把她唸的號碼寫在我的名片背後。

「還有嗎？」

「沒想到。」

我又拿出一張名片，寫下我的手機號碼。「又想到什麼的話，可以打給我嗎？」

「當然。」

我把名片給她。她看著我，不說話，只是笑。

「怎樣？」

「你沒戴婚戒？」

「誰說我結婚了。」

「離了婚還是太太不在了？」

「妳怎麼知道我不是單身主義者？」

她不理我的問題。

「太太不在了，」我說。

「我很遺憾。」

「謝謝。」

「多久了？」

我本來要說關她屁事，但我想讓她對我留下好印象，況且她實在太美了。「將近六年。」

「是嗎？」她說。

那雙迷人的眼睛看著我。

「你為什麼不約我出去？」她問。

「妳說什麼？」

「你不是覺得我很漂亮嗎？我目前單身，你也單身，為什麼不約我出去？」

「公私不分不是我的作風，」我說。

「我是從加爾各答來的，你去過嗎？」

突然改變話題讓我措手不及。她的口音跟她的出身連不起來，但現今這不代表什麼。我回答沒去過，但我當然聽過。

「聽說歸聽說，」她說。「那裡的實際狀況更差。」

我沒接話，心裡好奇她到底想說什麼。

「我有自己的人生規畫，」她說。「第一階段是到這裡，到美國來。」

「第二階段呢？」

「這裡的人想盡辦法要往上爬，有人玩樂透；有人夢想成為……也許運動員吧；有人幹非法勾當或去跳脫衣舞或是出賣自己。我知道自己的本錢：我長得漂亮，做人又好，而且學會了怎麼——」她頓了頓，斟酌用字。「對男人好。我可以讓男人快樂無比，我會聽他們的話，陪在他們身邊，逗他們開心，讓他們享受難忘的一夜。不管什麼時候，不管用什麼方法，我都會全心全意、心甘情願把自己交給對方。」

這樣，我心想。

我們站在一條繁忙的街道中間，但我發誓四周靜得連蟋蟀叫聲都聽得到。我覺得口好乾。我發出的聲音聽起來好遙遠。「妳想馬諾洛．聖地牙哥可能是那個男人嗎？」

「我以為他可能是，」她說。「結果並不是。你看起來是個好人，好像會好好對待女人。」拉雅．辛似乎靠近我一點，我不確定，但她片刻間好像近了一些。「我看得出來你有心事，晚上睡不好。克普蘭先生，沒試過你怎麼知道呢？」

「知道什麼？」

「怎麼知道我不適合你，不會讓你快樂得想飛上天，睡在我身旁你就會一夜好眠。」

哇。

「確實不知道，」我說。

她瞪大眼睛看著我，我全身上下都不自在。看來我被耍了，八成如此。但這麼坦白的台詞，這麼直截了當不拐彎抹角的剖白竟然讓我覺得……很可愛。

也許又是被外表蒙蔽也不一定。

「我得走了，」我說，「妳有我的電話。」

「克普蘭先生？」

我停步。

「你來這裡的真正目的是？」

「嗄？」

「你為什麼對這起命案感興趣？」

「我以為我解釋過了。我是地方檢察官——」

「那不是你來這裡的真正目的。」

我等著她繼續說，但她只是盯著我瞧。最後我問：「妳為什麼這麼說？」

她的答案像一記左勾拳朝我飛來。「是你殺了他嗎？」

「什麼？」

「我說——」

「我聽到了。當然不是。為什麼怎麼問？」

但拉雅．辛搖頭不置可否。「再見，克普蘭先生。」她又對我笑了笑，我只覺得自己像被丟在碼頭上的魚。「希望你會找到想要的答案。」

12

露西想用google查詢「馬諾洛．聖地牙哥」這個名字，此人也許是記者，想寫一篇有關夏日殺人魔韋恩．史都本那個王八蛋的專題報導。可是羅尼還在辦公室等她。她走進辦公室時，羅尼沒抬頭看她，她走過去站在他面前，想嚇一嚇他。

「查出文章是誰寄的了嗎？」她問。

「不確定。」

「可是……」

羅尼深呼吸，準備——她希望是——大膽說出口。「追蹤電子信的方法妳懂嗎？」

「不懂，」露西說，走回她的桌子。

「一封電子信送到妳的信箱，妳知道會有一些囉哩囉唆的路徑啦、郵件伺服器協定和郵件代號吧？」

「就當我知道吧。」

「基本上就是顯示郵件傳送的過程，寄到哪裡、從哪寄、經由哪條路徑、利用哪個網路郵件系統從A傳到B。就好像一串郵戳。」

「了解。」

「當然要匿名送信也可以，不過通常就算匿名，也會留下一些足跡。」

「很好，羅尼，非常好。」他在拖延時間。「這就表示你在傳來那篇文章的電子信裡發現一些足跡嗎？」

「對，」羅尼說。他終於抬頭，擠出笑容。「我不會再問妳為什麼想查是誰寄的。」

「很好。」

「因為我了解妳。妳就跟大多數的尤物一樣叫人頭痛，不過妳同時又道德得要命。如果妳必須違背全班的信任，違背學生、我和所有妳相信的一切，那麼一定有不得已的苦衷。我敢打賭是性命交關的苦衷。」

露西沉默不語。

「性命交關對吧？」

「羅尼，你就說吧。」

「那封信是從弗洛斯特圖書館的電腦寄來的。」

「圖書館？」她說。「裡頭不是有五十幾台電腦嗎？」

「大約。」

「所以不可能查出是誰寄的。」

羅尼把頭一斜，表示也對也不對。「我們知道傳送的時間：前天晚上六點四十二分。」

「這有幫助？」

「使用電腦的學生必須登記，不需要使用特定一部電腦——兩年前職員取消了這個規定——但要登記使用時間。所以我去圖書館要時間登記表，把名單跟那班學生的姓名比對，看誰前天晚上六點到七點之間曾去圖書館登記使用電腦。」

他停下來。

「然後？」

「只有一個學生。」

「誰？」

羅尼走到窗前，低頭看中庭。「給妳個暗示，」他說。

「羅尼，我真的沒心情——」

「愛拍馬屁？」他說。

露西一怔。「席維亞．波特。」

羅尼仍背對著她。

「你是說寫那篇文章的人是席維亞．波特？」

「對，」他說。「正是。」

回辦公室途中，我打給繆思。

「我需要妳再幫一個忙，」我說。

「說。」

「我需要妳盡可能查出一組號碼的全部資料：誰持有這支電話、通話記錄等等，全部查出來。」

「號碼是？」

我把拉雅．辛給我的號碼告訴她。

「給我十分鐘。」

「這麼快？」

「嘿，本小姐可不是因為身材火辣才當上主任檢察事務官。」

「誰說的？」

她呵呵笑。「克普，我喜歡你嫩一點的時候。」

「別食髓知味。」

我掛上電話，心想我會不會說錯話了，還是這樣反駁「身材火辣」的笑話剛剛好？批評別人太過政治正確很容易，政治正確過了頭往往會淪為大家的笑柄。但我在工作場合見識過性別歧視的話語沒完沒了傳個不停的後果，到頭來還滿陰暗可怕的。

這就像現今表面看似太小題大作的兒童安全規則。你的小孩無論如何騎腳踏車就得戴安全帽；學校操場要鋪上特殊的乾草；校園禁設方格鐵架免得孩子爬太高。還有還有，孩子不能在沒人陪同下獨自走三條街遠。等一下，那麼護眼和護嘴的工具呢？要拿這些規矩來開玩笑很簡單，緊接著就會有個自以為聰明的傢伙廣發信件昭告天下：「我們百無禁忌還不是活過來了。」實際上，很多孩子並沒有。過去的孩子確實自由自在。他們不知道壞人埋伏在黑暗中，有些去參加一連好幾天、安全規定寬鬆的露營活動，父母也不會阻止。但也有孩子晚上潛入森林，再也沒回來。

露西．金打電話到席維亞．波特的房間，沒人接，她不意外。她轉去查看學校電話簿，但上面沒列出手機號碼。露西記得看過席維亞用黑莓機，所以她用電子信傳短訊要席維亞盡快回電給她。

不到十分鐘她就收到來電。

「金教授，妳找我嗎？」

「對，謝謝妳打過來。妳方便來我辦公室一趟嗎？」

「什麼時候？」

「現在，如果可以的話。」

幾秒的沉默。

「席維亞？」

「我待會兒要上英國文學課，」她說。「今天要交期末報告，可以下課再去找妳嗎？」

「好，」露西說。

「大概兩個小時後。」

「很好，我在這裡等妳。」

又是沉默。

「可以告訴我是什麼事嗎？」

「不急，別擔心。待會兒見。」

「嘿。」

是繆思。隔天早上我重回法院。再過幾分鐘，富萊．希克利就要上台辯護。

「嘿，」我說。

「你看起來好糟。」

「擔心待會兒的辯護嗎？」

「哇，好厲害的偵探。」

「一定的。」

「查蜜不會有事的，你表現得很棒。」

我點點頭，試圖把自己拉回當前的挑戰。繆思走過來。

「對了，」她說，「你要我查的那個號碼，不妙。」

我等她把話說完。

「是拋棄式手機。」

這表示有人付現買了已設好通話時數的手機，沒留下姓名。「我不用知道是誰買的，」我說。「只要查出通話記錄就行了。」

「有點困難，」她說。「透過正常管道不可能。買的人是上網隨便買的，買來也隨便亂用，要查出來需要一點時間，還得施加一點壓力才能拿到記錄。」

我不禁搖頭。繆思跟我一起走進法庭。

「還有件事，」她說。「聽過超優嗎？」

「超優偵探社？」我說。

「對，州內最大的私家偵探社，辛格．雪克——我找來盯兄弟會小子的那個女的——之前待過那裡。據說他們奉命不計花費、不擇手段調查你的身家。」

我走到法院前排。「很好。」我把吉爾．裴瑞茲過去的一張照片拿給她。

她看了看，說：「怎麼？」

「電腦方面現在還是費洛．林區負責嗎？」

「對。」

「請他做一下年齡測像，模擬這人二十年後的模樣，順便把他變成短髮看看。」

繆思本想問個清楚，但看見我的表情又住嘴，聳聳肩就走開了。我入座，皮爾斯法官走進來，全場起立，接著查蜜．強森坐上台。

富萊．希克利站起來，仔仔細細扣好外套。我皺起眉頭。我上一次看見他身上那種粉藍色西裝，是在一九七八年的某張舞會照片裡。他對查蜜露出微笑。

「早安，強森小姐。」

查蜜一臉畏怯，勉強道聲早。

富萊向她介紹自己，好像兩人只是在雞尾酒會碰巧遇到一樣。之後他開始細數查蜜的前科，口氣溫和而堅定。她曾因賣淫被捕對吧？也曾吸毒、被控提供大麻、收了別人八十四元，有這回事吧？

我沒喊抗議。

這是我的坦承策略的一部分。上次訊問我就提了不少查蜜的過去，但富萊一句接著一句，單純以事實和警方記錄熱場，也不要求查蜜多加解釋。

二十分鐘後，富萊開始加強火力：「妳抽過大麻對吧？」

查蜜說：「對。」

「妳聲稱自己被性侵那天，有抽大麻嗎？」

「沒有。」

「沒有？」富萊把手放胸前，好像這答案令他大感意外似的。「是。那麼妳有攝取酒精嗎？」

「攝什麼？」

「妳喝了酒嗎？例如啤酒或葡萄酒？」

「沒有。」

「完全沒有？」

「完全沒有。」

「是。那麼一般的飲料呢？比方汽水？」

我本想抗議，但轉念又想，我的策略就是盡可能讓她自由發揮。

「我喝了點雞尾酒，」查蜜說。

「雞尾酒，我懂了，無酒精成分嗎？」

「他們說沒有。」

「誰？」

「那些男生。」

「哪一個男生？」

她遲疑了一下。「傑瑞。」

「傑瑞．弗林？」

「對。」

「還有誰？」

「嗄？」

「妳說『那些男生』，不就表示不只一個？傑瑞・弗林算一個，除了他還有誰這麼跟妳說？對了，妳喝了幾杯？」

「我忘了。」

「不只一杯？」

「應該。」

「請妳明確一點，強森小姐。妳認為不只一杯嗎？」

「可能。」

「兩杯以上？」

「我忘了。」

「但有可能？」

「也許。」

「所以可能喝了兩杯以上。三杯以上？」

「我不認為。」

「但妳無法確定。」

查蜜聳聳肩。

「妳必須大聲回答。」

「我不認為我喝了三杯，也許是兩杯，也許不到兩杯。」

「而告訴妳那些雞尾酒無酒精成分的，只有傑瑞·弗林而已，對嗎？」

「我想是。」

「之前妳說『那些男生』，意指不只一個男生，但現在又改口說只有一個男生。妳想變更證詞嗎？」

我站起來。「抗議！」

富萊揮揮手要我稍安勿躁。「他說得對，這不重要，我們繼續。」他清清喉嚨，一隻手搭在右臂上。「那天晚上妳服用了藥物嗎？」

「沒有。」

「完全沒有？連吸一口大麻煙都沒有？」

查蜜搖搖頭，想起自己必須開口回答又隨即靠近麥克風，說：「沒有，我沒有。」

「是，好。那麼妳上一次服用任何藥物是什麼時候？」

我又站起來。「抗議！藥物範圍太大，阿斯匹靈、止痛藥……」

富萊一臉莞爾。「你不認為在場的人都知道我所指為何嗎？」

「我喜歡清楚明白。」

「強森小姐，我這裡指的是非法藥物，比方大麻、古柯鹼、ＬＳＤ或海洛因這類藥物，妳明白嗎？」

「我明白。」

「那麼妳上一次服用非法藥物是什麼時候？」

「我不記得了。」

「妳說派對那天晚上妳沒有服用任何藥物。」

「對。」

「那派對前一晚呢？」

「沒有。」

「再前一晚？」

查蜜扭動了一下，當她說「沒有」的時候，我不確定自己相不相信她。

「我來看看能不能確認時間。這麼說好了，妳兒子十五個月大了，對嗎？」

「對。」

「他出生以來，妳有碰過任何非法藥物嗎？」

她的聲音微弱：「有。」

「可以告訴我們是何種藥物嗎？」

我又站起來。「我抗議。在場各位都知道你想說，強森小姐曾經碰過毒品，沒人否認這點，就算如此，希克利先生的當事人的所作所為還是一樣可惡。兩者有什麼差別呢？」

法官看著富萊：「希克利先生？」

「我們認為強森小姐有使用藥物的習慣，也認為那天晚上她精神亢奮，希望評審團在評估她證詞的可靠性時，能夠一併考量這點。」

「強森小姐已經申明，那天晚上她並無服用藥物或『攝取』——」我故意加重語氣刺他。「酒精。」

富萊說：「但我有權懷疑她的記憶是否正確。那晚的雞尾酒其實加了酒，我會請弗林先生上台作證當晚強森小姐喝的時候就知道飲料含酒精。我也想證明，她是一個儘管當了母親還會毫不猶豫服用藥物的女人——」

「庭上！」我大喊。

「好了，夠了。」法官敲了敲木槌。「可以繼續嗎，希克利先生？」

「可以，庭上。」

我重新坐下。剛剛我的反應太愚蠢，一副要站出來抱不平似的，更糟糕的是，我讓富萊有機會擴大解釋。我原本的策略是保持沉默，卻一眨眼就打破原則也付出了代價。

「強森小姐，妳控告這兩個男孩強暴妳是嗎？」

我站起來。「抗議！她不是律師也不熟悉法律用語，只是單純說出他們對她做的事。指出正確的法律用語，是法庭的工作。」

富萊又一臉莞爾。「我沒有要她解釋法律用語，我只是對她自己的用語好奇。」

「怎麼？難道要考她單字？」

「庭上，」富萊說，「可以讓我好好問問題嗎？」

「希克利先生，你何不解釋自己這麼問的目的？」

「好，我換個方式問好了。強森小姐，妳跟朋友對話時會說自己被強暴了嗎？」

她遲疑片刻才說：「會。」

「嗯。那麼請妳告訴我，妳認識其他跟妳一樣說自己被強暴的人嗎？」

我又來了：「抗議。不相干。」

「這個問題我同意。」

此刻富萊站在查蜜附近。「妳可以回答嗎？」他那樣子像在幫她解圍。

「認識。」

「誰？」

「跟我一起工作的女孩。」

「有幾個？」

她抬起頭像在努力回想。「我想得到的有兩個。」

「她們是脫衣舞孃還是妓女？」

「都有。」

「其中一個還是——」

「我是說她們兩種都做。」

「我懂了。那麼是工作時還是閒暇時發生的？」

我又站起來。「庭上，到底有完沒完，這些問題有何相干？」

「我優秀的同仁說得沒錯，」富萊說，往我的方向把手瀟灑的一擺。「他說是就是。我收回剛剛的問題。」

他對我微笑，我慢慢坐下，痛恨當下每一刻。

「強森小姐，妳認識任何一個強暴犯嗎？」

又是我：「你是說除了你的當事人以外的強暴犯嗎？」

富萊瞥了我一眼就轉去看陪審團，彷彿在說：「你們看看，這是不是有史以來最差勁的反駁？」老實說：的確是。

這時查蜜答說：「我不明白你的意思。」

「沒關係，親愛的，」富萊說，好像怕她的答案太無聊似的。「待會兒再回到這問題好了。」

我討厭他說這句話的樣子。

「那麼在妳所謂的性侵過程中，我的當事人詹瑞特先生和麥倫先生是否戴上口罩？」

「沒有。」

「是否穿戴任何東西掩飾身分？」

「沒有。」

「是否試圖遮住他們的臉？」

「沒有。」

富萊．希克利搖搖頭，好像這是他聽過最匪夷所思的一件事。

「此外根據妳的證詞，妳是被強拉進房間的，對嗎？」

「對。」

「就是詹瑞特先生和麥倫先生的房間？」

「對。」

「他們並不是在室外、在黑暗中或某個偏僻隱密的地方侵犯妳，對嗎？」

「對。」

「妳不覺得這很奇怪嗎？」

我本來又想抗議，但還是作罷。

「根據妳的說法，這兩個男孩強暴了妳，當時他們沒帶口罩沒有任何偽裝，直接讓妳看到他們的臉，地點還在他們自己的房間，而且至少有一個人看見妳被硬拉進房間。我說的對嗎？」

我暗自懇求查蜜不要回答得猶豫不決，她果然沒有。「對，沒有錯。」

「可是，因為某種原因，他們卻使用了假名？」富萊又露出那種百思不得其解的表情。

查蜜沒回答。很好。

富萊．希克利又搖頭，好像有人要他想辦法讓二加二等於五一樣。「強森小姐，妳的證詞上說，侵犯妳的人使用的是卡爾和吉姆這兩個化名，而非本名是嗎？」

「對。」

「妳認為這說得通嗎？」

「抗議！」我說。「對她來說，這整起暴行沒有一樣解釋得通。」

「這我能理解，」富萊．希克利說。「我只是想知道，從當事人的角度來看，強森小姐也許能為他們露出全臉、在自己房間侵犯她，卻又使用假名這點，提供一個解釋。」他親切地笑了笑。「強森小姐，妳能解釋嗎？」

「解釋什麼？」

「解釋為什麼兩個名叫艾德華和拜瑞的男孩要自稱是吉姆和卡爾？」

「不能。」

希克利走回他的桌子。「剛剛我問妳認不認識任何一個強暴犯，還記得嗎？」

「記得。」

「很好。請妳回答？」

「我想沒有。」

富萊點點頭，拿起一張紙。「那麼最近才因為性侵害罪進拉威監獄的某人呢，此人名叫——聽好了，強森小姐——吉姆．布洛威。」

查蜜睜大眼睛。「你是說詹姆斯？」

「我說吉姆——或詹姆斯，如果妳偏愛正式叫法的話。布洛威曾住過紐澤西州紐華克市中央大道一一八九號。妳認識他嗎？」

「認識。」她的聲音微弱。「過去認識。」

「妳知道他現在在坐牢嗎？」

她聳聳肩。「我認識不少人現在都在坐牢。」

「我想也是。」富萊第一次話中帶刺。「但我不是問妳這個。我的問題是：妳知道吉姆．布洛威正在坐牢嗎？」

「他不叫吉姆，他叫詹姆斯——」

「強森小姐，我再問一次，妳再不回答，我會要求法庭強制妳回答——」

我站起來。「抗議！他欺負證人。」

「抗議駁回。回答問題。」

「我聽說過，」查蜜回答，口氣怯懦。

富萊誇張地一嘆。「知道還是不知道，強森小姐？妳知道吉姆．布洛威目前在州立監獄服刑嗎？」

「知道。」

「總算。有那麼難嗎？」

又是我：「庭上……」

「希克利先生，沒有必要作秀。繼續。」

富萊．希克利走回座位。「妳跟吉姆．布洛威發生過關係嗎？」

「他叫做詹姆斯！」查蜜又說。

「為了方便討論，我們叫他布洛威先生好了，可以嗎？妳跟布洛威先生發生過關係？」

我忍無可忍。「抗議！她的性生活跟本案無關，這個原則你我都很清楚。」

皮爾斯法官看著富萊。「希克利先生？」

「我無意破壞強森小姐的名節或暗示她行為不檢，」富萊說。「對方辯護人已經清楚說明，強森小姐以賣淫為業，曾跟形形色色的男人有過各種性行為。」

我什麼時候才能學會閉上嘴巴？

「我現在想指出的一點與此無關，也不會讓強森小姐難堪。她已經承認跟許多男人發生過行性為，布洛威先生是其中一個，這個事實不致於會害她蒙受污名。」

「嚴重歧視，」我出口抗辯。

富萊看我的那種眼神，彷彿我才剛從馬背上摔下來一樣。「我不才解釋過這為什麼不是歧視嗎？坦白說，查蜜．強森對兩名年輕人提出相當嚴重的指控。她曾經作證指控一位名叫吉姆的男人強暴了她。我的問題清楚又簡單：她是否跟吉姆．布洛威先生——或詹姆斯，如果她堅持——發生過關係？此人目前因性侵害罪正在州立監獄服刑。」

我看出對方打的算盤。不妙。

「我同意這個問題，」法官說。

我坐回位子。

「強森小姐，妳曾經跟布洛威先生發生過關係嗎？」

一滴淚水滾下她的臉龐。「有。」

「不只一次？」

「對。」

看來富萊有意繼續追問，但他知道過猶不及，於是稍微轉個方向。「妳曾在酒醉或精神亢奮時跟布洛威先生發生過關係嗎？」

「可能有。」

「有還是沒有？」

她的聲音微弱而堅定，現在聽得出有些惱火。

「有。」

她哭得更傷心了。

我站起來：「庭上，我方要求暫時休庭。」

法官還沒回答，富萊就使出致命一擊：「妳跟吉姆．布洛威發生關係時，曾有其他人加入嗎？」

全場驚呼，法庭亂成一團。

「庭上！」我大喊。

「安靜！」法官敲下木槌維持秩序。「安靜！」

全場很快靜下來。皮爾斯法官低頭看我。「我知道這很殘忍，但我准許這個問題。」他轉向查蜜：「請回答。」

法庭速記員又唸一次問題。查蜜坐在位子上，淚水泉湧。速記員唸完之後，她回答：「沒有。」

「布洛威先生會作證——」

「他讓一個朋友在旁邊看！」查蜜哭喊。「只有這樣，我從不讓他碰我！你聽到了嗎，從來沒有！」

全場靜默。我勉力抬起頭，睜大眼睛。

富萊．希克利接著說：「所以，妳跟名叫吉姆的——」

「詹姆斯，他叫做詹姆斯！」

「妳跟他發生關係，房裡同時還有另外一個人，妳卻不知道自己怎麼會說出吉姆和卡爾這兩個名字？」

「我不認識叫卡爾的，而且他的名字叫詹姆斯。」

富萊．希克利靠近她身旁，面露擔憂，好像要伸手幫助她似的。「強森小姐，妳確定這不是妳想像的嗎？」

他的口吻聽起來就像電視上熱心助人的醫生。

她擦擦淚水。「確定，非常非常確定。」

但富萊並沒有就此放手。

「我不是說妳一定在說謊，」他接著說。我硬把「抗議」二字吞了回去。「可是有沒有可能，妳喝了太多雞尾酒——這當然不是妳的錯，妳以為那不含酒精——然後跟人發生了你情我願的性行為，只是腦中回溯到過去的場景？這不就能解釋妳為什麼堅稱強暴妳的兩人名叫吉姆和卡爾嗎？」

我想站起來說他一連問了兩個問題，但富萊當然清楚自己在做什麼。

「我收回問題，」他說，彷彿所有人都覺得這件事慘不忍聞。「我沒問題了。」

13

趁席維亞．波特還沒來，露西先上Google查詢父親訪客名單上的名字：馬諾洛．聖地牙哥。網路上出現多筆資料，但沒一筆有幫助。他不是記者，至少從查詢結果看來並不是。那麼他是誰呢？為什麼去探望她爸？

她當然可以去問伊拉，如果他還記得的話。

兩個小時過了。接著又過了三小時、四小時。她打電話到席維亞的房間，沒人接聽；寄信到她的黑莓機，沒回應。

不太對勁。

席維亞怎麼會知道她的過去？

露西查了查學生通訊錄。席維亞住在社會院的石樓裡，她決定走過去看看。

大學校園的神奇之處在於，沒有比這裡更受保護的地方了，這點很容易遭人詬病，但其實本來就該如此。有些東西在真空環境裡長得更好。年輕時，校園讓人覺得安全，年紀大了以後，校園就變成了逃避的地方，她跟羅尼就是如此。

石樓曾是賽尤兄弟會的會館。十年前學校廢除了兄弟會，指控他們是「反智」團體。露西不否認兄弟會有不少陋習和黑暗面，但出手查禁她總覺得太霸道，也有點法西斯。附近大學的兄弟會最近就捲入一起強暴案。但就算不是兄弟會，別的地方也可能發生這種事，比方曲棍球隊或工人聚集的脫衣舞夜總會，或常有搖滾樂手胡鬧起鬨的夜店。到底該怎麼做她也不確定，但她認為總不能把自己不喜歡的組織都除掉。

她心想，要處罰的是不法行為，不是自由本身。

房子的外觀仍是漂亮的喬治王朝磚樓，但裡頭的特色都已剝除殆盡。過去的掛毯、壁板和歷史悠久的高級紅木家具都不見了，取而代之的是白色、米色和各種中性的擺設。實在可惜。

學生在裡頭信步走動。她走進門時引來一些目光，但不多。音響轟然響起，不過更有可能是iPod的擴音裝置。門打開，她看見牆上切格瓦拉的海報。也許她比想像中更像她爸。大學校園同樣定格於六〇年代，風格和音樂也許變了，但調性永遠不變。

她走上中間的樓梯，樓梯本來的特色也不見了。席維亞住在二樓單人房裡。露西找到她的房間，只見門旁有一面白板，可以用白板筆在上面留言的那種，但上面毫無污點。白板直掛，不偏不倚，最上面「席維亞」三個字簡直像專業印刷字體。名字的旁邊畫了一朵粉紅花朵。整扇門看起來跟這裡很不相配，好像自成一格，來自不同的時代。

露西舉手敲門，沒回應。她試著轉動門把，鎖住了。她想過在門上留言，畢竟白板不就是讓人留言用的，可是她不想把白板弄髒。況且這樣有點太緊追不捨，她已經打了電話，寄了電子信，像這樣找上門似乎太過火了。

她走下樓時，前門剛好打開，席維亞走進門。她看見露西時一愣。露西走下樓停在她面前，沒說話，只想對上席維亞的眼神。席維亞的眼神飄來飄去，但看見露西時並不閃躲。

「嗨，金教授。」

露西仍不說話。

「太晚下課了，很抱歉，而且我明天還有一份報告，我想說那麼晚，妳一定走了，應該可以明天再說。」

她劈哩啪啦一直說，露西也不打斷。

「妳要我明天去找妳嗎？」席維亞問。

「妳現在有時間嗎？」

席維亞假裝看錶。「我真的很擔心明天的報告。可以明天再說嗎？」

「哪堂課的報告？」

「什麼？」

「哪個教授指定的報告？如果我占用妳太多時間，我可以留張紙條幫妳解釋。」

沉默。

「我們可以去妳的房間談，」露西說。

席維亞終於直視她的雙眼，說：「金教授……」

露西等她說下去。

「我不是很想跟妳談。」

「我想找妳談妳的文章。」

「我的……」她直搖頭。「可是我是匿名寄的，妳怎麼知道哪篇是我寫的？」

「席維亞──」

「妳說好的！妳答應過的！不是說是匿名的嗎？」

「我知道自己說過什麼。」

「妳怎麼可以……」她直起腰桿。「我不想跟妳談。」

露西口氣堅定：「妳一定要。」

但席維亞毫不讓步。「不要，我不要，妳不能強迫我。妳……怎麼可以這麼做？說會保密、說是匿名，結果……」

「這件事很重要。」

「才不重要，我沒必要跟妳談。如果妳敢把文章的事說出去，我就把妳做的事跟院長說，妳的飯碗就沒了。」

開始有學生往這裡張望，情況非露西所能掌控。「拜託妳，席維亞，我必須知道——」

「不需要！」

「席維亞——」

「我沒有必要告訴妳任何事！別來煩我！」

席維亞．波特轉身打開門，跑了出去。

14

富萊．希克利辯護完後，我跟繆思在辦公室會合。

「哇，」羅倫說，「真差勁。」

「去調查名字的事，」我說。

「什麼名字的事？」

「調查有沒有叫吉姆．布洛威的人，還是查蜜說的詹姆斯。」

繆思皺眉。

「怎樣？」

「你想會有幫助嗎？」

「反正沒壞處。」

「你還相信她吧？」

「拜託，那只是障眼法。」

「很厲害的一個。」

「妳的朋友辛格有什麼新收穫嗎？」

「還沒有。」

謝天謝地，法官宣布今天到此為止。富萊擺明要置我於死地。我知道這應該是正義之戰，跟輸贏無關，但誰會那麼天真。

卡爾和吉姆的問題又回來了，而且一次比一次棘手。

我的手機響起，我看看來電顯示，不認識的號碼。我接起電話：「喂？」

「我是拉雅。」

拉雅．辛，美麗的印度餐廳女服務生。我只覺得口好乾。

「妳好嗎？」

「還好。」

「想起了什麼嗎？」

繆思看著我，我試著用表情暗示她：這是私人電話。以一名調查員來說，繆思真是反應遲鈍，不過也許她是故意的。

「有件事我好像應該早點告訴你，」拉雅．辛說。

我默不出聲。

「可是你突然跑來嚇了我一跳，我到現在還不知道怎麼做才對。」

「辛小姐？」

「叫我拉雅就好。」

「拉雅，」我說，「我不知道妳在說什麼。」

「所以我才問你來的目的，你還記得吧？」

「記得。」

「你知道我為什麼問你來這裡的真正目的嗎？」

我想了想然後坦白地說：「因為我跟妳拋媚眼，有失專業？」

「不是，」她回答。

「好吧，願聞其詳。為什麼問我這個？對了，還有為什麼問是不是我殺了他？」

繆思豎起眉毛。我不是太在意。

拉雅．辛沉默不答。

「辛小姐？」我說。「拉雅？」

「因為他提過你的名字，」她說。

我以為自己聽錯了，所以問了一個蠢問題。「誰提過我的名字？」

她的口氣有點不耐煩。「我們現在談的還有誰？」

「馬諾洛．聖地牙哥提過我的名字？」

「不然呢？」

「妳不認為妳應該之前就告訴我？」

「我不知道能不能信任你。」

「那為什麼又改變心意？」

「我上網查，確定你真的是郡檢察官。」

「聖地牙哥說我什麼？」

「他說你說了謊。」

「什麼謊？」

「我不知道。」

我繼續追問。「這話是對誰說的？」

「某個男的，我不知道他叫什麼名字。他的公寓裡還有你的剪報。」

「他的公寓？妳不是說不知道他住哪裡。」

「那時候我還不信任你。」

「現在信任了？」

她沒有直接回答這個問題。「一小時後到餐廳接我，」拉雅．辛說。「我帶你去他住的地方。」

15

露西回到辦公室時，看見羅尼在裡頭，手裡拿著幾張紙。

「那是什麼？」她問。

「那篇文章的第二部分。」

她努力壓下把文章從他手裡搶過來的衝動。

「找到席維亞了嗎？」他問。

「嗯。」

「然後？」

「她很生我的氣，不肯跟我談。」

羅尼坐在椅子上，把腿蹺到她桌上。「要我試試看嗎？」

「不好吧。」

羅尼露出迷人的笑容：「我有時滿會說服人的喔。」

「你願意為了我出面？」

「必要的話。」

「我擔心你名聲受損。」她坐下來，伸手去抓那疊文章。「你讀過了？」

「嗯。」

她點點頭，從頭讀起。

P把我推開，循著尖叫聲跑過去。

我喊他回來，但他不理我，繼續往前跑。兩秒鐘後，黑夜好像完全將他吞沒。我想追上去，但四周好黑。P今年才來參加夏令營，照理說我應該比他更熟悉這座森林才對。

尖叫聲是女生的聲音，我只能確定這點。我在森林裡慢慢移動，沒再出聲喊人，不知道為什麼我不敢再出聲。我想找到P，卻又不希望有人發現我在這裡，這聽起來很奇怪我知道，但當下我的感覺就是如此。

我很害怕。

那天晚上有月光。森林裡的月光改變了眼前一切的色彩，那光線很像我爸以前買過的海報燈，他們叫那種燈「黑光」，其實實際的顏色比較偏紫色，那種燈會改變周圍一切的顏色。月光也一樣。所以當我終於找到P，看見他襯衫上的奇怪顏色時，因為眼睛無法辨別深紅色，一下子還看不出那是什麼。那看起來反而更像水藍色。他注視著我，眼睛睜得好大。

「我們要快點離開這裡，」他說。「而且不能告訴任何人我們來過……」

就到這裡。露西又讀了兩次才把文章放下。羅尼正盯著她看。

「所以，」他故意拉長音，「我猜妳就是這篇小故事的敘述者？」

「什麼？」

「露西，我一直想弄清楚狀況，我只能想到一個可能：妳就是故事裡的那個女孩，有人正在寫妳的故事。」

「太荒謬了，」她說。

「得了，露西，我們甚至收過幾篇寫亂倫的文章，妳也沒想過要查出作者是誰，可是現在卻因為這篇林中尖叫聲的文章緊張焦慮不安？」

「別問了，羅尼。」

他搖搖頭。「抱歉，甜心，這樣就不像我了。就算妳沒那麼好，我不想上妳的床，我也沒辦法裝沒事。」

露西連回嘴都懶了。

「我希望幫上忙。」

「你幫不上忙。」

「我知道的比妳想像的多。」

露西抬頭看他。

「你在說什麼？」

「妳……不會怪我吧？」

她等著他繼續說。

「我稍微調查了妳一下。」

她的心一沉，但表面上不動聲色。

「露西．金不是妳的真名，妳改過名字。」

「你怎麼知道的？」

「拜託，妳知道有電腦什麼都好辦。」

她沒說話。

「這篇文章一直在我腦中打轉，」他接著說。「上面提到夏令營。當時我還很小，但我記得聽過夏日殺人魔的事，所以我又去調查了一下。」他試著對她露出得意的笑容。「妳應該變回金髮的。」

「那陣子我很難熬。」

「可以想像。」

「所以我才改名換姓。」

「我知道，那件事對妳家打擊很大，妳想脫離那個陰影。」

「對。」

「可是現在這件事又莫名其妙回來找妳。」

她點點頭。

「為什麼？」羅尼問。

「我不知道。」

「我想幫妳。」

「我說過了，我不知道你要怎麼幫。」

「我可以問妳一件事嗎？」

她聳聳肩。

「我找了一下。妳知道幾年前探索頻道做了一個命案特輯吧？」

「知道，」她說。

「上面沒說妳在現場，我是指在樹林裡。」

她沉默不語。

「怎麼回事？」

「我沒辦法談這件事。」

「誰是P？是保羅．克普蘭吧？妳知道他現在是地方檢察官嗎？」

她搖搖頭。

「妳這樣對事情沒有幫助，」他說。

露西仍緊閉嘴巴。

「好吧。」羅尼站起來。「反正我會幫妳。」

「怎麼幫？」

「席維亞・波特。」

「她怎樣？」

「我會說服她來找妳。」

「怎麼說服？」

羅尼走向門。「我有我的方法。」

開往印度餐廳途中，我繞路到珍的墓地一趟。

我不確定自己為什麼這麼做，平常我不常來，一年大概三次吧，也從不覺得我太太真的長眠於此。當初這個墓地是我岳父岳母跟珍一起選的。「這對他們意義重大，」珍臨終前這麼說。的確。這可以分散她爸媽的心思，尤其是她母親，讓他們覺得自己做了一件有益的事。

我不是很在乎。我從不相信珍真的會死，即使情況糟到不行的時候，我仍然相信她會撐過來，度過難關。而且對我來說，死了就是死了，是終點、最後，沒有以後，就此結束，什麼都沒了。精緻的棺木、維護良好的墓園，即使像珍長眠的這座墓園，也無法改變死亡的事實。

我把車停進停車場再步上小徑。珍的墓前放了鮮花，我們猶太人在墓前放石頭，不放鮮花。我喜歡這樣，儘管不是很確定這麼做的理由。鮮花太活力昂揚、太繽紛燦爛，相對於她灰暗的墓碑顯得可憎。我美麗的妻子此刻正躺在剛摘下的百合底下，一點一點腐爛，這對我來說很難接受。

我坐在水泥長椅上，但沒跟珍說話。到了最後她的狀況很糟，身體承受極大的痛苦，我全都看在眼裡，至少有好一陣子。我們找人來居家照顧，因為珍想在家裡走完最後一段，但後來她體重一直掉，身上發出氣味，一天比一天衰弱，頻頻呻吟喊疼。我記得最清楚、至今仍會侵入我睡夢的聲音，是她那痛苦的咳嗽聲，其實聽起來更像喉嚨噎住的聲音，珍用力要把痰咳出來卻咳不出來，那不但很痛，整個人也會很不舒服。這種情況持續了好幾個月，我告訴自己要堅強，但我沒有珍那麼堅強，她也知道。

我們剛在一起時，有段時間她知道我心裡還有懷疑。妹妹死了，母親又拋下我們，長久以來我第一次讓一個女人走進我的生命。我記得有一晚我睡不著，盯著天花板發呆，珍睡在我旁邊。我記得聽見她深沉的呼吸，那麼的美好平靜，跟她最後的呼吸是那麼不同。隨著意識慢慢醒轉，她的呼吸逐漸收短。她伸手抱住我，移到我身旁。

「我不是她，」她輕聲說，好像看穿了我的心。「我絕不會拋下你的。」

但最後還是拋下了。

她死後我也約會過，甚至跟人許下感情的承諾，期望有天能找到再婚的對象。但此刻當我想起那天晚上的事，總覺得大概不可能有那麼一天。

「我不是她，」我太太曾說。

她指的當然是我母親。

我看著墓碑，默唸我太太的名字。溫柔的母親、女兒和妻子。墓碑兩旁還裝上天使翅膀。我想像小姨子他們細心挑選大小剛好、設計適中的天使翅膀的情景。他們沒跟我說一聲就買下旁邊的土地，如果我沒再婚，那裡大概就是我的歸宿吧。如果我再婚，真不知道他們會怎麼處置它。

我想求珍指引我方向。我想請她從所在之處四處找找，看能不能找到我妹妹，然後告訴我卡蜜拉究竟是死是活。我像個笨蛋一樣傻笑，然後整個人定住。

我很確定墓園裡不准講手機，但我想珍不會介意的。我從口袋裡拿出手機，再次按下六號。

鈴響第一聲索希就接起。

「我想請你幫個忙，」我說。

「我說過了，不要在電話上。」

「幫我找我媽。」

沉默。

「你可以的，我求你，為了我爸和我妹妹，幫我找到我媽。」

「如果找不到呢？」

「你可以的。」

「你母親已經消失很久了。」

「我知道。」

「你有沒有想過她可能不想被找到？」

「有，」我說。

「所以？」

「很棘手，」我說。「我們不一定會得到想要的結果。幫我找到她，拜託你。」

我掛上電話，再看了一眼我太太的墓碑。

「我們都很想妳，」我大聲對她說。「凱拉和我都非常非常想妳。」

然後我起身走回車上。

16

拉雅．辛在餐廳停車場等我。她換下水綠色的服務生制服，改穿牛仔褲和深藍色上衣，頭髮綁成馬尾，但魅力絲毫不減。我搖搖頭，提醒自己剛剛我才去過太太的墳墓，此刻卻又欣賞起年輕辣妹實在不應該。

這世界真有趣。

她坐進副駕駛座，身上發出香味。

「去哪？」

「你知道十七街怎麼走嗎？」

「知道。」

「往北開。」

我把車移出停車場。「妳想對我說實話了嗎？」

「我沒對你說過謊，」她說，「只是決定有些事先不說。」

「妳還會說妳跟聖地牙哥是在街上遇到的嗎？」

「是啊。」

我不信。

「妳聽過他提起裴瑞茲這個名字嗎？」

她不答。

我繼續問：「吉爾．裴瑞茲？」

「轉右邊出口才能到十七街。」

「我知道出口在哪，拉雅。」

我瞄一眼她完美的側臉。只見她看著窗外，美得令人心痛。

「他在什麼情況下提起我的名字？」我說。

「我說過了。」

「再說一次。」

她深呼吸一口氣但沒發出聲音，眼睛瞬間閉上。

「馬諾洛說你說謊。」

「什麼事說謊？」

「關於……」她頓了頓。「森林還樹林的。」

我的心一震。「他這麼說嗎？跟樹林還森林有關？」

「對。」

「確切的用字是？」

「我不記得了。」

「試試看。」

「好像是說『樹林裡發生的事，保羅．克普蘭說了謊。』」說完她頭一斜。「哦，等等。」

接著她說的話差點讓我轉錯方向。她說：「露西。」

「什麼？」

「他提到的另一個名字。他說『保羅．克普蘭說了謊。露西也是。』」

這次該我沉默了。

「露西是誰？」拉雅問。

之後一路上我們都沒說話。

我沉浸在對露西的回憶裡，試著回想她那淡褐色的頭髮的觸感、那美好的味道，卻怎麼也想不起來。沒錯，記憶好像模糊了，我記不得什麼是真的，什麼是我想像的，只記得那種不可思議的感覺，那股慾望。當時我們都很嫩，很笨拙，兩人都是第一次，但感覺就像包伯．席格的某一首歌或肉塊合唱團唱的那首〈地獄蝙蝠〉。那慾望真是！是怎麼開始的？又在什麼時候延續成近似愛的感受？

夏日戀情通常不會延續太久，大家心知肚明，就好像某種植物或昆蟲活不過短短一季。我以為露西跟我會不同，大概是吧，不過跟我想像的不太一樣。我真的相信我們永遠不會讓對方走。

懵懂無知的年少。

亞美舒公寓套房位在紐澤西州的藍夕市。拉雅有鑰匙。她打開三樓某間房間的房門。我很願意形容屋內的擺設，只不過唯一合適的形容是「難以形容」。裡頭的家具擺設就像是……呃……北紐澤西名為十七街的路上的某間公寓套房。

一踏進房間，拉雅馬上倒抽一口氣。

「怎麼了？」我問。

她睜大眼睛查看整個房間。「桌上本來有很多東西，檔案、雜誌、鉛筆、原子筆之類的。」

「但現在都不見了。」

拉雅打開某個抽屜。「他的衣服也不見了。」

我們很快搜尋一遍。全部東西都不見了，資料、檔案、雜誌的文章、牙刷、私人物品全都不翼而飛。拉雅一屁股坐在沙發上。「有人來過這裡，把東西全部清空。」

「妳最後一次來是什麼時候？」

「三天前。」

我開始往門外走。「跟我來。」

「去哪？」

「找櫃臺的人問問看。」

但那裡只有個小夥子，他提供的消息不多。那間房登記的名字是馬諾洛・聖地牙哥，他事先付了房租也繳了押金，都是付現，租期到這個月月底。小夥子不記得他的長相或他的其他事。這種套房就是有這個問題，房客用不著從大廳進門，想隱藏身分並不難。

我跟拉雅又回到聖地牙哥的房間。

「妳說桌上有很多資料？」

「對。」

「什麼資料？」

「我不挖人隱私的。」

「拉雅。」

「怎樣？」

「老實說，我沒辦法完全相信妳的話。」

她只是用那雙該死的眼睛看著我。

「怎樣？」我問。

「你要我相信你。」

「對。」

「我為什麼要相信你？」

我想了想。

「第一次見面你說了謊，」她說。

「什麼謊？」

「你說你正在調查這起命案，只是一般的警探什麼的，其實不是，對吧？」

我無言。

她接著說：「馬諾洛他不相信你。我看了那些報導，我知道二十年前你們在樹林裡發生的事。他認為你沒說出真相。」

我還是無言。

「現在你卻期望我把全部事情都告訴你是嗎？如果你是我，你會這麼做嗎？」

我先理了理思緒，她說得有道理。「所以妳看了文章？」

「對。」

「那麼妳知道那年夏天我人在那個夏令營？」

「知道。」

「也知道我妹妹那晚就消失無蹤。」

她點頭。

我對著她說：「這就是我來這裡的目的。」

「替妳妹妹報仇？」

「不是，」我說，「我想找到她。」

「我以為她死了，凶手不就是韋恩·史都本？」

「我以前也這麼認為。」

有一片刻拉雅把臉轉開，之後又像要把我看穿似的直直看著我。「那麼你說了什麼謊？」

「沒有。」

又是那種眼神。「你可以相信我，」她說。

「我相信。」

她不說話，我也沉默。

「誰是露西？」

「夏令營的一個女生。」

「還有呢？她跟這件事有什麼關係？」

「那片營地是她父親的，」我說。然後又加上：「我們當時是男女朋友。」

「那你們說了什麼謊？」

「我們沒有說謊。」

「那馬諾洛的話是什麼意思？」

「我怎麼會知道。我現在就是想找出答案。」

「我不懂。你怎麼確定你妹妹還活著？」

「我不確定，」我說，「但我認為很有可能。」

「為什麼？」

「因為馬諾洛。」

「他怎麼樣？」

我打量她的臉，擔心自己會不會中了圈套。「之前我提起吉爾．裴瑞茲這個名字的時候，妳一聲不吭，」我說。

「他的名字也出現在那些報導裡。他不也在那天晚上被殺了嗎？」

「沒有，」我說。

「我不懂。」

「妳知道馬諾洛為什麼調查那晚的事嗎？」

「他沒說過。」

「妳不好奇嗎？」

她聳聳肩。「他說是公事。」

「拉雅，」我說，「馬諾洛．聖地牙哥不是他本名。」

我停了一停，看她會不會插嘴，主動說出什麼，但她依舊沉默。

「他的本名是，」我接著說，「吉爾．裴瑞茲。」

她讓這句話在心裡沉澱片刻。「樹林裡的那個男生？」

「對。」

「你確定？」

好問題。但我毫不猶豫地說：「確定。」

她想了想。「如果你沒說謊的話，那麼現在你是在告訴我：這些年他都還活著？」

我點頭。

「如果他還活著……」說到這裡她停下來，我幫她把話說完。

「也許我妹妹也是。」

「也許，」她說，「馬諾洛——或吉爾，隨便你怎麼叫——殺了他們。」

怪了，這個可能我從沒想過，但其實有幾分道理。吉爾殺了所有人，留下證據，讓人誤以為他也是受害者。但吉爾有那麼聰明，能夠搞定這一切嗎？那又怎麼解釋韋恩．史都本的部分？

除非韋恩說的是實話……

「如果是這樣的話，」我說，「我會去查清楚。」

拉雅皺起眉頭。「馬諾洛說你跟露西說了謊。如果他就是凶手，何必說這種話？何必挖出這些資料，調查事情的真相？如果人是他殺的，照理說他應該知道答案，不是嗎？」

她走過來跟我面對面。要命的年輕、美麗，其實我很想上前吻她。

「你有什麼沒告訴我？」她問。

我的手機響了，我瞄一眼來電顯示，是繆思。我按下接聽鍵：「怎麼了？」

「有麻煩，」繆思說。

我閉上雙眼等她報告。

「是查蜜。她想撤回告訴。」

我的辦公室位在紐華克市中心。常聽人說這城市正在實施都市更新計畫，我卻看不出個所以然。從我有記憶以來，這城市就一天比一天衰敗，但這是我熟悉的城市，古老的歷史仍在這裡，藏在表面底下，這裡的人更是可親可愛。人類這種群體很喜歡把城市定型，就像把種族或少數團體定型一樣。遠遠地討厭一個人很容易，但近距離就難說了。我記得我的岳父岳母觀念很保守，對同性戀的所有事物都嗤之以鼻。珍的大學室友海倫剛好是同性戀，但他們一開始並不知道。兩老看見海倫，都真心喜歡她，後來知道她是女同志還是喜歡她，甚至也喜歡她的伴侶。

真實情況往往如此。要討厭面孔模糊的同性戀、黑人、猶太人或阿拉伯人群體很簡單，要討厭單一個體比較困難。

紐華克就是如此。你可能討厭這整座城市，但裡頭有那麼多充滿魅力和活力的鄰人、店家老闆和善良公民，你不由自主受他們吸引，關心起這座城市的命運，而且想讓它更美好。

查蜜坐在我的辦公室裡。她那麼的年輕，臉上卻寫滿了滄桑。生命對這女孩很殘酷，未來可能也不會好轉。她的律師何瑞斯．傅利身上的古龍水味太重，兩隻眼睛間隔得太開。我自己是律師，不喜歡外界加諸於律師這個職業的偏見，但我敢說如果現在有救護車開過去，這傢伙一定會從我三樓的窗戶跳下去攔住救護車，慫恿事故傷患對肇事者提出告訴。

「我們希望你撤銷對詹瑞特先生和麥倫先生的告訴？」傅利說。

「辦不到，」我說，眼睛注視著查蜜。她雖然沒低著頭，但也無意跟我眼神相對。「昨天妳在台上說了謊嗎？」我問她。

「我的當事人從不說謊，」傅利說。

我不理他，迎上查蜜的目光。她說：「反正你們絕對不會定他們罪。」

「誰說的。」

「你是認真的嗎？」

「是。」

查蜜啞然失笑，彷彿從沒見過像我這麼天真的人。「你還是不懂。」

「不，我懂。他們給妳錢要妳撤銷告訴對吧？金額高到身上的古龍水味嗆到需要沖個澡的大律師先生覺得恭敬不如從命的程度是吧？」

「你說我什麼？」

我轉去看繆思。「麻煩開一下窗戶好嗎？」

「收到。」

「喂，你說我什麼？」

「窗戶開了，要跳下去請便。」我回頭注視查蜜。「如果妳現在撤銷告訴，就表示妳今天和昨天出庭作證，都在睜眼說瞎話，這表示妳犯了偽證罪，也表示妳讓我們辦公室為了妳的謊言、妳的偽證白白浪費納稅人的錢。這是犯法的，妳會因此坐牢。」

傅利說：「克普蘭先生，別找我的當事人麻煩，要談跟我談。」

「跟你談？我在你旁邊連呼吸都有困難。」

「我無法忍受你——」

「噓，」我說，接著又摀住耳朵。「你們聽那個沙沙沙的聲音。」

「聽什麼？」

「我覺得你的古龍水在剝我的壁紙，仔細聽你就會聽見。噓，你聽。」

連查蜜都忍不住笑了笑。

「別撤銷告訴，」我對她說。

「我沒有選擇。」

「那我會告妳。」

律師又要出口反駁，但查蜜伸手按住他。「你不會。」

「我會。」

她沒那麼笨，知道我不過在嚇唬她。她是個處境可憐又提心吊膽的強暴受害人，好不容易有機會發財，得到一筆她這輩子可能再也看不到的天大財富，我算哪根蔥，竟敢在這裡跟她說司法和正義的大道理？

她和她的律師站起來。何瑞斯・傅利說：「我們打算明天早上簽協議書。」

我什麼都沒說，心裡多少鬆了口氣，並為此感到羞愧。珍在乎基金會不會有事了，我對父親的回憶——好吧，是我的政治生涯——不會無端受害。最重要的是，我脫離危險了，而且還是查蜜幫的忙。

查蜜主動伸出手，我握住她的手。「謝謝你，」她說。

「別這樣，」我說，其實已經無能為力，查蜜也看得出來。她笑了笑，兩人告辭，查蜜走在前面，她的律師殿後，古龍水味像紀念品一樣滯留空中。

繆思聳聳肩，說：「你能怎麼辦呢？」

我自己也懷疑。

我回到家跟凱拉一起吃晚飯。今天她有項回家功課是找出雜誌上的紅色物品並剪下來。聽起來很簡單，但想也知道，我們一起找的東西她都不滿意，不管是紅色推車、模特兒的紅色洋裝甚至紅色消防車，她統統不要。不久我就發現，問題就出在我太過於捧場。比方我會說：「甜心，那件洋裝是紅色的！妳說得對！太棒了！」

過了大概二十分鐘後，我學聰明了。凱拉偶然在雜誌上看見番茄醬瓶子的圖案，這次我聳聳肩膀，語氣平淡地說：「我不太喜歡番茄醬。」

結果她小姐二話不說就抓起安全剪刀剪下圖案。

孩子喔。

凱拉邊剪邊唱歌。她唱的是卡通節目《愛探險的朵拉》裡的歌，基本上就是一直重複「背包」兩個字，然後朵拉媽媽或爸爸的頭會分裂成很多塊拼圖。兩個月前我失手買了這部卡通：愛探險的朵拉反覆唱背包、背包、背包，一旁的地圖接著就會唱「我是地圖、地圖、地圖」。表妹梅蒂森來找她玩時，她們常放來看，其中一個演朵拉，另一個演猴子——他有個很妙的綽號叫「靴子」，以鞋子命名的猴子可不常見。

我想了想「靴子」這名字，還有凱拉和表妹吵著誰要當朵拉、誰要當猴子的模樣，突然間靈光乍現。

我整個人僵住，坐在原地動也不動，連凱拉都察覺到了。

「爹地？」

「小不點，我馬上回來。」

我衝上樓，腳步撼動整間屋子。兄弟會的帳單跑哪兒去了？我東翻西找，花了好幾分鐘才找到，今天早上見過查蜜之後，我本來打算丟掉的。

哈，找到了。

我快速翻了翻，找到線上交易的帳單，按月付費的那種。我抓起電話打給繆思，鈴響一聲她就接起。

「什麼事？」

「妳讀大學的時候，」我問，「有多常熬夜不睡覺？」

「一個禮拜起碼兩次吧。」

「妳怎麼避免自己打瞌睡？」

「吃一大堆M&M巧克力。我敢打賭黃色的是安非他命。」

「看妳需要多少就買多少，報公帳也沒關係。」

「我喜歡你說話的口氣。」

「我有個點子，但不知道我們時間夠不夠。」

「不用擔心時間。什麼樣的點子？」

「關於我們的老朋友，卡爾和吉姆。」

17

我打了古龍水律師家裡的電話，把他從睡夢中吵醒。

「下午再簽協議書，」我說。

「為什麼？」

「因為如果你先簽了，我們辦公室絕對會給你和你的當事人好看。我會讓大家知道我們跟何瑞斯・傅利沒達成共識，因為我們每次都會讓被告獲得最重懲處。」

「你們不能這麼做。」

我不說話。

「我對我的當事人有責任。」

「告訴她我要她緩一緩，跟她說不會讓她吃虧的。」

「那我怎麼跟對方說？」

「我哪知道。故意挑合約的毛病之類的，什麼都可以，反正拖到下午就對了。」

「你要怎麼不讓我的當事人吃虧？」

「如果我運氣好，給他們致命一擊，你們就可以重新協議，進口袋的鈔票只會多不會少。」

他頓了頓，然後說：「嘿，克普？」

「怎樣？」

「那女孩很特別，我是說查蜜。」

「怎麼樣特別？」

「他們那樣的人通常會馬上收下錢，我卻還得推她一把。坦白說，早點收下錢才是明智的做法，你我都心知肚明，但她不肯聽我的話，直到他們昨天翻出吉姆還詹姆斯那件事釘她，她才讓步。在這之前，不論她在法庭上怎麼說，她一心希望的並不是金錢上的回報，而是把對方送進監獄。她真的想要正義。」

「這你很驚訝嗎？」

「你還是菜鳥，我呢，這行幹了二十七年，漸漸變得憤世嫉俗。沒錯，她確實讓我跌破眼鏡。」

「你告訴我這個有什麼用意嗎？」

「當然有。你知道我這個人，求的也就是屬於我的三分之一報酬，但查蜜不一樣，對她來說，那筆錢可以改變她的人生。所以檢察官先生，不管你要幹嘛，千萬別搞砸。」

露西獨自喝酒。

夜晚時分。露西住在學校的教職員宿舍，這地方叫人沮喪得要命。大多教授努力工作賺錢，為的就是搬出這個鬼地方。露西在這裡住了一年，在她之前，一個名叫亞曼達・賽門的英國文學教授在這裡度過了三十年的單身歲月，她留下的東西沾滿了菸味。露西換了整片地毯，重新粉刷所有房間，但菸味還是揮之不去。住在這裡，感覺有點像住在菸灰缸裡。

露西愛喝伏特加。她看著窗外，遠遠傳來音樂聲。這是大學校園，音樂聲永不間斷。她看看錶，已經午夜。

她打開聲音細小的iPod音響，選擇她名之為「柔和」的播放選單，裡頭的歌不只慢也揪人心肺。她喝著伏特加，坐在令人沮喪的公寓裡，呼吸著某個早已死去的女人留下的菸味，聽著訴說失去、渴望和創痛的傷心歌曲。可悲是可悲，但感覺有時盡，這時痛不痛已不再重要，只剩下感覺而已。

此刻約瑟夫・亞瑟正唱著〈蜜糖和月亮〉。他對著他的真愛唱：如果她不存在，他就自己創造出來。哇，真不簡單。露西試著想像有個很好的男人對她說這些話，想著想著便不敢置信地搖起頭來。

她閉上眼睛想把拼圖一塊塊拼起來，但就是拼不好。回憶又浮現她腦海，長大之後她無時無刻不在逃離那片樹林，四處遷徙，一路逃到加州再逃回來。她改名換姓，變了髮色，但過去還是如影隨形。有時她以為已經領先它一步，以為已經在過去和現在之間豎立夠長的距離，但死者總會把那段距離拉平。

每一次，那個可怕的夜晚到頭來都會找到她。

可是這一次……怎麼會呢？那篇文章怎麼會出現？夏日殺人魔當年襲擊普拉斯（PLUS，Peace Love Understanding Summer的縮寫）夏令營時，席維亞．波特根本還沒出生，她怎麼可能知道這件事？當然，她可能跟羅尼一樣上網找資料，發現了露西的過去。或者是某個比她年長、見識廣的長輩告訴她的。

還是怪。她怎麼會知道？怎麼可能有人知道？只有一個人知道露西對那天晚上發生的事說了謊。

但保羅不可能說出去的。

她望著晶瑩剔透的窗戶。保羅．克普蘭。她閉上眼睛就能看見他又瘦又長的手腳、瘦削的身體、長長的頭髮、迷倒女生的微笑。好玩的是，他們是透過彼此的父親認識的。保羅的爸爸是婦產科醫生，逃過了舊蘇聯的打壓，到了自由國度美國還是難逃劫難。露西的父親心腸很軟，完全無法抗拒這類悲慘故事，於是就聘請法第米爾擔任營隊醫師，讓他們一家人夏天時得以暫時逃離紐華克。

露西至今還清楚記得他們開著一輛破舊的奧斯摩比Ciera，車子揚起灰塵，停了下來，四扇車門似乎同時打開，一家四口動作畫一走下車。露西第一眼看到保羅，兩人視線交會那一刻好比天雷勾動地火，而且她看得出來他也有同樣的感覺。那是生命中少有的時刻，那種震撼的感覺既美好又痛苦，但絕對錯不了，突然間色彩變得更鮮明、聲音更清晰、食物更可口，而你無時無刻不在想他，而且不知道為什麼你就是知道他也跟你有同樣的感受。

「就是那樣，」露西大聲說，又飲了一口伏特加湯尼。就像她反覆播放的傷心歌曲。一種感覺，一股衝動，開心或悲傷並不重要。但反正都跟以前不一樣了。艾爾頓強藉著柏尼・托品的歌詞，歌頌了關於伏特加湯尼的什麼呢？好像是說，兩杯伏特加湯尼入肚，你就會重新振作起來。

這對露西並不管用——可是話說回來，幹嘛現在就放棄？

她腦中有個小小的聲音說：「戒酒吧。」

更大的聲音叫細小的聲音閉嘴，或直接把它踢開。

露西握緊拳頭在空中揮舞。「走開，你太大聲了！」

她笑出聲，四下靜寂，她竟被自己的笑聲嚇了一跳。羅伯・湯馬斯的音樂傳來，唱著如果她裂成碎片，他能不能只是緊緊抱住她。露西點頭，可以的，他可以的。羅伯提醒她，此刻她又冷又害怕又支離破碎，最該死的是，她想跟保羅一起聽這首歌。

保羅。

他一定會想知道文章的事。

他們有二十年沒見了，但六年前露西曾上網查過他。其實她並不想這麼做，她很清楚保羅是一扇最好關上的門。但那天她喝醉了（驚訝吧），有些人喝醉酒會亂打電話，露西則是「亂Google」。

她找到的資料令她清醒但並不訝異。保羅結婚了，現在是律師，育有一女。露西甚至找出了他太太的照片，是某個有錢人在慈善場合照的照片。他太太名叫珍，很漂亮，身材高瘦，戴著珍珠項鍊。她戴珍珠項鍊很好看，好像天生就適合配戴珍珠。

又喝一口。

六年可能會有一些變化，但當時保羅住在紐澤西的里治塢，跟她現在住的地方不到二十哩。她望著房間另一邊的電腦。

也許該把這件事告訴保羅？

再上Google搜尋一次有什麼關係，只要查出他的電話——家裡的，還是公司的比較好？她可以主動聯絡他，甚至警告他，開誠布公，沒有其他目的，沒有言外之意，什麼也沒有。

她放下酒杯，窗外飄起雨。她的電腦早就開了，螢幕保護程式就是Windows預設的那種。沒有家族度假照，沒有小孩的照片，甚至連老處女的正字標記——寵物照都沒有。只見Windows的圖示跳來跳去，彷彿螢幕正對她伸出舌頭。

比可悲還可悲。

她回到首頁，正要開始打字就聽見敲門聲。她停下來仔細聽。

又敲一聲。露西看看電腦右下方的小時鐘。

十二點十七分。

怎麼晚誰會來敲門？

「誰？」

沒回答。

「請問是？」

「我是席維亞．波特。」

哭哭啼啼的聲音。露西站起來踉踉蹌蹌走去廚房，把剩下的酒倒進洗碗槽，把酒瓶放回櫥櫃裡。還好伏特加沒味道，至少味道不重，這點還算幸運。她很快照照鏡子，鏡中的她看起來好糟，但也沒辦法了。

「來了。」

她打開門，席維亞好像靠在門上似的，差點跌倒。她全身濕透，室內冷氣又強，露西差點說這樣會重感冒，但這樣太像媽媽嘮叨子女了。她關上門。

席維亞說：「抱歉那麼晚。」

「沒關係，我還沒睡。」

她站在房間中央。「上次也很抱歉。」

「沒關係。」

「我只是……」席維亞，手抱著身體。

「妳需要毛巾或什麼嗎？」

「不用了。」

「還是拿喝的給妳？」

「不用麻煩了。」

露西示意她先坐下來再說。席維亞整個人倒在Ikea的沙發上。露西實在討厭Ikea和他們的圖示組合說明，簡直像是美國太空總署的工程師設計的。露西坐在她旁邊，等著她開口。

「妳怎麼查出文章是我寫的？」席維亞問。

「這不重要。」

「我沒有署名。」

「我知道。」

「而且妳說會保密。」

「我知道，我很抱歉。」

席維亞抹抹鼻子，別開視線，頭髮仍在滴水。

「我甚至說了謊，」席維亞說。

「什麼謊？」

「我寫的東西。有天我去辦公室找妳那次，妳還記得嗎？」

「記得。」

「妳還記得我說我寫了什麼？」

露西想了想，說：「妳的第一次。」

席維亞笑了笑，笑容背後似乎沒有別的意思。「其實換個奇怪的角度來看也沒錯。」

露西又想了想，然後說：「席維亞，我不懂妳的意思。」

席維亞沉默良久。露西想起羅尼說會幫忙說服席維亞來找她，但應該是明天早上的事才對。

「羅尼今天晚上去找妳嗎？」

「班上的那個羅尼．伯格？」

「對。」

「沒有。羅尼為什麼要找我？」

「不重要。所以妳是自己來的？」

席維亞嘸嘸口水，表情有點不確定。「這樣不好嗎？」

「怎麼會，妳來我很高興。」

「我真的很害怕，」席維亞說。

露西點頭，盡可能給她鼓勵和安慰，過於著急只會有反效果。所以她耐心等著，過了整整兩分鐘她才打破沉默。

「沒有必要害怕，」露西說。

「妳想我該怎麼做？」

「把事情全告訴我，好嗎？」

露西不知該從何說起？「誰是P？」

席維亞皺眉。「什麼？」

「妳的文章提到一個叫P的男生，誰是P？」

「妳在說什麼？」

露西停頓，然後再試一次。

「告訴我，妳為什麼會在那裡？」

但席維亞開始吞吞吐吐。「妳今天為什麼到我房間來找我？」

「因為我想跟妳談那篇文章。」

「那又為什麼問我名叫P的傢伙？我沒說他是P，我直接寫出他是……」話語哽住，她閉上眼睛悄聲說：「……我爸爸。」

淚水潰堤，像雨一般大片大片落下。

露西閉上眼睛。是亂倫那篇文章，她跟羅尼當初讀了都非常震驚。可惡，羅尼搞錯了。樹林那篇文章不是席維亞寫的。

「妳父親在妳十二歲那年對妳性騷擾，」露西說。

席維亞把臉埋在手裡，哭得肝腸寸斷，點頭時整個身體在顫抖。露西看著眼前的可憐女孩，想像著她的父親，這女孩是那麼地想討好別人。她伸手抱住席維亞，對方靠在她的懷裡痛哭。露西安撫著她，抱著她輕輕搖晃。

18

我一夜沒睡，繆思也是。我很快用電鬍刀刮了鬍子，身上好臭，甚至考慮跟何瑞斯．傅利借古龍水。

「把資料找來給我，」我對繆思說。

「我盡快。」

法官維持秩序時，我傳喚——全場屏息——另一名證人上台。

「傳傑洛．弗林上台作證。」

弗林是邀請查蜜．強森去參加派對的「好孩子」。他的外表也像個好孩子，過於光滑的皮膚，梳得整整齊齊的金髮，一雙湛藍的大眼睛，天真無邪似的注視著所有一切。因為我們這邊隨時可能撤銷案子，所以被告盡可能拖延弗林上台的時間，再怎麼說，他都是他們那邊的關鍵證人。

弗林一直站在兄弟會這邊。不過，在警察面前甚至錄口供時說謊是一回事，在「台上」說謊又是另一回事。我回頭看繆思，她坐在最後一排，試圖擺出嚴肅的表情，但呈現的效果有點四不像。反正如果想找個扮黑臉的搭檔，我第一個絕不會找她。

我請他報上姓名。

「傑洛．弗林。」

「但大家都叫你傑瑞，對嗎？」

「對。」

「好，我們從頭開始。你是什麼時候認識查蜜．強森小姐的？」

查蜜今天也來了，她跟何瑞斯．傅利坐在最後第二排靠中間的位置。很有趣的選擇，一副想置身事外的樣子。更早之前我聽見走廊傳來尖叫聲，詹瑞特家和麥倫家很不高興最後一秒還搞不定這案子。他們想盡辦法要把案子壓下來，卻還是失敗，所以今天才那麼晚開庭。不過對方陣營已經嚴陣以待，臉上那種嚴肅、專注又不安的法院表情又回來了。

他們心想反正拖不了多久，再幾個小時就玩完了。

「她到兄弟會來的時候認識的，那天是十月十二日，」他回答。

「你記得日期？」

「對。」

我做了個誇張的表情，像在說「還真有意思呵」，實際上當然不是。他當然知道日期，如今這也變成他生命中的重要日子。

「強森小姐為什麼會去兄弟會？」

「我們請她來跳豔舞。」

「是你請她來的嗎？」

「不是。我是說，是兄弟會請她來的，但負責敲定的不是我。」

「我懂了。所以她到你們兄弟會去跳豔舞是嗎？」

「對。」

「你也看了她的表演嗎？」

「對。」

「你認為如何？」

莫特．普賓站起來大喊：「抗議！」

法官早就板著一張臉看我：「克普蘭先生？」

「根據強森小姐的說法，事發當天是弗林先生邀請她去派對的，我只是想了解他為什麼這麼做。」

「那就直接問，用不著拐彎抹角，」普賓說。

「庭上，可以讓我用自己的方式問嗎？」

皮爾斯法官說：「改變用詞試試看。」

我回身面對弗林。「你認為強森小姐是個稱職的艷舞舞者嗎？」

「應該是。」

「是還不是？」

「不到很好，但我認為還算不錯。」

「你認為她迷人嗎？」

「嗯。我是說，大概吧。」

「是還不是？」

「抗議！」又是普賓。「這種問題他沒有必要回答是還不是。也許他覺得還好，這不是能夠回答是或否的問題。」

「莫特，我同意。」我的回答令他意外。「這麼說好了。弗林先生，你認為她多有魅力？」

「用一到十分來打分數嗎？」

「那很好，就用一到十來打分數。」

他想了想。「七八分吧。」

「好，謝謝你。那麼那晚你跟強森小姐說過話嗎？」

「有。」

「你們聊了些什麼？」

「我不知道。」

「想想看。」

「我問她住哪，她說厄文頓，還問她有沒有上學、有沒有男朋友之類的。她跟我說她有個小孩，還問我我在學校讀什麼，我跟她說我想讀醫學院。」

「還有嗎？」

「大概就這樣。」

「我知道了。那麼你跟她聊了多久？」

「我不知道。」

「我來看看能不能幫你想起來。有超過五分鐘嗎？」

「有。」

「一小時呢？」

「沒有，我想沒有。」

「超過半小時？」

「我不確定。」

「超過十分鐘？」

「我想有。」

皮爾斯法官打斷我，說這部分大家已經了解，應該繼續往下問。

「你知道那晚強森小姐是怎麼離開的嗎？」

「有輛車子來把她接走。」

「除了她，沒有其他的豔舞舞者嗎？」

「有。」

「有幾個？」

「加她一共三個。」

「謝謝你。其他兩個也跟強森小姐一起離開嗎？」

「對。」

「你跟其他兩人說過話嗎？」

「不算，最多只有打個招呼。」

「可以說三名艷舞舞者中，你只跟查蜜．強森有對話嗎？」

「可以這麼說，」弗林回答。

前言夠長了，準備進入正題。「根據查蜜．強森的證詞，她提供派對幾名年輕人性服務，賺到額外的收入。你知道這回事嗎？」

「我不知道。」

「真的？你沒參與嗎？」

「沒有。」

「你難道沒聽到任何一個兄弟會成員談論強森小姐提供性服務的事？」

弗林中計了，現在他要不說謊，要不承認自己人幹了非法勾當。結果他選擇了最笨的一條路——中間那條。「也許聽到一些耳語。」

誰都不得罪又模擬兩可，只讓他更像在說謊。

我裝出十分懷疑的口吻：「也許聽到一些耳語？」

「對。」

「所以你不確定是否聽到耳語。」我的口氣好像這是我這輩子聽過最荒謬的事。「不過你也許有，只是不記得有沒有聽到。這麼說對嗎？」

這次富萊站起來：「庭上？」

法官轉去看他。

「克普蘭先生到底是在偵辦強暴案，還是故意找碴？」他攤攤手。「是不是強暴案證據太薄弱、理由太牽強，所以他現在打算告那些男孩勾引妓女？」

我說：「這不是我的目的。」

富萊笑著對我說：「那就請你問跟本案相關的問題，沒必要逼他敘述朋友的不良行為。」

法官說：「下個問題，克普蘭先生。」

可惡的富萊。

「你跟強森小姐要了電話號碼嗎？」

「對。」

「為什麼？」

「我想我可能會打給她。」

「你喜歡她？」

「我受她吸引，對。」

「因為她大概有七八分嗎？」我趕在普賓動作之前就先揮揮手。「我收回。你打過電話給她嗎？」

「打過。」

「可以告訴我們什麼時候，並盡可能清楚交代你們在電話上說了什麼嗎？」

「十天後我打電話給她，問她想不想參加兄弟會的派對。」

「你要她再來跳豔舞嗎？」

「不是，」弗林說。我看得出來他緊張了起來，眼眶有些發紅。「我邀請她來玩。」

我讓這句話沉澱了一下，兩眼注視著傑瑞．弗林，也讓陪審團觀察他的模樣。他的表情有些異樣。他喜歡查蜜．強森嗎？我讓這一刻延續了一會兒，因為我也搞糊塗了。我以為弗林是共犯，是他打電話給查蜜，設計了她。我試著在腦中理清前後脈絡。

法官說：「克普蘭先生？」

「強森小姐接受了你的邀請嗎？」

「是的。」

「你說邀請她來——」我比出引號的手勢。「玩，是指『約會』嗎？」

「對。」

我聽著弗林說出見到她、拿雞尾酒給她的過程。

「你跟她說了雞尾酒裡有酒嗎？」我問。

「對。」

說謊。一看就知道他說謊，但我想強調這答案多麼可笑。

「告訴我你們當時是怎麼說的？」我問。

「我不懂你的問題。」

「你問了強森小姐想不想喝東西嗎？」

「對。」

「她說好？」

「對。」

「然後你說什麼？」

「我問她要不要喝雞尾酒？」

「她怎麼說？」

「她說好。」

「然後呢？」

他動了動身體。「我跟她說裡頭有加酒。」

我豎起眉毛。「就這樣？」

「抗議！」普賓站起來。「什麼叫就這樣？他說裡頭加了酒，一問一答有什麼不對？」

他說得對。要扯這種明顯的謊就由他們去。我對法官揮揮手，表示這問題就算了。接著我要他敘述事發當晚的情形。弗林仍然堅持之前的說法：查蜜喝醉酒之後就開始跟艾德華．詹瑞特調情。

「當時你有什麼反應？」

他聳聳肩。「艾德華是學長，我是新生，這種事在所難免。」

「所以你認為查蜜對詹瑞特先生印象好，是因為他年紀比較大？」

普賓這次也決定按兵不動。

「對了，你進去過麥倫先生和詹瑞特先生的房間嗎？」

「我不知道，」弗林說。「也許吧。」

「當然有。」

「幾次？」

「忘了。很多次。」

「真的？你不是新生嗎？」

「他們也是我的朋友。」

我露出懷疑的表情。「你進去過一次以上嗎？」

「對。」

「十次以上？」

「對。」

我的表情更納悶了。「那好。告訴我，他們房間放的是哪種音響？」

弗林馬上回答：「iPod音響，Bose喇叭。」

這我早就知道了，我們搜尋過房間，還拍了照。

「那他房間的電視呢？有多大？」

他笑了笑彷彿看穿我的詭計。「裡頭沒有電視。」

「一台也沒有？」

「沒有。」

「那好，再回到那天晚上的事……」

弗林繼續編故事。他說之後他跟朋友喝酒玩鬧，看見查蜜跟詹瑞特手牽手上樓，但之後的事他一無所知，更晚一點她才又見到查蜜，陪她走去公車站。

「她看起來很糟糕嗎？」我問。

弗林說不會，剛好相反，查蜜「面帶微笑」、「心情愉快」，腳步很輕盈，從頭到尾語調開心得很不自然。

「所以查蜜．強森說她陪你去拿啤酒，然後走上樓，在走廊上被強拉進房間，全都是謊言嗎？」我問。

弗林很聰明，避重就輕地說：「我只是告訴你我看到的。」

「你認識名叫卡爾或吉姆的人嗎？」

他想了想。「我認識兩個叫吉姆的人，但不認識叫卡爾的。」

「你知道強森小姐聲稱強暴他的兩個人名叫……卡爾和吉姆嗎？」我不希望這時富萊大喊抗議，又開始玩語言遊戲，但說出兩個人名時，我確實白了他一眼。

他正在考慮該怎麼回答，最後決定實話實說：「我聽說了。」

「派對上有人叫做卡爾或吉姆嗎？」

「據我所知沒有。」

「我懂了。那麼就你所知，詹瑞特先生和麥倫先生有沒有理由自稱是卡爾和吉姆？」

「沒有。」

「你曾經同時聽到這兩個名字嗎？我是指這件事發生之前？」

「印象中沒有。」

「所以你想不到為什麼強森小姐作證說強暴她的人是卡爾和吉姆？」

普賓大喊抗議：「他怎麼可能知道那個瘋瘋癲癲又喝醉酒的女人為什麼說謊。」

我兩眼直盯著弗林：「弗林先生，什麼都想不到嗎？」

「想不到。」他語氣堅定。

我回頭看繆思。她正低頭在玩黑莓機，抬起頭時跟我四目交接，立刻點點頭。

「庭上，」我說，「我還有問題要問弗林先生，但也許該在這裡停住，放大家去吃午餐。」

皮爾斯法官表示同意。

我壓下衝去找繆思的衝動。

「拿到了，」她咧嘴笑說。「傳真在你的辦公室。」

19

幸好露西早上沒課。昨晚喝了酒，又跟席維亞談到很晚，隔天她一直睡到中午才起床。起床後她馬上打電話給學校一位名叫凱薩琳．盧卡斯的輔導老師，露西覺得她是個很優秀的治療師。她跟對方說明了席維亞的情況，盧卡斯應該比較知道該怎麼做。

她想了想引發這一切的那篇文章。森林。尖叫。血跡。文章不是席維亞寄的，那會是誰？沒有概念。

昨晚她決定打電話給保羅，心裡最後的結論是必須讓他知道這件事。但那會不會是酒後一時衝動？現在是腦袋清醒的大白天，現在她還覺得這麼做好嗎？

一小時後，她在網路上查到保羅公司的電話。他現在是艾塞克斯郡的檢察官，而且竟然是單身。他太太珍羅癌去世後，保羅以她的名字成立了慈善基金會。露西不知道自己對這些消息有何感覺，但目前她也無法理清自己的感受。

撥電話時她的手在顫抖。總機接起，她說要找保羅．克普蘭，說出這名字時她感到一陣心痛，這才意識到她已經二十年沒說過這名字了。

保羅．克普蘭。

有個女人答說：「郡檢察官嗎？」

「我要找保羅．克普蘭，麻煩妳。」

「請問妳哪裡找？」

「我是他的老朋友，」她說。

無回應。

「我叫做露西，跟他說露西要找他。二十年前的老朋友。」

「露西，方便留下妳的姓嗎？」

「就這麼跟他說好嗎？」

「克普蘭檢察官現在不在辦公室，要不要留電話讓他回來撥給妳？」

露西留了家裡、辦公室的電話，還有手機。

「請問是什麼事呢？」

「就告訴他露西找他，是很重要的事。」

我跟繆思在我的辦公室裡，房門關上。我們叫了熟食店的三明治當午餐。我吃雞肉沙拉全麥三明治。繆思正把大小可比衝浪板的肉丸潛艇堡吞下肚。

我手中拿著傳真。「妳說的私家偵探，辛格什麼的人在哪？」

「辛格·雪克，她待會兒就到。」

我坐在位子上看筆記。

「你想大聲唸出來嗎？」

「不想。」

她咧嘴笑得很開心。

「怎樣？」

「我雖然不想說，畢竟你是我的上司嘛，不過不得不說你真是個天才！」

「大概是吧，」我說。

我回頭去看筆記。

繆思說：「要我出去讓你好好準備嗎？」

「不用。我可能會想到需要妳幫忙的事。」

她拿起三明治，這麼大的潛艇堡她塞得進肚子我真是訝異。她一口咬下三明治。「你之前的那個檢察官每次遇到大案子，」繆思說，「就會坐在那裡瞪大眼睛說他正要進入無人之境，一副他是麥克・喬登似的。你會那樣嗎？」

「不會。」

「那……」嚼啊嚼，吞下肚。「如果我提另一件事會害你分心嗎？」

「妳是指跟此案無關的事？」

「沒錯。」

我抬起頭。「其實，分心也不是壞事。妳在想什麼？」

她把眼神轉向右邊，過了一會兒才說：「我有朋友在曼哈頓命案組。」

我猜到她想說什麼。我咬了一小口雞肉沙拉三明治，說：「好乾。」

「什麼？」

「我說雞肉沙拉好乾。」我放下三明治，拿餐巾擦擦手。「我來猜猜看，妳的命案組朋友跟妳說了馬諾洛・聖地牙哥被殺的事？」

「對。」

「他們跟妳說了我的看法？」

「聽說你認為他是當年夏日殺人魔在夏令營殺害的男生之一，但他的爸媽認為不是。」

「確實。」

「嗯，他們告訴我的。」

「所以？」

「他們覺得你腦袋壞掉。」

我微笑。「妳覺得呢？」

「大概也會這麼覺得，但現在——」她指著傳真。「我知道你很有一套。所以我想說的應該是：讓我加入。」

「加入什麼？」

「你知道的。你想調查對吧？想查清當年那片樹林裡到底發生了什麼事。」

「沒錯，」我說。

她攤開手。「我想加入。」

「我不能拿我的私事占去妳的工作時間。」

繆思說：「第一，雖然大家都咬定幾起命案的凶手都是韋恩．史都本，但嚴格說來，這案子還沒結案。仔細想想，還有四起命案沒了結。」

「這太牽強了。」

「案發地點不在我們這一郡。」

「這很難說。我們只知道屍體在哪裡尋獲，而且有個受害者就住在這個城市，就是你妹。」

「第二，我一週要工作四十個小時，但我實際工作將近八十個小時，這你也知道，所以你才幫我升職。這四十個小時以外我要做什麼是我家的事。就算要工作一百個小時我也無所謂。話我先說在前頭，我可不是為了幫上司忙。你想想，我是個調查員，如果能破這個案子也是功勞一件。你看怎麼樣？」

我聳聳肩。「什麼怎麼樣？」

「讓我加入？」

「好。」

她滿面春風。「那第一步是什麼？」

我想了想。有件事我非做不可，卻一直逃避，但現在不能再逃了。

「韋恩．史都本，」我說。

「夏日殺人魔？」

「我必須見他。」

「你認識他吧？」

我點點頭。「我們都是夏令營的指導員。」

「我記得他不見訪客。」

「我們得改變他的心意，」我說。

「他現在在維吉尼亞州的某間最高警備監獄坐牢，」繆思說。「我可以打幾通電話。」

繆思已經查到史都本在哪個監獄。了不起。

「試試看，」我說。

有人敲門。我的祕書喬瑟琳．督若把頭探進來。「有留言，」她說，「要我貼在你的桌上嗎？」

我搖搖手指要她拿過來給我。「有重要的嗎？」

「還好。多半是媒體人，他們應該知道你在開庭才對，但還是打電話來。」

我拿起留言開始整理，抬頭一看，發現繆思正四處張望。這間辦公室幾乎找不到我的個人痕跡。剛搬進來時，我放了張凱拉的照片在矮櫃上。兩天後我們逮到一名兒童性騷擾犯，他對跟凱拉一般年紀的小女孩做了可惡至極的事。當時我們在這裡討論案子，我的眼睛不斷飄向凱拉的照片，最後我不得不把照片轉去面對牆壁。那天晚上，我把照片帶了回家。

這不是適合凱拉的地方，甚至連放她的照片都不適當。

正翻閱留言時，某樣東西抓住我的目光。

我的祕書用的是舊式的粉紅色便條紙，可以自己留一份黃色副本的那種。留言是手寫的，她的字跡很工整。

粉紅色紙條上記錄的來電者是：

露西？？

我盯著名字看了一會兒。露西。不可能。

紙條上有辦公室、住家和行動電話號碼。三個號碼的區號都顯示，露西？？居住、工作和「行動」的地方，都在紐澤西。

我抓起紙條按下對講機。「喬瑟琳？」

「是。」

「我看見有個叫露西的人留了言？」我說。

「對。她大概是一小時前打來的。」

「她沒留姓。」

「她不肯說，所以我才打問號。」

「我不懂。妳是說妳請她留下姓氏但她不肯？」

「沒錯。」

「她還說了什麼？」

「看紙條底下。」

「什麼？」

「你看到紙條底下的留言嗎？」

「沒有。」

她靜靜等著，什麼也沒說。我的眼睛掃到紙條底下寫著：

說她是二十年前的老朋友。

我把這句話又看了一遍。又一遍。

「呼叫克普上校。」

是繆思的聲音，不是用說的，是用唱的，那是改編自大衛．鮑伊的老歌。我嚇了一跳。「妳唱歌跟挑鞋子一樣，」我說。

「真幽默。」她指指我手上的紙條，豎起眉毛。「老大，誰是露西？舊情人嗎？」

我沉默。

「哦，該死。」她眉毛一低。「我真該死，我不是故意……」

「不用在意。」

「你也一樣，至少晚點再說。」

她把視線轉向我背後的時鐘。我也轉身看看時間。繆思說得對。午休時間結束了。這件事只能待會兒再說。我不知道露西找我的目的，但也許我知道。過去回來了，全都回來了，死者似乎正從地底下鑽出來。

但這些都得緩一緩。我抓起傳真站起來。

繆思也站起來：「表演時間到了！」

我點頭。不只是表演，我要痛宰那兩個混帳，而且要控制自己別太得意忘形。

午餐過後，重回證人席的傑瑞．弗林看起來相當鎮定。早上我沒造成多大傷害，沒有理由以為下午會有什麼變化。

「弗林先生，」我開始進攻，「你喜歡色情片嗎？」

我不等對方反應就轉向莫特．普賓比了一個嘲弄的手勢，彷彿剛跟大家介紹過他，這會兒正要拉他上台。

「抗議！」

普賓不需多費唇舌，法官早就對我使了個不滿的眼色。我聳聳肩，說：「證物十八號。」我拿起紙張。「這是寄給兄弟會的網路交易帳單。你看過嗎？」

他看了一眼。「帳單不是我付的，是總務付的。」

「對，就是里奇．達文先生，他證實這確實是兄弟會的帳單。」

法官看看富萊和莫特。「有人抗議嗎？」

「我們會再確認，」富萊說。

「你有看到這家公司的名稱嗎？」我指著最上面的一行字。

「有。」

「麻煩你唸出來。」

「網易通。」

「網—易—通。」我一個字一個字大聲唸出來。「你知道那是什麼嗎？」

「出租ＤＶＤ的公司，透過郵局收送影片，一次可以拿到三部片，寄回片子就會再收到三部片。」

「很好，謝謝你。」我點點頭，手指往下移了幾行。「麻煩你幫我唸這行。」

他遲疑一下。

「弗林先生？」

他清清喉嚨，說：「網逸通。」

「安逸的逸，對吧？」我又把三個字大聲唸出來。

「對。」

他看起來好像快吐了。

「可以請你告訴我什麼網逸通是做什麼的嗎？」

「跟網易通類似，」他說。

「也是DVD出租公司？」

「對。」

「你知道兩者有什麼不同嗎？」

他臉色漲紅。「他們租借不同種類的影片。」

「什麼種類？」

「呃……成人影片。」

「我懂了。之前我問你喜不喜歡色情片，我想其實應該問你：你有沒有看過色情片？」

他動來動去。「有時候會看。」

「孩子，這沒什麼錯。」我用不著往後看就知道普賓又站了起來。我指著被告席，說：「我打賭普賓先生站起來是想告訴我們，他也喜歡色情片，尤其是情節。」

「抗議！」普賓喊。

「我收回問題。」我轉回去面對弗林。「你有沒有特別喜歡的色情片呢？」

他的臉上頓失血色，好像這問題打開了水龍頭開關一樣。他轉頭面向被告席，我趕緊移上前擋住他的視線。弗林握拳咳了一聲，說：「我可以拒絕回答嗎？」

「為什麼？」我問。

富萊．希克利站起來。「證人請求律師協助。」

「庭上，」我說，「在法學院的時候，老師教我們拒絕回答是用來避免自證己罪的，如果我說錯請糾正我。但是特別喜歡某部色情片難道犯法嗎？」

富萊說：「可以休息十分鐘嗎？」

「不行，庭上。」

「證人請求律師協助，」富萊又說。

「他沒有，他只是拒絕回答問題。弗林先生，回答我的問題——我會給你豁免權。」

「什麼豁免權？」富萊問。

「什麼都可以，只要他留在台上。」

皮爾斯法官轉去看富萊．希克利，不疾不徐。要是富萊說服他，我就慘了，對方一定會想辦法對付我。我往後瞥了詹瑞特和麥倫一眼，他們沒有動作也沒警告律師。

「繼續，」法官說。

富萊．希克利倒回座位。

我回頭問弗林：「你有沒有特別喜歡的色情片？」

「沒有，」他答。

「你聽過一部叫做……」我假裝查看資料，其實早把片名背起來了。「《銷魂蝕骨》的色情片嗎？」

他一定有不好的預感，但問題仍像趕牛棒一樣驅趕著他。「請你再說一次好嗎？」

我重複一遍。「你看過或聽過這部片嗎？」

「應該沒有。」

「應該沒有？」我說。「也就是說，可能有囉？」

「我不確定，我不太會記片名。」

「我來看看能不能喚起你的記憶。」

我手上有繆思剛給我的傳真。我把一份給被告律師當做證物，然後說：「根據網逸通的說法，這六個月來兄弟會一直留著某片DVD，而且照他們的記錄來看，這部片在強森小姐跟警方報案當天就寄回網逸通。」

沉默。

普賓一副剛把舌頭吞下肚似的。老奸巨猾的富萊不動聲色，看傳真的表情好像只是在看一則好笑的連載漫畫。

我走過去靠近弗林一些。「這有喚醒你的記憶嗎？」

「我不知道。」

「你不知道？那我們再試試別的。」

我看向房間後面。繆思站在門旁邊咧著嘴笑。我對她點點頭，她隨即打開門，一名長得像低成本電影裡的超辣女戰士走進來。

繆思的偵探朋友辛格．雪克大搖大擺走進門，好像這裡是她最愛的酒吧似的。全場看見她出現似乎都倒抽一口氣。

我說：「你認得剛走進房間的這位女士嗎？」

他沒回答。法官說：「弗林先生？」

「認得。」弗林清清喉嚨以爭取時間。「我認得她。」

「你們怎們認識的？」

「昨晚在酒吧碰到的。」

「我懂了。你們兩個有聊到《銷魂蝕骨》這部片嗎？」

我們要辛格假扮成演過色情片的女演員，她一出現，好幾個兄弟會的男生都爭先恐後要跟她談心。就像繆思說的，這麼一個身材好到簡直可以接受表揚的尤物，要讓兄弟會男生說話「真是」不容易。

弗林說：「可能有聊到一點。」

「聊到那部片嗎？」

「對。」

「這樣，」我說，一副發展到這步田地很奇妙似的。「那麼，有了雪克小姐做為催化劑，有沒有讓你想起《銷魂蝕骨》這部片？」

他奮力揚起頭，但肩膀不由一沉。「嗯，」弗林說，「大概想起來了。」

「很高興能幫上忙，」我說。

普賓起身想抗議，但法官揮手要他坐下。

「事實上，」我接著說，「你告訴雪克小姐，《銷魂蝕骨》是你們兄弟會最喜歡的色情片是嗎？」

他頓了頓。

「沒關係，傑瑞，你另外三個同伴跟雪克小姐說了同樣的事。」

莫特．普賓說：「抗議！」

我把目光轉回辛格．雪克身上，其他人也是。辛格面帶微笑揮揮手，一副自己是名人剛在觀眾面前第一次亮相一樣。我把電視和影碟機推出來，那部惹事生非的影片已在裡面，繆思早就快轉到我們要的那一幕。

「庭上，昨天晚上我的檢察事務官到紐約市金大衛的情色殿堂跑了一趟。」我看著陪審團，說：「那是二十四小時營業的店，雖然我想不通為什麼有人需要……比方半夜三點跑去……」

「克普蘭先生。」

法官盡責地白了我一眼，陪審團反而笑了。很好。我希望氣氛輕鬆一點。等到反差一出現，等到他們看到影片，我就要讓他們好看。

「總之，我的事務官把兄弟會這六個月來在網逸通上租的色情片都買了下來，包括《銷魂蝕骨》

這一片。現在我想放一段跟本案有關的影片給大家看。」

一切停頓。全部眼睛轉向法官席。皮爾斯法官不疾不徐摩挲下巴考慮。我屏住呼吸，法官繼續摸下巴，我真想逼他吐出答案。

最後他點點頭，說：「好吧，你放。」

「等一等！」莫特．普賓抗議，要求先做預先審查等等，想盡辦法阻撓，後來富萊．希克利也加入，但都是白費功夫。最後法院窗簾拉上，擋住強光。我毫不解釋要播放什麼內容，就直接按下播放鍵。

畫面上是一間尋常的臥房，床看起來是超大尺寸的床，房裡有三個人。一開始前戲很少，三個人直接就來了。兩個男人，一個女孩。

兩男是白人，女孩是黑人。

兩男把女孩像玩具一樣翻過來翻過去，又說又笑從頭到尾話沒停過。

「把她轉過來，卡爾……對，吉姆，就是這樣……卡爾，把她翻過來……」

我沒看螢幕，全程注意陪審團的反應。小孩子的遊戲，就像我的女兒和表妹模仿《愛探險的朵拉》一樣。但詹瑞特和麥倫病態的是，他們模仿的是色情片裡的一幕。此刻法庭像墳墓一樣安靜。當片中的黑人女孩發出尖叫，兩名白人男子邊喊對方的名字邊冷血地哈哈大笑時，我看見大家的臉垮下來，連詹瑞特和麥倫後面的人也一樣。

「吉姆，把她轉過來……哇，這婊子愛死了……吉姆，用力幹，用力一點……」

就像這樣一再重複，聲音冷酷、可怕又邪惡。我往房間後面一瞥，看見查蜜抬頭挺胸。

「唔，唔，吉姆……哈，該我啦……」

查蜜跟我視線交會，對我點點頭，我也點點頭，只見她淚流滿面。

我不確定，但總覺得我臉上也有淚水。

20

富萊和莫特爭取到半小時的休息時間。法官起身離開那一刻，法庭驚聲四起。我一路「不予置評」回辦公室，繆思跟在我後面，明明是個小跟班，神氣的模樣卻像我的祕密情報員似的。辦公室門關上之後，她高舉雙手。「擊掌！」

我沒反應，只是盯著她看，她只好把手放下。

「結束了，克普。」

「還沒，」我說。

「半小時後呢？」

我點點頭，說：「才算真正結束。現在還有事情得做。」

我走向會議桌，露西的留言還放在那裡。剛剛在法庭上我奮力把思緒切割，把露西趕出腦海。但此時此刻，雖然我也想沉浸在喜悅裡片刻，那筆留言卻又把我拉回現實。

繆思發現我正低頭看留言。

「二十年前的朋友，」繆思說，「夏令營那件事發生的時間。」

我看著她。

「兩件事有關聯是吧？」

「我不知道，」我說，「有可能。」

「她姓什麼？」

「銀斯坦。露西．銀斯坦」。」

「對，跟我查到的一樣，」繆思說，屁股一坐，雙臂交叉。

「妳怎麼查到的？」

「拜託，我是誰啊！」

「好管閒事的包打聽。」

「你以為我的魅力從哪來？」

「好管閒事和……妳的鞋子。妳什麼時候開始打聽我的事？」

「聽到你要接任郡檢察官就開始啦。」

我並不驚訝。

「哦，而且早在我說想加入之前，我就複習過那個案子了。」

我又轉去看留言。

「她是你的女朋友，」繆思說。

「只是夏日戀情，」我說，「我們當時還是孩子。」

「你上一次跟她聯絡是什麼時候？」

「很久了。」

我們默默坐了一會兒。門外吵吵鬧鬧，我當做沒聽見，繆思也是。兩人都不說話，只是靜靜坐著，留言擱在桌上。

最後繆思站了起來。「我還有事。」

「去吧，」我說。

「你待會兒可以自己上場吧？」

「我應付得來的，」我說。

繆思走到門前又轉過來：「你會打給她嗎？」

「晚點。」

「要我去她家看一下嗎？看有什麼發現。」

我想了想。「先不要好了。」

「為什麼？」

「因為她曾經對我有特殊的意義，我不希望妳去打探她的生活。」

繆思舉雙手投降。「好好好，我怕你，別咬我。我又不是要把她銬上手銬拖過來，只是想做個例行的背景調查。」

「不要好了，暫時不要。」

「那我去喬韋恩．史都本的事好了。」

「謝謝。」

「至於卡爾和吉姆，你不會讓煮熟的鴨子飛了吧？」

「絕對不會。」

我擔心的是，被告可能咬定查蜜也看了那部片並根據影片捏造一套謊言，或催眠自己相信影片內容是真的。不過我掌握了幾個有利因素。第一，要證明該片從未在兄弟會交誼廳的大螢幕電視上播放並不難，有不人少能夠作證。第二，靠著傑瑞．弗林和警方拍的照片，我已經證實麥倫和詹瑞特的房間沒有電視，所以查蜜不可能在裡頭看那部片。

不過，我唯一想得到的反擊點是：ＤＶＤ也可以在電腦上播放。應該站不住腳，沒錯，無論如何我都不希望留給對方太多活路。我把傑瑞．弗林叫做「鬥牛賽」證人。在鬥牛賽裡，公牛跑出來，幾個人（不是鬥牛士）左右揮舞著斗篷。公牛橫衝直撞直到沒力，這時長矛手騎著馬手持長矛出場，把長矛刺進公牛的頸部，公牛鮮血直流，脖子腫起，連轉動脖子都有困難。再來輪到短劍手上場，把醒目鮮艷的短劍刺進公牛肩膀周圍，更多鮮血灑下，此時公牛只剩半條命。

這才輪到鬥牛士持刀上場，完成最後的工作。Matador（鬥牛士）這個字就是從西班牙文來的，原來的意思就是殺害。

這就是我現在的工作。我已經把證人操得筋疲力盡，把長矛刺進他的脖子，把五彩繽紛的短劍插入他的肩膀，現在該刀子上場了。

富萊．希克利竭盡所能、善用權力阻止這一刻。他要求休庭，責怪我們之前沒交出影片，有失公平，應該發現影片時就交給他們諸如此類。我馬上反擊，指出影片一直在他的當事人手中，我們只是昨晚自己去買了一片，況且證人已經證實這部片曾在兄弟會播放，如果希克利先生堅稱他的當事人沒看過該片，他大可叫他們上台對證。

富萊繼續爭辯，拖延時間，問問題，跟法官私下商量，成功讓傑瑞．弗林有機會喘口氣。但還是沒用。

弗林一坐上證人席，我就看出來了。他已被長矛和短劍重創，影片是最後的致命一擊。播放影片時他緊閉雙眼，讓人覺得他甚至想把耳朵都關上。

可以看得出來弗林應該不是壞孩子。事實上，即時到上台作證這一刻，他仍對查蜜懷有好感。之前他很得體地約查蜜出去，後來高年級的學長聽到風聲就開始嘲笑他，脅迫他參與他們病態的「重現電影」計畫，還是嫩鳥的弗林終究屈服了。

「我討厭自己這麼做，」他說，「但你要了解我的立場。」

我想說我不了解，但終究沒說出口，只是看著他直到他垂下眼睛。接著我轉去看陪審團，眼神略帶挑釁，就這樣過了幾秒。

最後我轉向富萊．希克利，說：「你的證人。」

過了一會兒我終於能夠獨處。

剛剛莫名其妙兇了繆思一頓後，我決定先隨便調查看看。我把露西的電話放上Google查詢，其中兩支沒有所獲，但第三支——辦公室電話——根據搜尋結果判斷，是雷斯頓大學露西．金教授的專線。

金。銀斯坦。很可愛。

我早就知道她是「我的」露西，但這些資料證明確實是她沒錯。問題是，我要怎麼做？答案其實很簡單：打電話給她，問她有什麼事。

我不是很信巧合。二十年來我跟她完全失去聯絡，現在她突然打電話來，又沒留姓，想必跟吉爾．裴瑞茲的死、跟夏令營命案有關。

一定是這樣。

把生活切割，把她拋到腦後應該不難。假期發生的戀情不管再怎麼投入，也是好玩而已。我也許愛她，有可能，但當時我還很小。年少的愛情禁不起死亡和命案的摧殘。有好多扇門，我關上了這一扇。後來露西消失了，我花了好長一段時間才接受，但終究接受了，而且一直把那扇該死的門緊緊關上。

現在我不得不打開那扇門。

繆思說要先做背景調查，我應該說好的。我竟然讓情緒左右我的決定，早知道應該先冷靜下來再說。看見她的名字，我彷彿挨了一拳，我應該先鎮定下來，好好面對這個打擊，看清狀況才對，但我卻沒有那麼做。

也許不該現在就打電話。

不行，我告訴自己，不能再拖了。

我拿起電話撥號碼。鈴響第四聲電話接起，有個女性的聲音說：「我現在不在家，請在嗶聲後留言。」

嗶聲來得太快，害我措手不及，我趕緊掛斷。

真是幼稚。

我只覺天旋地轉。二十年，二十年過去了，露西今年應該是三十七歲，不知道是不是還是一樣漂亮。回想起來，她有張老了也會很好看的臉。有些女人確實如此。

喂，你，把腦袋轉回正題。

我很努力，但聽見她的聲音，跟以前一模一樣……那感覺就像跟以前的大學室友聯絡：十秒之後橫亙在彼此間的歲月消失了，彷彿又回到大學宿舍，一切都沒變。我現在就是這種感覺：露西的聲音一點也沒變，我又回到了十八歲。

我深呼吸幾口氣。有人敲門。

「進來。」

繆思把頭探進來。「你打給她了嗎？」

「打到她家但沒人接。」

「現在家裡應該沒有人，」繆思說，「她在上課。」

「妳會知道是因為？」

「因為我是主任檢察事務官，用不著什麼都聽你的。」

她一屁股坐下，把一雙實穿的鞋子抬上桌，打量著我的表情但沒說話。我也保持沉默。最後她說：「要我迴避嗎？」

「先告訴我妳查到什麼？」

她忍住笑意。「她十七年前就改名叫露西．金。」

我點頭。「應該是安頓好後馬上就改了。」

「安頓？對了，你們控告夏令營對吧？」

「受害家庭一起提出告訴。」

「露西的父親是營隊所有人。」

「對。」

「弄得很難看嗎？」

「我不知道，我參與不多。」

「最後你們勝訴？」

「當然，夏令營幾乎沒有安全設施。」說出這句話時我覺得忐忑不安。「家屬得到銀斯坦家最值錢的財產。」

「那片營地。」

「對。我們把土地賣給某個開發商。」

「全部？」

「有一部分是樹林，不太能做什麼利用，所以交給公共信託之類的管理。」

「營地還在嗎？」

我搖搖頭。「開發商早把小木屋都拆了，改建成有大門管理員的社區。」

「你們拿到多少錢？」

「扣掉律師費，每個家庭最少有八十萬美金。」

她睜大眼睛。「哇！」

「對，失去一個孩子可以賺一大筆錢。」

「我不是那個意思。」

我揮揮手表示算了。「我知道，我故意找碴。」

她沒回嘴。「這筆錢一定改變了一些事。」

我沒有馬上答腔。我們把錢存在聯名帳戶裡，我媽拿走了十萬，其他的留給我們，很慷慨是嗎？我跟我爸從紐華克搬到蒙特克萊一個還不錯的地方。我本來已經拿到羅格斯大學的獎學金，後來把眼光放得更高，鎖定紐約的哥倫比亞法學院。我跟珍就是在那裡認識的。

「沒錯，」我說，「是改變了一些事。」

「想知道舊情人更多的事嗎？」

我點點頭。

「她去讀了加大洛杉磯分校，主修心理學，在南加大拿到碩士學位，另外在史丹佛拿到英國文學學位。我沒有她完整的工作經歷，但目前她就在這附近的雷斯頓大學任教，從去年開始的。呃……她在加州曾有兩次酒醉駕車記錄，一次在二〇〇一年，一次二〇〇三年，兩次都認罪以減輕刑罰，除此之外都很乾淨。」

我坐在椅子上不動。酒醉駕車？聽起來不像露西會做的事。他父親伊拉，也就是夏令營團長嗜抽大麻，所以她從來不碰會讓情緒亢奮的東西。怎麼會有兩次酒駕記錄呢？實在叫人想不通。但話說回來，我認識她的時候，她還不到法定飲酒年齡，是個天真開朗、情緒穩定的女孩，家庭富裕，有個心地善良、自由不羈的父親。

這些全都隨著林中的那晚而逝。

「還有，」繆思說，動動身體，刻意讓自己顯得漫不經意。「她至今未婚。我還沒仔細查過，不過就目前的資料來看，她從沒結過婚。」

我不知道該做何感想，這當然跟目前的情況無關，但仍然刺痛了我的心。她是那麼的活潑，那麼耀眼又充滿活力，而且那麼容易付出愛，怎麼可能這些年都維持單身？而且還酒醉駕駛。

「她幾點下課？」我問。

「再二十分鐘。」

「好，我會打給她。還有嗎？」

「韋恩．史都本除了家人和律師，不見其他訪客，我還在努力，還有方法可試。差不多就這樣。」

「別在這上面花太多時間。」

「我沒有。」

我看看錶。二十分鐘。

「我該走了，」繆思說。

「嗯。」

她站起來。「哦，還有件事。」

「什麼？」

「你想看她的照片嗎？」

我抬起頭。

「雷斯頓大學有教職員網頁，上面有全部教授的照片。」她遞過來一小張紙。「網址在這裡。」

她沒等我回答就把紙放桌上，走出門。

我還有二十分鐘，有何不可？

我叫出首頁，我用的是雅虎首頁，可以自訂內容，上面有新聞、我支持的球隊、我最喜歡的兩個連載漫畫，諸如此類的東西。我輸入繆思給我的雷斯頓大學網址。

有了。

那不是露西最討喜的照片。笑容僵硬，表情悶悶不樂，雖然擺出拍照的姿勢，但看得出來很勉強。原本的金髮不見了，可能是年齡的關係我知道，但我覺得是故意的。那顏色並不適合她。她老了些（廢話），但我猜得沒錯，她還是很好看。她的臉瘦了些，原本就高的顴骨更加明顯。

說她不漂亮是睜眼說瞎話。

看著她的臉，潛伏在我心中已久的某種感覺甦醒過來，我只覺得五臟六腑好像絞在一塊兒。現在我不需要這種東西，我的生活已經夠複雜了，不需要再喚醒過去的感受。我看了她的個人簡介，沒什麼發現。現今學生都會給課程和教授打分數，在網路上就可以看見評分結果。看來露西很受學生愛戴，我讀了幾筆學生的評論，他們把露西的課說得好像能改變生命一樣。我不由微笑，竟有種與有榮焉的奇怪感覺。

二十分鐘過了。

我又等了五分鐘，想像她跟學生說再見，跟幾個留在教室的學生閒聊，把書本和雜七雜八的東西收進破舊的假皮包包的情景。

我拿起話筒，按下喬瑟琳的分機。

「是？」

「我暫時不接電話，」我說，「也別讓人進來。」

「好。」

我按下外線，撥露西的手機號碼。鈴響第三聲我聽見她說：「喂。」

我的心臟幾乎要跳出來，但仍強自鎮定，說：「是我，露西。」

幾秒後，我聽見她哭泣的聲音。

21

「露西？」我對著話筒說。「妳還好嗎？」

「還好，只是……」

「我知道。」

「真不敢相信我會這麼做。」

「妳以前就很容易流眼淚，」話一出口我就後悔了，但她輕聲一笑。

「現在不會了，」她說。

沉默。

然後我說：「妳在哪裡？」

「我在雷斯頓大學任教，現在正要穿過學校的餐廳。」

「哦，」我說，因為不知道該說什麼。

「抱歉我留言留得不清不楚，我已經改姓了。」

我不想讓她知道我早就知道了，但又不想說謊，只好含糊地應聲：「哦。」

又沉默。這次她先開口。

「天啊，好尷尬。」

我笑說：「我了解。」

「感覺自己像個大笨蛋，」她說，「好像又變回十六歲，擔心新冒出來的痘子。」

「同感，」我說。

「不覺得我們其實從來沒有改變嗎？我是說，我們心裡永遠住著一個擔心害怕的小孩，好奇長大自己會變什麼模樣。」

我還是傻笑，同時想起她一直單身還有酒醉駕駛的事。我們也許沒有改變，但肯定走上了不一樣的路。

「露西，再聽到妳的聲音真好。」

「我也是。」

沉默。

「我打電話是因為……」露西頓了頓，然後說：「我甚至不知道該怎麼說，我先問你一個問題好了：你最近有遇到什麼奇怪的事嗎？」

「怎麼奇怪法？」

「就像那晚一樣奇怪。」

我早該料到她要說的話，早該知道跟那件事有關，但聽到那一刻還是像挨了一拳，臉上的笑容頓時消失。「有。」

沉默。

「保羅，到底怎麼回事？」

「我不知道。」

「我認為我們應該把事情弄清楚。」

「同意。」

「你想見個面嗎？」

「好。」

「這太奇怪了，」她說。

「我知道。」

「我是說，我不希望變成這樣，這也不是我打去的目的——我是指跟你見面。但我想我們必須碰面談一下，你認為呢？」

「對，」我說。

「你看我說個不停。我一緊張就這樣。」

「我記得，」話一出口我又後悔了，立刻加上一句：「約哪裡好？」

「你知道雷斯頓大學在哪裡嗎？」

「知道。」

「我還有一堂課，之後跟學生有約，要到七點半才有空，」露西說。「你要不要來辦公室找我？在阿姆斯壯大樓。就約八點好嗎？」

「知道了。」

回到家時，我沒想到媒體已經在我家門口紮營。常聽人說媒體會做這種事，但親眼見識我倒是第一次。當地警察也來了，似乎很興奮有機會出出風頭。他們站在車道兩邊，好讓我順利把車開進去，媒體也不試圖阻止。事實上，我把車開進去時，媒體幾乎沒注意到。

葛蕾塔給了我一個歡迎英雄歸來似的擁抱，又親又抱又是恭喜。我很喜歡葛蕾塔，有些人是百分之百的好人，永遠站在你這一邊，這種人不多，但有一些，葛蕾塔就是那種願意為我擋子彈的人。她也讓我想好好保護她。

這方面她總會讓我想起我妹妹。

「凱拉呢？」我問。

「鮑伯帶凱拉和梅蒂森去吃午餐了。」

艾絲妲在廚房洗衣服。「我今天晚上得出去一下，」我對她說。

「沒問題。」

葛蕾塔說：「凱拉晚上可以睡我們那裡。」

「謝謝，今天晚上我比較希望她睡家裡。」

她跟著我走進書房。前門打開，鮑伯帶著兩個小女孩走進門。我腦中又浮現女兒大喊「爹地！我回來了！」一邊衝進我懷裡的畫面，但實際上並沒有。凱拉笑咪咪走向我，我抱起她大力親她一下，她臉上仍掛著笑容，卻舉手去擦臉。嘿，何必呢？

鮑伯拍拍我的背。「恭喜你打贏了，」他說。

「還沒結束。」

「媒體不是這麼說的。無論如何，詹瑞特應該都不敢惹我們了。」

「也有可能變本加厲。」

他的臉色有些發白。如果把鮑伯放在電影裡，他最適合演的角色就是有錢又壞心的共和黨人。他臉色紅潤，雙下巴，矮矮胖胖，手指肥短，完全是人不可貌相的活生生例子。其實他是個徹頭徹尾的藍領，一路苦讀、努力工作，什麼都是自己掙來的，從沒拿過不勞而獲的東西。

凱拉拿著一片DVD進房間，高高舉起彷彿那是一件禮物。我閉上眼睛，想起今天是什麼日子，暗自咒罵了一聲。然後我對她說：「今天是電影之夜。」

她高高舉著DVD，眼睛睜大，笑容滿面。影碟封面看起來是卡通或電腦動畫片，會說話的車子還是農場或動物園動物之類的，可能是我看過不下一百次的迪士尼或皮克斯動畫片。

「沒錯。你會爆米花嗎？」

我蹲下來，跟她兩眼平視，把手放在她的肩膀上，說：「寶貝，今天晚上爹地得出門。」

沒反應。

「很抱歉，小可愛。」

我以為她會流淚。「可以叫艾絲妲陪我看嗎？」

「當然可以。」

「她可以爆米花？」

「當然。」

「酷。」

我期望她起碼露出一點失望的表情。沒那麼好的事。

凱拉蹦蹦跳跳走開。我看著鮑伯，他也看著我，好像在說：「小孩子——你能怎麼辦呢？」

我指著凱拉說：「她心裡其實很受傷。」

鮑伯笑出聲，這時我的手機嗡嗡響起，上面只顯示「紐澤西」，但我認得號碼，心頭微微一震，接起電話，說：「喂？」

「幹得好，大明星。」

「州長先生，」我說。

「答錯。」

「嗄？」

「州長先生？你可以稱呼美國總統叫總統先生，但州長要不直接叫州長，要不就要連著姓氏一起叫，比方種馬州長或辣妹磁鐵州長。」

「那龜毛州長怎麼樣？」

「這就對了。」

我笑了。進羅格斯大學的第一年，我在派對上認識了大維・馬奇（現任州長），這人令我害怕。我是移民的兒子，他父親是堂堂美國參議員，但這就是大學有趣的地方，你永遠不知道會認識什麼人，後來我跟他成了要好的朋友。

當初大維任命我擔任艾塞克斯郡檢察官，批評他的人很難不注意到我們之間的友誼。但他老兄不以為意，一路推我向前。本來我的媒體緣就不錯，今天冒著毀掉前途的危險，管了我不該管的事卻殺出重圍，等於為前進國會之路加了一分。

「今天值得慶祝，不是嗎？好小子克普，喝喝，哈哈——今天是你的生日。」

「投嘻哈選民所好嗎？」

「還不是為了了解青春期的女兒。總之，恭喜你。」

「謝謝。」

「我還是不予置評到底。」

「認識你到現在，我從來沒聽你說過『不予置評』。」

「肯定有，只是用比較用創意的方式，比方：我相信我國的司法制度，所有公民在證明有罪之前都是清白的，正義的巨輪將轉動，但我不是法官和陪審團，應該耐心等待審判結果。」

「跟『不予置評』一樣老套。」

「跟『不予置評』和所有評論一樣老套，」他糾正我。「怎樣，一切都好？」

「都好。」

「有去約會嗎？」

「加減。」

「少爺，你單身，有長相，有存款，懂我要說什麼嗎？」

「大維，你很含蓄，但我想我懂。」

大維．馬奇一直都是少奶殺手。他長相普通，但泡妞技術一流，說是令人讚嘆可能還不足以形容。他有種讓女人覺得自己是天底下最漂亮迷人的尤物的過人能耐。其實不過就是一種手段，無非是想贏得美人歸。儘管如此，我這輩子從沒見過比他更擅長此道的傢伙。

想也知道大維已經結婚了，有兩個沒得挑剔的小孩，但我敢說他老兄還是會拈花惹草。有些男人就是管不住自己，對他們來說這是原始又直覺的反應。大維．馬奇不泡妞簡直是天理不容。

「好消息，」他說，「我要去紐華克一趟。」

「為了？」

「紐華克是我這州最大的城市，我重視每一個選民。」

「嗯哼。」

「而且我想見你，好久不見了。」

「我正在忙這個案子。」

「不能為市長擠出一點時間？」

「大維，怎麼了？」

「跟我們之前談過的事有關。」

我參選國會議員的事。「好消息嗎？」我問。

「不是。」

沉默。

「我想有問題，」他說。

「什麼問題？」

他又回復開心的語調。「可能沒事，見面再談，到你辦公室吧。午餐時間如何？」

「好。」

「買布朗福那間店的三明治。」

「哈比三明治？」

「沒錯。手工黑麥麵包夾調味過的火雞胸肉。也給自己買一份。到時候見。」

露西所在的辦公大樓位在一片優美的中庭上，但那棟大樓有點礙眼，破壞了周圍的景觀。這棟七〇年代的「現代」建築原本想走未來派風格，但完工後三年就顯得過時。中庭裡的其他建築都是優美的磚樓，只可惜綠意不足。我把車停進西南角的停車場，轉動照後鏡，然後——把搖滾歌手史普林斯汀的話換個方式說——照了照鏡子，恨不得換個穿著、換種髮型，甚至換張臉。

我停好車，穿過餐廳，跟十幾個學生擦肩而過。女學生比我記憶中漂亮得多，但可能是因為我老了。我對她們點點頭，但沒人理我。記得我上大學的時候，班上有個三十八歲的大叔，他因為從軍而耽誤了學業，我記得他因為年紀特別大，在校園裡很醒目。那就是我現在的年齡，真難想像，我跟那個怪老頭同樣年紀了。

我繼續想著這些無聊事，這樣才能不去想我現在要做的事。我穿著白襯衫（沒紮進褲子）、藍色牛仔褲、藍色休閒西裝外套、義大利名牌Ferragamo休閒鞋，沒穿襪子，瀟灑隨性先生。

越來越接近大樓時，我覺得身體在顫抖，暗自責罵自己：我是大人了，我結婚了，還有個女兒，最後一次見到露西好像是上輩子的事了。

我們什麼時候長大的？

我看了一下名錄，雖然露西已經跟我說過她在三樓B室。找到了：露西．金教授，3B。我穩住情緒按下電梯右邊的按鈕，到了三樓走出電梯一左轉，就看見了A到E的標誌上有個右轉箭頭。

我找到她的辦公室，門上有張辦公室時間的登記表，大多時間都有人。另外有張課表和作業繳交時間表之類的表格。我幾乎要往手裡呼氣，檢查自己的口氣，但嘴裡其實早含了顆薄荷糖。

我舉手敲門，兩聲清楚的叩門聲。自信又有男子氣概，我想。

天啊，我真可悲。

「請進。」

聽到她的聲音我的腸胃一緊。我打開門走進去，只見她站在窗前，太陽依舊閃耀，在她身上打下影子。她還是那麼美。我怔住，僵立在原地。一時間我們就站在那裡，隔著十五呎的距離，靜止不動。

「光線怎麼樣？」她說。

「什麼？」

「我在想，你敲門的時候我該站在哪裡好？要去開門嗎？不好，太快近距離面對面。還是手拿鉛筆坐在辦公桌前呢？還是抬起眼睛從半圓眼鏡上方打量你呢？總之，有個朋友幫我試過各種角度，他認為這樣最好：站在房間另一邊，半邊陰影撒下。」

我笑了。「妳看起來很好。」

「你也是。你試了幾套衣服？」

「就這一套，」我說。「不過以前有人跟我說我穿這樣最帥。妳呢？」

「我試了三件上衣。」

「我喜歡這件，」我說。「妳穿綠色一直很好看。」

「那時候我是金髮。」

「對，不過綠色眼珠還是沒變，」我說。「我可以進來嗎？」

她點頭。「把門關上。」

「我們應該……呃……擁抱什麼的嗎？我不知道……」

「先不要。」

露西到書桌後面坐下，我去坐書桌前的椅子。

「太混亂了，」她說。

「我知道。」

「我有好多事想問你。」

「我也是。」

「我在網路上看到你太太的事，」她說。「我很遺憾。」

我點點頭。「妳爸爸還好嗎？」

「不太好。」

「怎麼會？」

「自由戀愛和濫用藥物終究讓他付出了代價，而且伊拉他……一直無法克服那個打擊，你知道？」

我想我知道。

「你爸媽呢？」露西問。

「我爸幾個月前過世了。」

「我很難過，那年夏天我對他留下了深刻的印象。」

「之後他再沒有那麼開心過了，」我說。

「因為你妹妹的事？」

「不只。妳爸給了他重拾醫職的機會，他喜歡當醫生，後來再也沒機會了。」

「我很遺憾。」

「我父親其實並不想參與訴訟，他很敬愛伊拉，但他需要一個可以怪罪的對象，我媽又在旁邊慫恿他，其他家屬也都站在同一陣線。」

「你不需要解釋。」

我停下來。她說得對。

「那你媽呢？」她問。

「他們的婚姻沒熬過來。」

「介意我賣弄一下專業嗎？」

「當然不會。」

「失去子女對婚姻是很大的考驗，」露西說。「一般人以為很穩固的婚姻才克服得了那種打擊，其實並非如此。這我研究過，我看過大家口中的『不幸』婚姻不但撐過來還因此好轉，也看過看似會長長久久的婚姻像廉價石膏一樣四分五裂。你們的關係好嗎？」

「我媽跟我？」

「對。」

「我們有十八年沒見了。」

我們坐在位子上，默默無語。

「保羅，你失去了很多人。」

「妳不會要分析我吧？」

「沒有，不是那樣的。」她往後一靠，抬頭看往別處。那眼神立刻喚醒過去的時光：我們坐在夏令營的老舊棒球場上，周圍一片亂草，我抱著她，她抬頭看往別處，就像這樣。

「大學時代我有個朋友，」露西說，「是雙胞胎，異卵雙生，不是同卵雙生，不過可能沒多大差別，只不過同卵雙生好像感情更緊密。總之，我們大二的時候，她姊姊死於車禍，我朋友的反應很奇特。她當然很崩潰，但心裡又有一部分簡直覺得鬆了口氣。她心想，這就是了，上帝逮到我了，我遇到了，現在我沒事了，我該給的都給了。像這樣失去一個雙胞胎姊姊，下半輩子應該就會平安無事。每個人一生只會遇到一件傷心透頂的慘劇。你懂我的意思？」

「懂。」

「但實際上並非如此。有些人一輩子順順利利，有些人特別多災多難，例如你，多到令人匪夷所思。最糟糕的是，儘管如此，你也不會因此對日後的災難免疫。」

「生命並不公平，」我說。

「阿門。」她對我微笑。「不覺得很奇怪嗎？」

「確實。」

「我們在一起不過……六個禮拜嗎？」

「差不多。」

「而且回想起來，那也只是短暫的夏日戀情，之後你大概交了好幾十個女朋友吧。」

「好幾十個？」我說。

「怎麼，難道是好幾百個？」

「至少，」我說。

沉默。我只覺得胸口漲得難受。

「但妳不一樣，妳……」

我停住。

「我知道，」她說，「你也是，所以才覺得奇怪。我想知道關於你的所有事情，但我不確定現在是不是適當的時機。」

這感覺就像醫生在動手術，也許是扭曲時光的整形手術。他剪下了過去二十年的歲月，把十八歲的我拉去跟三十八歲的我縫在一起，技術簡直天衣無縫。

「那麼妳為什麼打電話給我？」我問。

「發生了很怪的事……」

「對。」

「你說你也碰到了。」

我點頭。

「你介意先說嗎？」她問。「就像我們以前一起廝混的時候那樣？」

「啊。」

「抱歉。」她停住不說，抱著身體好像會冷。「我像個瘋子胡言亂語，我控制不了自己。」

「露西，妳一點也沒變。」

「有，我變了，你絕對想不到我變了多少。」

我們的眼神交會，打從我進門以來第一次真正四目相對。我不太喜歡從眼神看人，因為碰過太多高明的騙子，實在很難完全相信眼睛看到的東西。但露西的眼神不同，好像在訴說一個故事，一個充滿痛苦的故事。

我不希望我們之間存在任何謊言。

「妳知道我目前的工作嗎？」我問。

「你現在是郡檢察官，我也是從網路上知道的。」

「對，所以有些調查的管道。我有個調查員很快查了一下妳的資料。」

「原來如此。所以你知道我酒醉駕駛？」

我閉口不答。

「我喝太多了，現在還是，但已經不開車了。」

「我沒有要干涉妳的意思。」

「對，但我很高興你告訴我。」她往後靠，雙手交疊放在膝蓋上。「告訴我發生了什麼事。」

「幾天前，兩名曼哈頓命案組警探帶我去看一具身分不明的男屍，」我說。「他們說死者大概三四十歲，我認為他是……吉爾．裴瑞茲。」

她張口結舌。「我們認識的吉爾？」

「對。」

「這怎麼可能？」

「我不知道。」

「這些年他都還活著？」

「顯然是。」

她怔了一怔，搖搖頭。「等等，你通知他爸媽了嗎？」

「警方帶他們來認屍。」

「他們怎麼說？」

「他們說那不是吉爾，說吉爾二十年前就死了。」

她沉進椅子，哇了一聲。我看見她邊思考邊輕敲著下嘴唇，又一個立刻喚醒夏令營時光的動作。

「那麼吉爾這些年來都在幹嘛？」

「等等，妳不問我確不確定是他？」

「你當然確定，不然就不會那麼說了。那麼他爸媽不是說謊，就是不願接受，後者比較可能。」

「對。」

「是哪一個？」

「我不確定，但比較傾向於說謊。」

「我們應該去找他們問問看。」

「我們？」

「對。吉爾的事你還知道什麼？」

「不多。」我調整坐姿。「那妳呢？發生了什麼事？」

「我在學生的匿名文章裡，發現有篇文章竟然寫出了那晚我們在樹林裡發生的事。」

我以為自己聽錯了。「學生的文章？」

「對。很多地方都一樣：我們怎麼進樹林、在裡頭廝混、聽到尖叫聲等等。」

我還是不懂。「妳是說學生寫的文章？」

「對。」

「妳不知道是誰寫的？」

「不知道。」

我想了想。「有誰知道妳的真實身分？」

「我不知道，我只改了名字，其他東西並沒有改，要查出來並不難。」

「妳什麼時候收到文章的？」

「星期一。」

「差不多是吉爾被殺隔天。」

我們默默坐著，讓這句話在心中逐漸沉澱。

我問：「文章在這裡嗎？」

「我印了一份給你。」

她把文章拿給我。閱讀時，往事浮現腦海，我覺得難受，同時又對作者提到的心情、難以忘懷神祕的P等等感到疑惑。但當我把文章放下，對露西說的第一句話卻是：「跟實際狀況不太一樣。」

「我知道。」

「但接近。」

她點頭。

「我去見了一個認識吉爾的女人。她說曾聽過吉爾偶然談起我們，他說我們說了謊。」

露西靜了一會兒後開始轉椅子，現在我只看到她的側臉。「我們是說了謊。」

「但只是小謊，」我說。

「事發當時我們正在做愛，」她說。

我沉默，又在腦中把思緒切割，這是我度過一天的方式。因為如果不切割，我就會想起那天晚上我是負責留守的指導員，不該跟女朋友偷偷溜走，應該好好看住隊員的，如果我負起責任，完成我該做的事，我就不會明明沒點名卻說點了，隔天早上也不會說謊了，我們也會知道他們前晚人就不見了，而不是早上才找不到人。也就是說，當我在小木屋巡房表上打勾的時候，壞人正拿刀子割破我妹妹的喉嚨。

露西說：「我們當時只是孩子。」

還是沉默。

「他們偷偷溜出去，不管我們在不在，他們都會溜出去。」

也許不會，我心想。我應該守在那裡，這樣就會逮到他們。要不然點名時也會注意到床鋪是空的。但我一樣也沒做到，因為跟女朋友溜出去鬼混了。隔天早上沒看到人，我以為他們只是出去找找樂子，吉爾一定是跟瑪姬去約會（雖然我以為他們分手了），我妹妹一定是跟道格．畢林漢在一起（儘管兩人都不是很認真）。總之，他們只是跑出去玩而已。

所以我說了謊。我說我巡過小屋，他們都好好的窩在被子底下，因為我不知道出了事。我說那晚我只有一個人，而且一直抓著這個謊不放，因為我想保護露西。不覺得奇怪嗎？我不知道事情那麼嚴重，所以我說了謊。不過瑪歌．葛林的屍體一尋獲，我幾乎就把實情全盤托出，坦承那晚我怠忽職守，但還是沒說露西跟我在一起。一旦抓住謊言不放，我就沒有勇氣再回頭，說出全部的真相。警方已經開始懷疑我，至今我還記得洛威爾警長疑心的表情，況且如果我後來才坦承，警方就會好奇我為什麼一開始要說謊。反正那只是無關緊要的謊。

我自己一個人或有人陪伴有什麼差別呢？無論如何，那天我都沒有留守。

訴訟期間，伊拉的律師想把一些錯推給我。但我只是個孩子，光是男生這邊就有十二間小木屋，就算那晚我留守營地，要偷溜出去也不困難，因為安全措施原本就不夠充足，這是事實。依法來看，我並沒有錯。

依法來看。

「我爸以前會去那片樹林，」我說。

她轉向我。

「去那裡挖掘。」

「為了什麼？」

「我妹妹。他嘴上說要去釣魚，但我都知道，前後持續了兩年。」

「後來為什麼停下來？」

「我母親離開了我們，我想他意識到自己的偏執已經要他付出太多代價。後來他轉而求助私家偵探、打電話請老朋友幫忙，但我想應該沒再去挖土了。」

我看著她的書桌，一團亂，紙張散落一桌，或是堆疊得要倒不倒像凍結的瀑布，幾本課本攤開來擱在桌上像東倒西歪的傷兵。

「找不到屍體就會有這種問題，」我說。「妳應該讀過面對傷痛的幾個階段？」

「讀過。」她點點頭，懂我想說什麼。「第一階段是否認。」

「沒錯。某方面來說，我們一直停留在這階段。」

「沒有屍體，所以否認，要有證據才能到下個階段。」

「我爸就是這樣。我的意思是說，我確定韋恩殺了她，但後來又看見我爸跑去做那種事。」

「所以你才懷疑。」

「應該說那種可能一直留在我心裡。」

「那你母親呢？」

「她變得越來越遠。我爸媽的婚姻本來就不算太好，早就有裂縫，我妹妹死了之後——不管到底發生什麼事——她就徹底跟他疏遠。」

我們不約而同沉默下來。殘餘的陽光漸弱，天空轉成一片紫色迷彩。我望著左手邊的窗戶，她也是。兩人坐在一起，二十年來最接近彼此的一次。

剛剛我說之前的歲月好像動過外科手術被移除了，但此刻又再度復返。悲傷回來了，從她臉上就看得出來。那晚對我家造成的長遠傷害再清楚不過，我原本期望露西能熬過去，但事實上並沒有，她也沒有走出傷痛。我不知道這二十年來她發生了什麼事，但把她眼底的悲傷歸咎於單一事件，這麼想未免太過天真。但此刻那晚的情景又浮現，我彷彿看見自己從她身邊走開。

那篇文章裡說，她一直沒有忘記我，我沒有這麼看得起自己。但她的確從沒忘記那天晚上的事，還有那件事對她父親、她的童年的影響。

「保羅？」

她仍然望著窗外。

「嗯？」

「我們現在該怎麼做？」

「查出當年在樹林到底發生了什麼事。」

22

我記得有次到義大利玩，我看見一面很特別的織錦，它似乎會隨著你站的位置改變角度。你移到右邊，桌子似乎就面向右邊；你移到左邊，桌子似乎也跟著你移動。

大維．馬奇市長就是這樣八面玲瓏的人。他一走進門，就可以讓房間裡每個人都覺得他在看你。年輕的時候，我見識過他泡妞的功夫，但他靠的不是長相，而是那雙電眼。他的眼睛有股催眠的力量，我記得羅格斯大學有個女同志曾說：「大維．馬奇用那種眼神看人的時候，唉，我看我今兒個還是轉性好了。」

走進我辦公室時，他也帶著那種眼神。我的祕書喬瑟琳．督若吃吃地笑；羅倫．繆思的臉都紅了；連聯邦檢察官喬安．瑟斯頓都面帶微笑，我看她獻出少女初吻也差不多是這種笑容。

大多數人都說是官運亨通的關係，但他還沒當官我就認識他了，我知道官位只是增加他的魅力，不是他魅力的來源。

我們互相擁抱當做打招呼，現在大家似乎都這麼做，我喜歡這種人與人之間的實際接觸。真心的朋友我沒有很多，所以每一個對我都非常重要。每一個都是特別挑的，每一個我都很珍惜。

「你不會希望這些人都在場，」大維在我耳邊低語。

我們放開彼此。他面帶微笑，但我聽懂了他的意思。我請大家先出去，只留下喬安．瑟斯頓。我跟喬安很熟，聯邦檢察官辦公室就在這附近，我們常互相合作，幫彼此解圍。此外我們的轄區也有重疊（艾塞克斯郡的犯罪案件不少），但她只對大案子有興趣。現在大案子通常是指恐怖主義和官員貪腐之類的案子，她的辦公室碰到其他案子，就會轉給我們。

門一關上，只剩下我們三個，大維臉上的笑容馬上消失。我們圍著會議桌坐下，我坐一邊，他們倆坐我對面。

「很糟？」我問。

「非常。」

我伸手比劃了一下，示意他們直說。大維看看喬安．瑟斯頓；她清了清喉嚨。

「現在，我的偵查員正要進入名為珍在乎的慈善機構，他們手上有搜索票，到時會帶走檔案和記錄。我不希望張揚，但媒體已經得知消息。」

我覺得脈搏加快。「可惡。」

他們倆都不說話。

「是詹瑞特搞的鬼，他在對我施壓，要我放他兒子一馬。」

「我們知道，」大維說。

「所以？」

他看向瑟斯頓。

「那些指控也不會因此撤銷。」

「你到底要說什麼？」

「詹瑞特請的偵探去查我們意想不到的地方，找到了把柄，還把資料給我一名很優秀的手下看。我這邊的人也去調查過了，不過很低調，我們知道慈善組織禁不起什麼指控。」

我有不好的預感。「你們發現了什麼嗎？」

「你的連襟盜用公款。」

「鮑伯？不可能。」

「他至少挪用了十萬公款。」

「用在哪裡？」

她遞給我兩張紙，我快速看過。

「他最近在蓋泳池是吧？」

我默然。

「五萬元分多次付給馬頓泳池公司，這上面列為擴建支出。珍在乎有擴建嗎？」

我無言。

「另外三萬付給拜瑞造景公司，這裡列為美化周圍環境支出。」

我們的辦公室是棟改建過的雙併屋的其中一間，位在紐華克市區。目前沒有增建或美化環境的計畫，也無須增加空間，大家都把心思花在募款上，研發更多療法和藥物一直是我們的目標。我看過太多慈善組織的弊端，為了募款所花的錢往往比花在公益上的錢多很多。這個問題我跟鮑伯談過，我跟他理念一致。

我覺得很不舒服。

大維說：「我們不能偏袒自己人，這你知道。」

「我知道，」我說。

「就算我想看在朋友一場壓下來也沒辦法，早有人去跟媒體告密，喬安正準備召開記者會。」

「你要逮捕他嗎？」

「對。」

「什麼時候？」

她看看大維。「他已經被羈押了，一個小時前我們去抓人。」

我想到葛蕾塔，想到梅蒂森。游泳池。鮑伯為了蓋一座該死的游泳池，盜用了基金會的錢。

「你們沒有當著媒體的面抓人吧？」

「沒有。十分鐘之後他大概就有罪受了。我是以朋友的身分來的，但我們都同意這種案子由我們負責，我不能偏私。」

我點頭。就這麼辦。我不知道該想什麼才好。

大維站起來，喬安·瑟斯頓尾隨在後。「克普，幫他找個好律師，我想會很棘手。」

我打開電視看鮑伯被逮捕的畫面。CNN和Fox都沒有實況轉播，我只在紐澤西的News 12（當地的二十四小時電視台）看到畫面。明天紐澤西各大報都會刊出照片，一些本地大電視網的支部也許會播送消息，雖然我很懷疑。

逮捕過程只有幾秒。鮑伯被上了手銬，他沒低著頭，反而一臉茫然無辜，大多數人都是這種反應。我只覺得反胃。打到葛蕾塔家裡和她手機都沒人接，我只好兩邊都留言。

繆思坐在我旁邊一起看新聞。畫面轉到下則新聞時，她說：「糟了。」

「確實。」

「你應該請富萊當他律師的。」

「利益衝突。」

「為什麼？因為這個案子？」

「對。」

「怎麼說？兩案不是無關？」

「是詹瑞特的父親派人去挖出來的。」

「原來，」她往後一靠。「可惡。」

我沒答腔。

「你現在可以談吉爾·裴瑞茲和你妹妹的事嗎？」

「可以。」

「二十年前警方在樹林裡找到他們的血跡和衣服碎片，這你知道。」

我點點頭。

「發現的血跡都是O型陽性血，失蹤的那兩人也是，其實十個人裡頭有四個都是，所以不令人意外。當時還沒有DNA檢驗，所以沒辦法確認身分。我去查過了。不管怎麼催，DNA檢驗至少要三個禮拜，也許更久。」

我有點心不在焉，不斷想起鮑伯，想起他被逮捕時的表情，也想到葛蕾塔，貼心又善良的葛蕾塔，還有這件事對她的打擊。還想到我太太珍，以她命名的慈善基金會瀕臨瓦解，當初成立基金會是為了紀念我辜負了的太太。現在我又一次辜負了她。

「DNA檢驗還有個問題，我們需要可以比對的資料，你妹妹的可以用你的血液來比對，但我們也需要裴瑞茲的家人配合。」

「還有呢？」

「費洛．林區完成年齡測像了。」

她把兩張照片拿給我。第一張是馬諾洛．聖地牙哥在太平間的照片，第二張是我提供的吉爾．裴瑞茲照片分析成的年齡測像。

完全吻合。

「哇！」我驚呼一聲。

「我查到了裴瑞茲夫婦的住址。」她把一張紙條拿給我，我看了一下，他們住在帕克里奇，離這裡開車不到一小時。

「你要去找他們嗎？」繆思問我。

「嗯。」

「要我一起去嗎？」

我搖搖頭。露西堅持要跟我一起去，兩個人應該就夠了。

「我還有個想法，」她說。

「什麼？」

「尋找掩埋屍體的技術現在比二十年前好多了。還記得安德魯．貝瑞這個人？」

「約翰傑司法學院的鑑識人員？話很多又怪怪的那個？」

「還是個天才，沒錯，就是他。說到地底雷達探測系統，他可以算是國內一等一的專家，簡直可以說那機器是他發明的，他說它可以在短時間內探測很大範圍。」

「我們的範圍太大了。」

「但起碼可以試試部分區域吧？其實貝瑞迫不及待要試試他的新傢伙，他說他需要實地測試。」

「妳跟他談過了？」

「對。有何不可？」

我聳聳肩。「負責調查的是妳。」

我回頭看電視，新聞正在重播鮑伯被押上車的畫面，這次他看起來更可憐兮兮。我不由握緊拳頭。

「克普？」

我看著她。

「我們得上法庭了，」她說。

我點點頭，默默起身，她打開門。幾分鐘後，我在大廳看見詹瑞特，他故意擋住我的路，臉上一抹冷笑。

繆思停下腳步想把我拉開。「我們靠左，這裡不能過──」

「不要。」

我繼續直走，怒火騰騰，繆思加快腳步跟上我。詹瑞特他爸穩穩站著，看著我走近。

繆思舉手按住我的肩膀。「克普……」

我沒亂了腳步。「我沒事。」

詹瑞特先生的臉上仍掛著冷笑，我跟他眼神交會。他擋住我的路，我走上前停住，跟他面對面，兩張臉靠得很近，那個白癡還在笑。

「我警告你，」他說。

我也學他笑，身體靠上前。

「話已經傳開了，」我說。

「什麼？」

「哪個犯人要是能得到小艾德華的服務，就可以享有特別優待。你兒子會變成他那區的妓男。」

我不等他回應就逕自走開。繆思踉踉蹌蹌跟上來。

「漂亮！」她說。

我繼續往前走。那當然只是嚇唬他，父之罪不該由兒子來承擔，可是他躺在鵝絨枕頭上時，腦海如果閃過兒子受苦的畫面，那就這樣吧。

繆思跳到我面前。「克普，你要冷靜。」

「我忘了，繆思……妳到底是我的事務官還是心理醫師？」

她高舉雙手比出投降的手勢讓我過去。我入座，等法官進門。

鮑伯究竟在想什麼？

有時候法庭裡鬧烘烘卻毫無進展，今天就是如此。富萊和莫特知道情況對他們很不利，想盡辦法要把那部色情片排除在外，因為我們之前並未提供這項證物。他們想分化評審團的意見，導致他們無法做出裁決，一會兒提動議，一會兒拿出文件資料和調查結果。可見他們的律師助理和實習生一定整晚沒睡。

皮爾斯法官靜靜聽著，濃眉低垂，手摸下巴，看起來很像……法官。他不做評論，只說會「予以評估」之類的話。我不擔心，反正對方沒有證據，但有個想法逐漸啃噬我的信心：他們不會放過我，絕對會要我死得很難看。

會不會連法官也被盯上了？

我觀察法官的臉，沒什麼異狀。我看著他的眼睛，尋找能證明他沒睡著的明顯跡象，卻毫無所獲，可是這不代表什麼。

我們一直到下午三點左右才休庭。我走回辦公室查看留言，葛蕾塔沒回電。我又打了一次給她，還是沒人接。我也打了鮑伯的手機，還是一樣，我只好留言。

我看著桌上的兩張照片，老去的吉爾．裴瑞茲和死去的馬諾洛．聖地牙哥。後來我決定打給露西，鈴響第一聲她就接起。

「嘿。」是露西，聲音有點輕快，跟昨晚不一樣。我又被打回過去。

「嘿。」

奇怪的停頓，幾乎略帶雀躍。

「我拿到裴瑞茲夫婦的住址了，」我說。「我想跑一趟。」

「什麼時候？」

「現在。他們住的地方離妳家不遠，我可以順道去載妳。」

「我馬上好。」

23

露西看起來美極了。

她穿了件合身的綠色套頭毛衣，身材更顯得凹凸有致；頭髮往後綁成馬尾，我看見她把一束頭髮塞進耳後。今晚她戴了眼鏡，我喜歡她戴眼鏡的樣子。

一坐上車，露西馬上察看CD。「數烏鴉合唱團，」她說，「《八月和之後的一切》？」

「妳喜歡這張？」

「二十年來的最愛。」

我點點頭。

她把CD推進去，第一首〈這附近〉響起，我們邊開車邊聽。當亞當・杜瑞茲唱到某個女人說她周圍的牆已經瓦解，要對方勇敢一試的時候，我鼓起勇氣瞥了露西一眼，看見她紅了眼眶。

「妳還好嗎？」

「你還有什麼CD？」

「妳想聽什麼？」

「性感火熱的。」

「肉塊？」我拿起CD。「《地獄蝙蝠》怎麼樣？」

「天啊，你還記得？」她說。

「我上路幾乎都會帶著。」

「呵，你一直是個無可救藥的浪漫派，」她說。

「要不要聽〈儀表板旁的天堂〉？」

「好啊，不過直接跳到女生要男生答應愛她到天荒地老除非她放棄那部分。」

「放棄是嗎？」我說。「這句我喜歡。」

她轉過頭，身體對著我：「你用來追我的是哪一句？」

「大概是我專用的泡妞金句。」

「那是？」

我換上哭腔：「求求妳？我誠心誠意求妳。」

她大笑。

「嘿，對妳有用耶。」

「我很容易上當好嗎？」

「對啦。別理我。」

她開玩笑地打了我手臂一下，我笑了，她轉回去看前面。我們默默聽了肉塊一會兒。

「克普？」

「什麼？」

「你是我的第一個。」

我差點踩下煞車。

「我知道我表現出來的是另一種樣子，我爸跟我看起來好像很崇尚隨心所欲開放關係的生活方式，但我從來不是那樣。你是我的第一個，是我第一個愛過的男生。」

難以承受的沉默。

「你之後，我當然誰都上了哈。」

我搖搖頭，看向右邊。她又露出微笑。

我照著導航系統發出的響亮聲音右轉。

裴瑞茲夫婦住在帕克里奇的一片集合公寓裡。

「他們知道我們要來嗎？」露西問。

「不知道。」

「你怎麼確定他們在家？」她問。

「我去接妳之前就打過電話，上面顯示的是私人號碼。一聽見裴瑞茲太太的聲音，我就裝聲音說我要找哈洛德，她說我打錯了，我說聲抱歉就掛斷了。」

「哇，你很行嘛。」

「我盡量保持低調囉。」

我們下了車。這片公寓整理得乾乾淨淨，空氣中有股濃重的花香味，我說不上來是什麼花，也許是紫丁香吧。那味道太強烈，聞起來有點令人倒胃口，好像有人打翻了廉價洗髮精似的。

我還沒敲門，門就開了，來開門的是裴瑞茲太太。她沒說嗨沒打招呼，一雙眼皮薄薄的眼睛打量著我，等著我開口。

「我們需要談一談，」我說。

她把目光轉向露西。「妳是誰？」

「露西．銀斯坦，」她說。

裴瑞茲太太閉閉眼。「伊拉的女兒。」

「對。」

她的肩膀似乎頓時一沉。

「我們可以進去嗎？」我問。

「如果我說不可以呢？」

我跟她眼神相對。「我不會就這麼算了。」

「什麼算了？那個人不是我兒子。」

「幫個忙，五分鐘就好，」我說。

裴瑞茲太太嘆了一聲，往後一站，讓我們進門。屋裡的洗髮精味道更濃，非常嗆鼻。她關上門，帶我們到沙發上坐。

「裴瑞茲先生在嗎？」

「不在。」

有間臥房傳出聲響。只見角落裡擺了幾個紙箱，從旁邊的標籤可見裡頭是醫療用品。我環視房間，除了那幾個紙箱，每樣東西都擺得有條有理、整整齊齊，誰看到都會以為他們買的是展售屋。

屋裡有個壁爐。我站起來走到壁爐前，上面放了很多家族照。我巡了一圈，沒看見裴瑞茲夫婦的照片，也沒有吉爾的照片，上面擺得滿滿的照片應該是吉爾的兩個兄弟和姊姊的照片。

其中一個弟弟坐著輪椅。

「那是湯瑪斯，」她說，指著一張男孩的照片。照片中的男孩坐輪椅上，瞇著眼笑，那天是他的畢業典禮（肯恩大學）。「他有CP。你知道那是什麼嗎？」

「腦性麻痺。」

「對。」

「他多大了？」

「今年三十三。」

「那這位是？」

「艾德瓦多，」她答，表情似乎不希望對方再往下問。艾德瓦多看起來不是好惹的。我記得吉爾說過他哥哥是混黑道之類的，但當時我以為他在唬我們。

我指著照片中的女孩。「我記得吉爾談過她，」我說。「她好像比吉爾大兩歲是嗎？吉爾好像說過她想上大學。」

「格蘭達現在是律師，」裴瑞茲太太抬頭挺胸地說。「哥大法學院畢業的。」

「真的？我也是，」我說。

裴瑞茲太太笑了笑，走回沙發坐下。「湯瑪斯住在隔壁，我們打通了一面牆。」

「他可以自己生活？」

「我會照顧他，還有護士幫忙。」

「他在家嗎？」

「在。」

我點點頭，重新坐下。我不知道自己為什麼在乎這個，但我很好奇他知不知道他哥哥的事，知不知道他之前的遭遇和過去二十年來的去向。

露西一直靜靜坐在位子上，由我主導對話。她沉浸在周圍的環境裡，打量著這棟房子，說不定正從心理學的角度分析屋裡的擺設。

裴瑞茲太太看著我。「兩位來的目的是？」

「那具屍體是吉爾沒錯。」

「我已經解釋過了——」

我拿起牛皮紙袋。

「這是什麼？」

我拿出最上面的照片放在咖啡桌上，就是當年在夏令營照的那張。她低頭注視兒子的照片，我在一旁觀察她的反應。表面看來毫無變化，也許只是改變太過細微，我才看不出來。前一秒她一切如常，後一秒就毫無預警地整個崩潰：面具裂開，露出赤裸裸的慘狀。

她閉上眼睛。「為什麼拿這個給我看？」

「疤痕。」

她的眼睛仍閉著。

「妳說吉爾的疤痕在右手臂，可是從這張照片來看，應該是在左手臂才對。」

她沒說話。

「裴瑞茲太太？」

「那個人不是我兒子，我兒子二十年前就被韋恩．史都本殺了。」

「不對。」

我把手伸進信封，露西靠過來看，這張照片她還沒看過。我拿出照片。「這是馬諾洛．聖地牙哥，躺在太平間的那個人。」

露西一震。「你說他叫什麼？」

「馬諾洛．聖地牙哥。」

露西一臉驚愕。

「怎麼了？」我問。

她揮揮手表示沒事。我繼續問。

「而這張……」我拿出最後一張照片。「是電腦利用年齡測像軟體畫出的照片。換句話說，我們實驗室的人把吉爾的照片多加二十歲，發現他跟短頭髮、臉上長鬍子的馬諾洛．聖地牙哥完全吻合。」

我把兩張照片放在一起。

「裴瑞茲太太，妳看看。」

她注視照片良久。「也許確實很像，但只是像而已，或者在你眼裡，所有拉丁美洲人都長得很像。」

「裴瑞茲太太？」我們進門之後露西第一次對著吉爾的母親開口。「那上面為什麼都沒有吉爾的照片？」她指向壁爐臺。

裴瑞茲太太沒循著她指的方向看過去，反而瞪著露西說：「銀斯坦小姐，妳有小孩嗎？」

「沒有。」

「那麼妳不會了解的。」

「裴瑞茲太太，恕我直言，那是屁話。」

裴瑞茲太太的樣子好像剛被甩了一耳光。

「那裡的照片是妳的兒女還小，也就是吉爾還在世的照片，可是裡頭卻沒有他。我輔導過很多失去小孩的父母，他們都會把孩子的照片擺出來，沒一個例外。再者，妳又對疤痕的事說謊，這種事妳不可能忘，一個母親不會犯這種錯。照片不會說謊，現在就擺在妳面前。況且，保羅還沒拿出關鍵證據。」

我不知道是什麼關鍵證據，只好保持沉默。

「DNA檢驗。我們在來的路上拿到了檢驗結果，雖然只是初步結果，但確定是妳兒子。」

哇，她真行，我心想。

「DNA？」裴瑞茲太太大喊。「我從來沒有同意做DNA檢驗？」

「警方不需要妳的同意，」露西說。「畢竟根據妳的說法，馬諾洛・聖地牙哥並不是妳兒子。」

「可是……他們怎麼拿到我的DNA的？」

我趕緊接招：「這點我們不便透露。」

「你們……有辦法做到？」

「是的。」

裴瑞茲太太往後一靠，久久未發一語。我們等著她吐實。

「你們騙我。」

「什麼？」

「要不就是DNA檢驗弄錯了，要不就是你們騙人，」她說。「那人不是我兒子。我兒子二十年前就被殺了，你妹妹也是。因為沒有人看守營隊，他們才在妳父親的夏令營遇害。你們這麼做只是追著鬼魂不放。」

我瞄露西一眼，希望她急中生智。

裴瑞茲太太站起來。

「我不送了。」

「請妳幫忙，」我說。「我妹妹也在那天晚上失蹤了。」

「我幫不上忙。」

我本想再說下去，但露西揮手制止我。我想也許該跟她交換角色，先看她怎麼做我再問。走到門外時，裴瑞茲太太說：「別再來了，讓我平靜地為兒子哀悼。」

「我以為妳兒子二十年前就死了。」

「那種心情永遠平復不了，」裴瑞茲太太說。

「沒錯。」露西又說：「但過了某個時刻，妳就不會想再一個人靜靜地哀悼。」

露西閉上嘴巴不再說，我走向她，大門關上。上車之後我問：「怎麼樣？」

「裴瑞茲太太一定在說謊。」

「高招！」我說。

「你說DNA檢驗嗎？」

「對。」

露西不理會我的讚美。「剛剛在裡面你提到馬諾洛·聖地牙哥這個名字。」

「那是吉爾的化名。」

她正在整理思緒。我停了片刻才問：「怎麼了？」

「昨天我去看了我爸，到他……住的地方。我看過訪客名單，馬諾洛・聖地牙哥是他這個月除了我以外的唯一訪客。」

「哇。」

「嗯。」

我等著這件事在心中沉澱，但它就是不肯。「吉爾為什麼要去找妳爸？」

「好問題。」

我想起拉雅・辛說過的話——吉爾咬定我跟露西說了謊。「妳可以去問伊拉嗎？」

「我會試試看。他狀況不太好，思緒常跳來跳去。」

「值得一試。」

她點頭。我把方向盤右轉，同時決定換個話題。

「妳怎麼確定裴瑞茲太太在說謊？」我問。

「第一，她在為兒子的死哀悼，你有聞到蠟燭的味道嗎？而且還穿黑衣服，眼眶泛紅，整個人無精打采等等。第二，那些照片。」

「照片怎麼了？」

「我剛在裡頭說的是真的。把兒女小時候的照片擺出來，卻獨獨漏掉死去的孩子，的確很不尋常。如果只是這樣還不奇怪，可是你注意到照片間的奇怪間隔嗎？照片擺得很稀疏，我猜本來放了吉爾的照片，但她拿走了，以免遇到今天這種情況。」

「你是指有人找上門？」

「我也不是很清楚。但我想裴瑞茲太太想隱藏證據。她以為全世界只有她有照片可以比對，沒想到你還保留著夏令營的照片。」

我想了想。

「克普，她的反應整個不對勁，好像在演戲，她在說謊。」

「問題是，說什麼謊？」

「心裡有疑問，就選擇最明顯的答案。」

「那是？」

露西聳聳肩。「吉爾幫助韋恩殺了他們，這就能解釋一切。很多人都認為史都本有共犯，要不然他怎麼可能怎麼快掩埋屍體？不過也許只有一具屍體。」

「我妹妹。」

「對。然後兩人再設計成好像吉爾也遇害了。也許吉爾一直幫忙韋恩犯案，誰知道呢？」

我沉默不語。

「要是這樣的話，」我說，「就表示我妹妹早就死了。」

「我知道。」

我又沉默。

「克普？」

「什麼？」

「不是你的錯。」

我沒回應。

「真要說的話，也是我的錯，」她說。

我停下車子。「妳為什麼這麼說？」

「那天晚上你本來想留下來看守，是我引誘你進森林的。」

「引誘？」

她不答。

「妳在開玩笑吧？」

「沒有，」她說。

「我有自由意志，妳沒有逼我做什麼。」

她靜了一會兒才說：「你還在自責。」

我緊握住方向盤。「沒有。」

「有，你有，承認吧。雖然最近發生了一些怪事，但你知道你妹妹早就死了。你希望出現第二次機會，希望得到救贖。」

「妳拿的心理學學位，」我說，「真的很有用呵？」

「我不是要——」

「那妳呢，露西？」我的口氣比我想像的還要尖刻。「妳怪妳自己嗎？所以才灌那麼多酒？」

沉默。

「我不該這麼說的，」我說。

「你不了解我的生活。」她的聲音細弱。

「我知道。對不起，我管太多了。」

「酒駕是很久以前的事了。」

我不接腔。她轉過頭望著窗外。我們兩人都不說話。

「也許妳說得對，」我說。

她還是盯著窗外看。

「有件事我從沒告訴過任何人，」我說，只覺得臉頰發燙，淚水在眼眶裡打轉。「那天晚上之後，我爸看我的眼神再也不同。」

她轉過來看我。

「也許是我的心理投射，我的意思是說，妳說得對，我多少覺得自責。如果我們沒溜走，如果我按照規定留下來守夜，會怎麼樣？不過也許我爸的表情，不過是失去兒女的傷心父母臉上會有的傷痛表情，只不過我每次都想太多，總覺得他在怪我。」

她把手放在我的手臂上。「克普……」

我繼續開車。「所以也許妳說對了，我真的想要彌補過去。可是那妳呢？」

「我怎麼樣？」

「妳為什麼要追究過去的事？過了這麼多年妳想挖出什麼？」

「你在開玩笑嗎？」

「沒有。妳究竟想找什麼？」

「在那晚劃下句點的生活。你還不懂嗎？」

我默不作聲。

「受害家庭——包括你家——把我爸逼上法庭，奪走我們擁有的一切。伊拉承受不了那種打擊，他擔不了那種壓力。」

我等著她繼續說下去，但她卻停在這裡。

「這我了解，」我說。「但妳在追什麼呢？我的意思是說，就像妳說的，我想救我妹妹。除此之外，我也想知道她到底發生了什麼事。那妳呢？」

她沒回答。我繼續往前開，此時天色漸暗。

「你不知道我現在覺得自己有多脆弱，」她說。

我不知道該做何回應，只好說：「我絕對不會傷害妳的。」

沉默。

「某方面來說，」她說，「我覺得自己過著兩種生活，那晚之前是一種，一切都算順利，那晚之後又是另外一種，什麼都開始不對勁。對，我知道這聽起來有多可悲，可是有時候我覺得那晚我好像被推下山坡，從此之後就一直跌跌撞撞，有時我多少摸清了方向，但因為坡度太陡，怎麼樣也無法取得平衡，所以又開始跌跌撞撞。所以也許只要查出那晚到底發生了什麼事，如果我能從一堆不好的事情裡創造出好的，就不會再這樣跌跌撞撞。」

我認識她的時候，她是那麼的迷人耀眼。我想提醒她這一點，告訴她她太想不開了，她還是一樣漂亮優秀，有大好未來等著她，但我知道現在說這些話太像施捨。

所以我說：「露西，能再見到妳實在太好了。」

她緊緊閉上眼睛，好像挨了我一拳。我思考著她說的話，思考著不希望自己太脆弱是什麼感受，也想到那篇文章，文章裡說，那樣的愛戀這輩子不可能再有。我想伸手握住她的手，但我知道此時此刻對我們來說，傷痛還太赤裸，即使只是簡單的一個動作都會太重——也太薄弱。

24

我開車載露西回她的辦公室。

「早上我會去找伊拉問馬諾洛．聖地牙哥的事。」

「好。」

露西伸手去開車門。「我還有一堆作業要改。」

「我陪妳走進去。」

「不要。」

露西下了車，我目送她走向門，只覺得心頭一緊。我想弄清自己此刻的感受，但那只是一時情緒激動，很難分清是何種感受。

我的手機響起，來電顯示是繆思。

「裴瑞茲太太那裡怎麼樣？」繆思問。

「我想她在說謊。」

「我弄到一些你可能會覺得有趣的東西。」

「妳說，我在聽。」

「裴瑞茲先生常光顧一家叫史密斯兄弟的當地酒吧，他喜歡到那裡跟年輕人打混、玩玩射飛鏢之類的，聽說他喝酒還挺節制的，但這兩天變了個人，突然哭哭啼啼還找人打架。」

「哀悼，」我說。

上次在太平間，看得出來裴瑞茲太太比較堅強，裴瑞茲先生全看她的臉色。記得當時我看得出兩人之間的裂縫。

「反正呢，喝了酒就管不住嘴巴，」繆思說。

「的確是。」

「對了，裴瑞茲現在就在那裡，也許可以去碰碰運氣。」

「我現在就去。」

「還有一件事。」

「妳說。」

「韋恩・史都本願意見你了。」

我覺得自己的呼吸暫時停止。「什麼時候？」

「明天。他現在在維吉尼亞州的紅蔥州立監獄服刑。之後我還安排你跟聯邦調查局的喬夫・貝德福見面，他是當年負責史都本案的調查員。」

「明天不行，我要出庭。」

「行，有個同事可以替你一天。明天的機票我幫你訂好了。」

我不知道我期望酒吧長什麼樣，大概更粗獷一點吧，說這裡是美式連鎖餐廳我也相信。吧台要比一般的酒吧大，用餐區明顯較小。裡頭有實木壁板、免費取用的爆米花機，還有放得很大聲的八〇年代音樂。此刻驚懼之淚樂團正在唱〈神魂顛倒〉。

我們那個年代會把這種地方叫做雅痞酒吧，裡頭都是些鬆開領帶的年輕男子，還有刻意讓自己看起來像女強人的女客。男人直接拿起啤酒瓶灌酒，努力裝出跟哥兒們相談甚歡的樣子，其實眼睛直往女客身上飄。女生喝紅酒或假馬丁尼，偷瞄男人的眼神更是含蓄鬼祟。我搖搖頭，探索頻道應該來這裡拍求偶特輯的。

這裡實在不像霍黑・裴瑞茲會來的地方，但我看到他在後面。他跟四五個老戰友坐在吧台前，一看就知道這些人很能喝，是那種會用身體護著酒像在呵護小雞一樣的男人。他們垂眼看著二十一世紀的雅痞在身邊轉來轉去。

他背對著我，我走上去把手放在他的肩上，他慢慢轉過身，旁邊的同伴也是。只見他紅著眼，淚汪汪的，我決定開門見山。

「請節哀，」我說。

他一臉疑惑，旁邊的人都是五六十歲的拉美人，看我的眼神好像我在引誘他們的女兒。他們身上穿著工作服，裴瑞茲先生則是上身Polo衫，下身卡其褲，我好奇他這身衣服是否代表什麼，但暫時還想不到。

「你想幹嘛？」他問我。

「談一談。」

「你怎麼知道我在這裡？」

我不理他的問題。「我看見你在太平間時的表情，你為什麼說謊？」

他瞇起眼睛。「你說誰說謊？」

他旁邊的人瞪著我看。

「我們可以借一步談嗎？」

他搖頭。「不要。」

「你知道我妹妹也在那一晚消失了？」

他轉過身抓起啤酒，背對著我，說：「我知道。」

「太平間的那個人是你兒子。」

他仍然背對著我。

「裴瑞茲先生？」

「滾出去。」

「我哪兒都不去。」

另外幾個一看就知道長年在陽光底下揮汗工作的硬漢狠狠瞪著我，其中一個滑下長凳。

「坐下，」我對他說。

他沒移動，我目不轉睛直視他的雙眼。另一個人站起來，對著我交叉雙臂。

「你們知道我是誰嗎？」我問。

我把手伸進口袋拿出檢察官徽章。對，我有徽章，本官是艾塞克斯郡的首席執法人員，我不喜歡被威脅，生平最恨惡霸。你聽過挺身對抗惡霸的英勇故事吧？那種故事只有在能夠印證時才算成立。而這對我不是問題。

「你們最好都沒做壞事，」我說。「你們的家人，你們的朋友，最好都沒做壞事。你們在街上巧遇的人，最好也都沒做壞事。」

瞇細的眼睛稍微打開。

「把身分證拿出來，」我說，「全部。」

第一個站出來的男人舉起雙手。「嘿，我們不想惹麻煩。」

「那就快閃。」

他們丟了幾個銅板在吧台上就走了，雖然不算落荒而逃，但也不想再留下來自討沒趣。通常這樣嚇唬人、濫用職權我都會覺得過意不去，但這多少是他們自找的。

裴瑞茲轉向我，一臉不高興。

「嘿，帶著徽章不用有什麼意義？」我說。

「你鬧得還不夠嗎？」

他旁邊的位子空著，我坐上去，指著裴瑞茲先生的酒，示意酒保給我一杯一樣的。

「太平間的那個人是你兒子，」我說。「我可以拿出證據，但其實你知我知。」

他喝光啤酒又叫了一杯。我的酒跟他的一起送上來。我拿起酒一副要敬他似的，他只是看著我，不動吧台上的酒。我喝了一大口酒，熱天的第一口啤酒就好像打開一瓶新花生醬挖第一口吃一樣暢快，我喜歡啤酒，說它是瓊漿玉露也不過分。

「你有兩條路，」我接著說。「一是繼續假裝不是他，只不過我已經申請了DNA檢驗——你知道那是什麼吧？」

他望著窗外的人群。「這年頭有誰不知道。」

「對，都拜CSI犯罪現場和一堆警探片之賜。所以你知道我要證明馬諾洛．聖地牙哥就是吉爾不是問題。」

裴瑞茲又啜口酒，他的手在顫抖，臉上皺紋深陷。我繼續追問。

「問題是，一旦我們證明他是你兒子，會演變成什麼情況？我猜你和你太太會說我們沒想到之類的屁話，但終究騙不了人，誰叫你們一開始就漏了餡。然後我的人會開始調查真相，查你們的通話記錄、銀行帳戶、找你的朋友鄰居問你們的事，你們小孩的事——」

「別去煩我的孩子。」

「恕難從命。」

「那是不對的。」

「你說謊才不對。」

他搖搖頭。「你不了解。」

「鬼才不了解。我妹妹那晚也在樹林裡。」

他淚水盈眶。

「我會調查你、你太太、你的小孩，我會一直挖一直挖，相信我，最後一定會讓我找到什麼。」

他盯著自己的啤酒，淚水滑下他的臉頰，但他並未伸手抹去。「可惡，」他咒道。

「裴瑞茲先生，告訴我發生了什麼事？」

「什麼都沒有。」

他低下頭，我移動姿勢湊進他的臉。

「你兒子殺了我妹妹嗎？」

他抬起頭，目光在我臉上游移，像在尋找某種在我臉上永遠找不到的安慰。我站穩腳。

「我不會再跟你說什麼了，」裴瑞茲說。

「是這樣嗎？你們想隱瞞的是這件事嗎？」

「我們沒有隱瞞任何事。」

「裴瑞茲先生，我不是在嚇唬你，我真的會調查你們還有你們的孩子。」

他的手動得太快讓我反應不及。他雙手扯住我的衣領，把我拉向他。此人至少大我二十歲，但我仍然感覺到他的力量，我很快站穩腳，腦海掠過小時候學過的幾個武術動作，緊接著用力往他的上手臂一劈。

他放開我，我不知道是那掌奏效，還是他自己的決定，總之他鬆開手，站了起來。我也跟著站起來。此刻酒保盯著我們瞧。

「需要幫忙嗎，裴瑞茲先生？」酒保問。

我再度拿出徽章。「你所有的小費都有乖乖報稅嗎？」

他往後一退。每個人多多少少都說了謊，每個人都有不可告人的事，都犯過法，也藏了些祕密。

裴瑞茲跟我瞪著彼此。之後他說：「我幫你把事情弄簡單一點。」

我按兵不動。

「如果你敢動我的孩子，我也不會對你的孩子客氣。」

我只覺血液凝結。「這話什麼意思？」

「意思是說，」他說，「你身上有什麼徽章我不管，拿一個人的小孩來威脅他，就是不對。」

他走出門，我想了想他說的話，心裡很不舒服。接著我拿出手機撥給繆思。

「盡妳所能調查裴瑞茲家，」我說。

25

葛蕾塔終於回我電話。

我正開著車要回家，好不容易才找到該死的免持聽筒鍵，免得被人逮到艾塞克斯郡檢察官違反交通規則。

「你現在在哪裡？」葛蕾塔問。

我聽得出她在哭。

「回家途中。」

「我可以到你家找你嗎？」

「當然可以。我之前打過——」

「那時候我在法院。」

「鮑伯交保了嗎？」

「交保了。他正在樓上哄梅蒂森睡覺。」

「他有告訴妳——」

「你什麼時候到家？」

「再十五分鐘，最多二十分鐘。」

「我一個小時後過去好嗎？」

我還沒回答，葛蕾塔就掛斷了。

我回到家時，凱拉還沒睡，我很高興。我安頓她上床，陪她玩她最近最愛的「抓鬼」遊戲。「抓鬼」基本上就是捉迷藏加捉人遊戲，一個人先躲起來，如果被找到，就要趕在捉的人跑回起點之前先抓到他。我們玩的版本之所以特別蠢，是因為我們在床上玩。這樣能躲的地方很有限，跑回起點的機會自然也是。凱拉會躲在被子底下，我假裝找不到她。然後她會閉上眼睛，我再把頭藏到枕頭底下。她演戲的功夫跟我一樣好。有時候我直接對著她的臉躲起來，她一睜開眼就會看到我，這時我們倆就會像小孩子一樣哈哈大笑。這遊戲又呆又蠢，再過不久，凱拉就會覺得這遊戲太幼稚，但我其實不希望她那麼快長大。

葛蕾塔抵達時，我沉浸在父女的開心時光裡，幾乎忘了一切：犯下強暴案的男孩、消失在林中的女孩、殺人割喉的連續殺人魔、背叛你對他的信任的連襟、威脅要對他女兒不利的傷心父親。但一聽到葛蕾塔拿鑰匙（我很久以前給她的）開門的叮噹聲，我馬上重返現實。

「我得走了，」我對凱拉說。

「再玩一次嘛，」她懇求。

「妳阿姨來了，我得跟她談一談好嗎？」

「拜託，再一次就好？」

小孩子每次都要再來一次。如果你讓步就會沒完沒了，他們會一直要你再來一次。所以我說：「好吧，再一次。」

凱拉笑咪咪躲起來，我找到她，她抓到我，然後我說我得走了，她又求我再玩一次，但這次我非常堅持，靠上前親吻她的臉頰，儘管她紅著眼眶直哀求，我還是關上了房門。

葛蕾塔站在樓梯下，看上去臉色並不蒼白，眼睛乾乾的，嘴巴繃成一直線，使她原本就很明顯的雙下巴更明顯。

「鮑伯沒來？」我問。

「他在家裡陪梅蒂森，而且律師要過來。」

「他找哪個律師？」

「海斯特．克林斯坦。」

我知道她，相當優秀的律師。

我走下樓。平常我會親她臉頰，但今天沒有，我不確定該怎麼做才好，也不知道該說什麼。葛蕾塔走向書房，我跟上去，我們在沙發上坐下。我握住她的手，注視她的臉，那張樸實的臉，跟往常一樣在那張臉上看到了天使。我很喜歡葛蕾塔，真的很喜歡，我為她感到心碎。

「發生了什麼事？」我問。

「你要幫鮑伯，」她說。接著又說：「幫助我們。」

「我會盡我所能，妳知道的。」

她的手冰冰的，低下頭又直直看著我。

「你要說那筆錢是你借我們的，」葛蕾塔說，語調很平。「說你早就知道這件事，早就答應我們日後再連利息把錢還你。」

我坐在沙發上不說話。

「保羅？」

「妳要我說謊？」

「你剛才說你會盡你所能。」

「妳是說——」我說不出口。「妳是說鮑伯拿了錢？他盜用了基金會的錢？」

她語氣堅定地說：「他借了錢。」

「妳在開玩笑吧？」

葛蕾塔把手從我手中抽回去。「你不了解狀況。」

「那妳解釋給我聽。」

「這樣下去他會坐牢的，」她說。「他是我的丈夫，梅蒂森的爸爸，這樣他會坐牢的，你懂嗎？那會毀了我們的生活。」

「鮑伯盜用基金會的錢之前就該想到這點。」

「他沒有盜用，是借。最近他工作不順，你知道他失去了兩個主要財源嗎？」

「不知道，他為什麼沒告訴我？」

「要說什麼呢？」

「所以他覺得解決方法就是盜用公款？」

「他沒有……」她說到一半停下來直搖頭。「事情沒那麼簡單，我們已經簽了泳池的合約，這是我們的錯，事先答應了太多事。」

「娘家不是給妳一筆錢？」

「珍走了以後，我爸媽覺得還是把財產都放信託最保險，所以錢我不能動。」

我搖搖頭。「所以他就盜用公款？」

「不要再這麼說了好嗎？你看。」她拿給我幾張影印紙。「他花的每一毛錢都有記下來，加上百分之六的利息，情況好轉他會馬上把錢還回去，這只是幫助我們度過難關的方法。」

我很快瀏覽資料，想找出對他有利的線索、證明他沒做壞事的證據，但什麼也沒找到。上面只有手寫字，隨時都可以寫上去。

「妳知道這件事嗎？」我問她。

「這不重要。」

「誰說不重要。妳知道嗎？」

「不知道，」她說。「他沒跟我說錢從哪來的。可是，你知道鮑伯花了多少時間在基金會上嗎？他是召集人，坐這個位置的人應該領全職薪水的，起碼六位數的薪水。」

「拜託別告訴我妳要這樣自圓其說。」

「我會用想得到的所有方法自圓其說。我愛我的丈夫，你知道他的為人，鮑伯是個好人。他只是暫時借用那筆錢，在大家發現之前就會把錢還回去，這是常有的事，你也知道的。但因為你的身分還有那件該死的強暴案，警察才會查到我們頭上，也因為你的身分，他們才會殺一儆百拿他開刀。他們會毀了我愛的人，如果他毀了，就等於毀了我和我的家庭，你懂嗎，保羅？」

我怎麼會不懂，這種例子我不是沒看過。她說得沒錯。他們會把好好一個家庭折磨得很慘。我壓抑著憤怒，想設身處地為葛蕾塔著想，接受她的理由。

「我不知道妳希望我怎麼做，」我說。

「我們現在談的是我的人生。」

聽到這句話我身體一縮。

「拜託你，救救我們。」

「藉由說謊？」

「那筆錢是他借的，他只是沒時間告訴你。」

我閉上眼睛搖搖頭。「他盜用了基金會的錢，而且是妳姊姊的基金會。」

「不是我姊姊的基金會，是你的，」她說。

我不理這句話。「我希望可以幫上忙。」

「你在拒絕我們。」

「這不是拒絕，但我不能替你們說謊。」

她只是看著我，不說話。天使不見了。「如果是我，我願意為你這麼做，你知道的。」

我默不作聲。

「你辜負了所有人，」葛蕾塔說。「那年夏令營你沒看好你妹妹；到了最後我姊姊最痛苦的時候……」她停住。

室內的溫度突然降了十度，我肚子裡那條沉睡的蛇醒了過來，開始滑來滑去。

我直視她的眼睛，說：「說吧，說出來吧。」

「珍在乎不是為珍成立的，是為你自己成立的，因為你內疚。我姊姊臨終之前是那麼的痛苦，我守在她旁邊陪著她，但你沒有。」

永無止盡的痛苦煎熬，幾天變成幾個星期，幾個星期變成幾個月。我在那裡目睹了一切——至少大多時候都是。我看著我深愛的女人、我力量的來源日漸衰弱，看著她眼中的光芒日漸黯淡。在當年曾跟我在雨天午後激情纏綿、身上散發紫丁香芬芳的女人身上，我聞到了死亡的氣味。到最後我再也承受不了，受不了看著最後的光芒熄滅。我崩潰了，那是我這一生最痛苦的時刻。我崩潰逃跑，沒有陪伴我親愛的珍走完最後一程。葛蕾塔說得沒錯，我沒留下來守在她旁邊。這件事我永遠無法釋懷，也因為內疚我才會成立基金會。

葛蕾塔當然知道我做了什麼。就像她說的，到最後只有她守在珍的身旁，但這件事我們從未提起。她從沒在我面前提起這件事讓我難堪。我一直想知道珍臨終之前是否問起我，是否知道我不在她身旁，但我一次也沒提起。此刻我想知道答案，但知道又怎麼樣呢？我想聽到哪種答案？我又應當聽到哪一種答案呢？

葛蕾塔站起來。「你不願意幫我們？」

「我願意幫忙，但我不想說謊。」

「如果可以救珍，你願意說謊嗎？」我沒回答。

「如果說謊可以救珍一命，如果說謊可以挽回你妹妹，你願意說謊嗎？」

「這算什麼假設性問題？」

「並不是，因為我們談的是我的生活。你不願意說謊挽救我的生活，這很像你的作風：為了死者什麼都願意做，為了生者卻不一定。」

26

繆思傳給我三頁韋恩・史都本的檔案摘要。

我真服了她。這份不是完整檔案，繆思自己先看過，再整理出重點傳給我。大多內容我早就知道了。記得他被逮捕時，很多人都好奇他為什麼挑營隊成員下手，是不是因為參加夏令營有過不愉快的經驗？某位精神科醫師表示，儘管史都本本人並未提過，但他猜測他小時候曾在夏令營遭人性侵。另一名精神科醫師認為那純粹是殺人的快感：史都本第一次犯案是殺害普拉斯夏令營的四名營隊成員，而且還僥倖逃過一劫，從此他就把殺人快感跟夏令營聯想在一起，並延續這種犯案模式。

韋恩在其他夏令營並未得逞，這樣的話當然就太明顯了。後來情況開始對他不利，聯邦調查局某個名叫喬夫・貝德福犯罪剖析員循著這條線索逮到他。犯下頭四起命案之後，韋恩多少受到懷疑，後來印第安那州的那個男孩遇害之後，貝德福開始調查同時在犯案地點出現的人，最快的途徑當然是從營隊指導員開始查起。

包括我在內，我知道。

一開始貝德福在印第安那州（第二起命案現場）毫無所獲，但離維吉尼亞州命案現場兩鎮之遠的提款機，卻有史都本的提款記錄，這是一大突破。因此貝德福繼續調查，發現史都本沒在印第安那州提款，卻在賓州的艾威雷特市、俄亥俄州的哥倫布市各提過一次款，這表示他可能從紐約的家出發，一路開車經過這幾個城市。他沒有不在場證明，最後他們終於在蒙夕附近問到一家小型汽車旅館的老闆證實曾看過他。貝德福鍥而不捨地追查並拿到了搜索令。

最後，他們在史都本家的後院找到埋在土裡的紀念品。

不是頭幾次命案搜刮來的紀念品。根據推論，那幾次可能是他第一次犯案，他不是沒時間就是沒想到要帶走紀念品。

韋恩不認罪，他聲稱自己是無辜的，只是遭人陷害。

後來檢方以維吉尼亞和印第安那兩命案將他起訴並定罪。這兩案的證據最多，但夏令營命案的證據不足，訴訟過程也困難重重，例如凶手怎麼可能只用一把刀子殺害四人、怎麼把人引進樹林、怎麼處理另兩具屍體等等。這些問題雖然都可以找到解釋，比方他可能只有時間處理兩具屍體、把人引進樹林深處，但整體來看還是很多疑點。相反的，印地安那和維吉尼亞兩命案就證據歷歷。

接近午夜時，露西打電話來。

「裴瑞茲先生那邊怎麼樣？」她問。

「妳說得對，他們在說謊，但他還是不鬆口。」

「那麼下一步呢？」

「我會去見韋恩·史都本。」

「真的？」

「嗯。」

「什麼時候？」

「明天早上？」

沉默。

「露西？」

「嗯。」

「他剛被捕的時候，妳怎麼想？」

「什麼意思？」

「那年夏天韋恩才……二十歲吧？」

「對。」

「我是紅色小屋的指導員，」我說。「他是黃色小屋的指導員，離我兩棟小屋吧，我每天都看到他。有一整個禮拜我們一起打掃籃球場，就我們兩個。我不喜歡他沒錯，可是說他殺人……」

「殺人犯又不是身上一定有刺青什麼的，你每天接觸那麼多罪犯，你也知道。」

「大概吧。妳不也認識他？」

「嗯。」

「妳對他有什麼看法？」

「討厭鬼一個。」

我忍不住笑了。「妳想他可能做這種事嗎？」

「哪種事？割人喉嚨、把人活埋？不可能，我想不可能。」

「他沒有殺吉爾・裴瑞茲。」

「但他殺了其他人，這你也知道。」

「也許。」

「拜託，你知道殺害瑪歌和道格的除了他沒有別人。要不然呢？難不成他在夏令營擔任指導員時碰巧目睹命案，最後也大開殺戒？」

「不是不可能，」我說。

「嗄？」

「也許那幾起命案引出他嗜血的一面，也許他本來就有那種潛力，剛好他待的營隊又碰到割咳命案，就像催化劑一樣。」

「你真相信這種理論？」

「應該不吧，但誰知道呢？」

「我還記得他一件事，」露西說。

「什麼事？」

「韋恩很愛說謊，簡直到病態的程度。我是說，現在我當然知道這種傾向的專有名詞，拜託，我的心理學學位可不是白拿的。但那時候我就覺得他誇張。你還記得嗎？他什麼都可以說謊，為了說謊而說謊，那是他的自然反應，連早餐吃什麼他都可以說謊。」

我想了想。「我記得，有點像在營隊上常看見的吹牛大王。他是個公子哥，很想打進我們這些窮小孩圈圈裡。他曾經說自己是販毒的，是混黑道的，家鄉的女朋友還幫《花花公子》拍過照，他說的話沒一句能信。」

「見到他的時候，要記住這點，」她說。

「我會的。」

沉默。我腹中的沉睡之蛇不見了，此刻另一種潛伏的感覺開始躁動。某種感覺在那裡，跟露西有關。我不知道那是真實存在的，還是對過去的懷念，或是各種壓力造成的結果？但我的的確確感受到了，我不想忽略它，但我知道我必須這麼做。

「你還在嗎？」露西問。

「在。」

「還是很怪是吧，我說我們之間。」

「對。」

「你要知道不是只有你有這種感覺，我也一樣，好嗎？」露西說。

「好。」

「這樣有幫助嗎？」

「有。對妳有幫助嗎？」

「有，如果只有我有這種感覺就很討厭。」

我笑了。

「晚安，克普。」

「晚安，露西。」

連續殺人犯——至少道德觀嚴重扭曲的人——一定過得輕鬆愜意，因為過了二十年韋恩．史都本幾乎沒什麼變。我認識他的時候，他就滿帥的，現在還是。他頂著大光頭，跟以前那種書生型的捲髮迥然而異，但還是好看。我知道他一天只放風一個小時，但在他身上卻看不到一般囚犯的灰白臉色，可見他一定都把握時間曬太陽。

韋恩．史都本對我露出幾乎無可挑剔的迷人微笑。「來邀請我參加夏令營聚會嗎？」

「我們要在曼哈頓的彩虹廳辦，唉，真希望你能來。」

他哈哈大笑，好像我剛說了什麼絕妙笑話。當然不是，不過這場對話可不能輕忽。美國最優秀的聯邦調查員來問過他話；整本精神病理學手冊都倒背如流的精神科醫師也來試探過他。總之，不能把一般情況套用在他身上。我們之前就認識，甚至多少有些交情，我應該善用這個優勢。

爽朗笑聲變成輕笑，最後臉上的笑容消失不見。「大家還是叫你克普嗎？」

「對。」

「你好嗎，克普？」

「好得很。」

「好得很，」韋恩重複說。「你說話好像伊拉叔叔。」

以前我們在營隊都叫大人叔叔或阿姨。

「伊拉真是個瘋子，不覺得嗎？」

「他還在。」

「是嗎？」韋恩別開眼神。我想直視他淺灰藍色的眼睛，但他的眼神飄忽不定，整個人有點神經兮兮的，不知道是不是吃藥的關係。話說回來，我怎麼沒事先查過呢？

「那麼，」韋恩說，「你要告訴我你來找我的真正目的嗎？」我還沒回答，他就張開手。「等等，不要告訴我，先別說。」

我沒料到會是這種情況。是什麼情況我並不清楚，但我想像的他比較不正常，甚至一眼就看得出不正常。我說的不正常是指，想到連續殺人犯時我們腦中浮現的那種胡言亂語的瘋子——銳利的眼神、誇張的表情、激動的情緒、嘖嘖砸嘴、拳頭鬆了又緊、隨時會發飆失控。但這些我在韋恩身上都沒看到。我所謂的一眼就看得出來是指我們每天都會遇到的反社會分子：表面溫文和善，但你知道他滿嘴謊話、什麼壞事都做得出來。韋恩身上也沒有這種氣息。

我在他身上感覺到的東西比這些更可怕。坐在這裡跟他說話，跟很可能殺了我妹妹和至少七名受害者的凶手面對面，感覺很尋常，甚至不算太差。

「韋恩，過了二十年了，我必須知道當年樹林裡發生了什麼事。」

「為什麼？」

「因為我妹妹在那裡。」

「不是，我不是這個意思。」他稍微靠上前。「我是說為什麼是現在？就像你說的，都過二十年了，那麼老友，為什麼你現在才要知道？」

「我不確定，」我說。

他的眼神定住，跟我四目相對，我努力保持鎮定。角色翻轉了：對方想看穿我的謊言。

「這個時間點相當有趣，」他說。

「怎麼說？」

「因為你不是近來唯一的意外訪客。」

我慢慢點頭，不想顯得太急躁。「還有誰？」

「我為什麼要告訴你？」

「為什麼不？」

韋恩往後靠。「你還是一樣一表人才。」

「你也一樣，」我說，「可是我想我們兩個不可能約會。」

「其實我應該生你氣的。」

「哦？」

「你毀了我那年的夏天。」

腦袋自動分割切換。就是我之前提過的，我知道自己面無表情，但心裡的感覺就像有把剃刀切開我的五臟六腑。此時此刻，我正在跟殺人魔聊天，我看著他的手，想像他手上沾滿了血，想像刀口抵著脆弱的喉嚨。那雙看似無害的雙手此刻疊放在金屬桌面上。過去那雙手做了什麼？

我穩住呼吸。

「何以見得？」我問。

「她本來是我的。」

「誰？」

「露西。她遲早會勾搭上誰，如果不是你，我的勝算更大，你知道我的意思。」

我不確定該如何反應，但還是奮力一搏：「我以為你感興趣的是瑪歌．葛林。」

他笑著說：「她身材很辣呵？」

「確實。」

「真是個大騷貨。你還記得我們在籃球場那次？」

當然記得，回憶馬上浮現，說來也真奇妙。瑪歌是營隊上的性感女神，她自己當然知道。她老愛穿叫人流鼻血的背心，用意不在暴露而是引誘人想入非非。那天，有個女生在排球場上受了傷，她的名字我忘了，只記得她好像摔斷了腿，但其他的誰還記得呢。大家只記得——我跟眼前這瘋子共同的記憶——驚慌失措的瑪歌．葛林穿著該死的背心快速跑過籃球場，全身上下抖來抖去，大喊著救命，而籃球場上全部大概三四十個男生全看呆了。

沒錯，男人都是豬，但青少年就是這副德性。那個階段很奇特，身體的自然需求使十四到十七歲的男生隨時隨地都在分泌荷爾蒙，想控制也控制不了。但根據社會規範，這階段的男生年紀太小，除了忍受痛苦之外別無他法。有瑪歌．葛林在，那種痛苦更是多了十倍。

上帝還挺有幽默感的，不覺得嗎？

「記得，」我說。

「好個騷貨，」韋恩說。「你知道她甩了吉爾？」

「你說瑪歌？」

「對，就在命案發生之前。」他豎起眉毛。「覺得納悶是吧？」

我不回應，讓他說話，希望他繼續說。

「你知道我上過她，我說瑪歌，但她比不上露西。」他舉手摀嘴一副自己說太多了。真會演戲。

我還是按兵不動。

「你知道那年夏天你來之前我們有過一段吧？我是說我跟露西？」

「嗯哼。」

「克普，你的臉色不太好，不會是嫉妒吧？」

「那是二十年前的事了。」

「是啊，而且老實說，我只到二壘而已，你比我厲害，我敢打賭你一定全壘打了呵？」

他想激怒我，我可不會上當。

「正人君子不會到處吹噓這種事，」我說。

「說得對。但你可別誤會我，你們兩個天造地設，瞎子都看得出來。你跟露西是玩真的，感覺很特別吧？」

他對我微笑，眨了眨眼。

「那是很久以前的事了，」我說。

「你不會真這麼想吧？沒錯，我們老了，但大多時候的感受跟過去沒有兩樣，不覺得嗎？」

「還好。」

「生活一直大步向前，我想是吧。你知道他們讓我們上網，不能看色情網站之類的東西，還檢查我們所有的通訊記錄，不過呢，我倒是利用網路查了你一下。我知道你老婆死了，有個六歲大的女兒，但網路上查不到她叫什麼名字。她叫什麼？」

這次我忍無可忍，完全是本能反應。聽到這個瘋子提到我女兒，比把女兒的照片放在我辦公室的感覺更糟。我馬上反擊，直接切入正題。

「韋恩，當年在樹林裡發生了什麼事？」

「有人死了。」

「別跟我玩遊戲。」

「我們之中只有一個人在玩遊戲。如果你想知道真相，那就從你開始。你為什麼跑來找我？為什麼是今天？選這個時間不是巧合，這我們都知道。」

我往後看，很清楚有人在看我們。之前我就要求獄方不要竊聽。我打個手勢要人過來，一名警衛打開門。

「長官，有何吩咐？」他問。

「史都本先生這……兩個禮拜以來有沒有其他訪客？」

「長官，有一個。」

「是誰？」

「你要的話我可以幫你問。」

「麻煩你。」

警衛走出門。我轉回去看韋恩，他並無沮喪的神情。「厲害！」他說，「但沒有必要，我會告訴你是誰：一個名叫寇特．史密斯的人。」

「我不認識他。」

「哦，但他認識你，他在一家叫做超優的公司工作。」

「私家偵探？」

「對。」

「他來找你是想要——」我想通了，那些混蛋。「挖我的醜事。」

韋恩摸了摸鼻子，然後指著我。

「他開了什麼條件？」我問。

「他的老闆曾經是調查局的大人物，他說可以給我更好的待遇。」

「你跟他說了什麼嗎？」

「沒有，原因有兩個。第一，條件是他亂掰的，前調查局探員根本幫不了我。」

「第二呢？」

韋恩靠上前想確認我直直看著他的眼睛。「克普，好好聽我說，我希望你仔細聽好。」

我凝視他的雙眼。

「我這輩子幹過很多壞事，細節我就不說了，沒那個必要。我犯過錯，這十八年來為了贖罪窩在這個鳥地方，但我其實不屬於這裡。印第安那或維吉尼亞等等的事我不會再提，在那裡喪命的人……我不認識他們，他們對我來說是陌生人。」

他停下來，閉上眼睛，摸摸臉，我發現他有張寬臉，臉色發亮，簡直光滑如蠟。他又睜開雙眼，確認我還注視著他。我的確是，其實我就算想動也動不了。

「可是——你要的第二個原因來了——我根本不知道二十年前那片樹林裡發生了什麼事，因為我不在那裡。我不知道我的朋友——是朋友，不是陌生人——瑪歌．葛林、道格．畢林漢、吉爾．裴瑞茲還有你妹妹發生了什麼事。」

沉默。

「是你殺了印第安那州和維吉尼亞州的那幾個男生嗎？」

「如果我說不是，你會相信我嗎？」

「證據很多。」

「是沒錯。」

「但你還是堅稱自己是清白的。」

「對。」

「你是清白的嗎？」

「我們一次只講一件事好嗎？我說的是那年夏天在夏令營發生的事，我沒殺任何人，也不知道樹林裡發生了什麼事。」

我默不作聲。

「你現在是檢察官對吧？」

我點頭。

「有人在挖你的過去，這我可以理解，本來也不會多想，但現在你也出現了。可見一定有什麼事，什麼新發展，跟那晚有關的事。」

「韋恩，你想說什麼？」

「你一直覺得我是凶手，」他說，「但這麼多年來，第一次開始覺得懷疑是嗎？」

我不答。

「一定有什麼變化，我從你的臉上看得出來。你第一次認真地懷疑我跟那晚的事是否有關。如果有新發現，你有義務來告訴我。」

「誰說我有義務？你並不是因為營隊命案被起訴，是因為印第安那和維吉尼亞的命案才被起訴定罪。」

他攤攤手。「那麼告訴我新發現又有何妨？」

我想了想，有道理。就算告訴他吉爾．裴瑞茲還活著，也無法幫助他平反，畢竟他不是因為殺害吉爾才被定罪。不過這件事還是會投下一道長長的陰影。連續殺人案有點像字面上或大家所說的「眾屍之屋」，如果發現某個受害者未遭毒手——至少不是該名連續殺人犯下的手——那麼眾屍之屋很容易發生內爆。

目前為止我還是小心為妙。在真正確認吉爾．裴瑞茲的身分之前，沒有必要透露任何事。我看著他，不禁懷疑他真的精神異常嗎？我想是，但我又怎麼能確定？反正今天我要問的都問了。我站起來。

「再見，韋恩。」

「再見，克普。」

我走向門。

「克普？」

我轉過身。

「你知道凶手不是我，對吧？」

我沒回答。

「如果凶手不是我，」他接著說，「你就得重新思考，那天晚上瑪歌、道格、吉爾、卡蜜拉、我，還有你，究竟發生了什麼事。」

27

「伊拉，看我一下。」

露西等到父親看起來腦袋最清醒的時候才開口。她坐在他的對面。伊拉今天翻出了以前的黑膠唱片。有一張是詹姆斯．泰勒的第二張專輯《親愛的寶貝詹姆斯》，封面上的詹姆斯一頭長髮。還有一張是披頭四走過艾比路的封面照（保羅打著赤腳，表示已經「歸西」）、馬文蓋圍著圍巾的那張《發生什麼事？》、吉姆．莫里森在門戶樂團第一張專輯的性感憂鬱照。

「伊拉？」

他正對著夏令營的某張老照片微笑。照片中的黃色福斯金龜車旁邊就是高年級女生住的小木屋，車上到處是鮮花和和平標誌，伊拉抱著雙臂站在中間，女孩們圍在車子四周。每個人都穿著T恤和短褲，黝黑的臉上掛著笑容。露西還記得那天。美好的一天，是那種你會收進盒子、放進最底層的抽屜，哪天特別憂鬱時就拿出來回味的一天。

「伊拉？」

他轉向她。「我在聽。」

收音機正在播放貝瑞．麥奎爾一九六五年的經典反戰之歌《毀滅前夕》。這首歌雖然震撼人心，卻總能給露西安慰。歌中描繪了一個蒼白淒涼的世界，說到世界就要爆炸，說到約旦河的屍體、擔憂核彈按鈕一觸即發、痛恨赤色支那和阿拉巴馬州的賽爾馬（當年造成流血事件的民權大遊行，這裡刻意押韻，不過押得好），還有世上的所有虛偽仇恨，副歌時他甚至嘲弄地問聽眾怎麼會天真到不相信現在就是毀滅前夕。

所以這歌為什麼能給她安慰？

因為他說的都是真的。這個世界可怕又糟糕，當時就已經處在毀滅邊緣，但終究撐了過來，有些人甚至會說它茁壯了。但今日的世界似乎也一樣糟糕，誰都不相信我們能平安度過。麥奎爾當時的世界也一樣可怕，也許更可怕。把時間倒轉二十年，二次世界大戰、納粹主義正在上演，六〇年代相形之下彷彿迪士尼樂園。那時期我們也撐過來了。

我們似乎永遠都在毀滅前夕，而且好像每次都逃過一劫。

也許所有人都逃過了自己造成的毀滅境地。

她搖搖頭。太天真，太樂觀了，她不該這麼無知。

伊拉今天剃了鬍子，頭髮還是一樣亂，灰髮幾乎微帶藍色。他的手在顫抖，露西懷疑是不是帕金森症快發作了。她知道父親的晚年一定不好過，但話說回來，這二十年來他過的好日子也寥寥可數。

「怎麼了，寶貝？」

明顯的關懷語氣，這一直是伊拉最大、最真的魅力——發自內心的關心別人。他很善於傾聽，不但能看見別人的痛苦也會想辦法幫人減輕痛苦。他身旁的所有人都感受到他的善解人意，不管是營隊成員、家長、朋友都不例外。如果是他唯一的孩子、他在這世上最心愛的人，他就彷彿冰寒天地裡披在身上、溫暖無比的毛毯。

他是個無可挑剔的好爸爸，露西非常想念他。

「我看到訪客登記表，有個名叫馬諾洛．聖地牙哥來找過你。」她的頭微傾。「你記得嗎，伊拉？」

他臉上的笑容頓時消失。

「伊拉？」

「記得，」他說，「我記得。」

「他想幹嘛？」

「聊一聊。」

「聊什麼？」

他緊抿著唇，好像強迫自己閉上嘴巴似的。

「伊拉？」

他搖搖頭。

「請你告訴我，」她說。

伊拉張開嘴但不說話，終於開口時，聲音細如耳語。「妳知道他想聊什麼。」

露西回頭環視房間，房裡只有他們兩人。〈毀滅前夕〉唱完了，媽媽與爸爸合唱團的歌聲響起，告訴他們葉子都紅了。

「夏令營的事？」她問。

他點頭。

「他想知道什麼？」

他哭了起來。

「伊拉？」

「我不想回到那裡，」他說。

「我知道。」

「他一直問我。」

「問什麼？他問了你什麼事？」

他把臉埋在手裡。「拜託妳……」

「什麼？」

「我不能再回到那裡，妳懂嗎？我不能回去那裡。」

「那再也傷害不到你了。」

他仍然用手遮住臉，肩膀開始顫抖。「那些可憐的孩子。」

「伊拉？」他看起來害怕得不得了。露西說：「爸？」

「我讓每個人失望。」

「你沒有。」

他不能自已地傷心啜泣。露西跪在他面前，感覺自己的眼淚也快奪眶而出。「爸，拜託你看著我。」

他不肯。名叫蕾貝卡的護士探頭進來。

「我去拿藥，」護士說。

露西舉起手，說：「不用了。」

伊拉又痛哭一聲。

「我想他需要吃藥穩住情緒。」

「等一下，」露西說，「我們只是……請先不要管我們。」

「我有責任。」

「他沒事，我們在聊私事，他只是有點激動而已。」

「我去叫醫生。」

露西正要阻止她，但她人已經不見。

「伊拉，求求你聽我說。」

「不要……」

「你跟他說了什麼？」

「我只能保護這麼多人，妳懂嗎？」

她不懂。露西把手放在他的臉上想抬起他的頭，但他發出的尖叫聲幾乎把她打退。她放開手，伊拉往後退，把椅子翻倒在地，整個人縮在角落裡，說：「不要！」

「爸，沒事了，我——」

「不要！」

蕾貝卡護士帶著兩個女人回來，其中一個露西認出是醫生，另一個手拿針筒，露西猜想是護士。

蕾貝卡說：「沒事了，伊拉。」

三人開始接近他。露西擋住他們，說：「出去。」

醫生——她名牌上的名字是茱莉．康圖西——清清喉嚨。「他的情緒很激動。」

「我也是，」露西說。

「什麼？」

「妳說他情緒很激動。真不得了。情緒激動是生活的一部分，我有時候也會情緒激動，妳有時候也會吧？那他為什麼不能情緒激動？」

「因為他病了。」

「他沒事。我需要他清醒幾分鐘。」

伊拉又啜泣一聲。

「妳把這樣叫做清醒？」

「我需要跟他談一下。」

康圖西醫生把手交叉放在胸前。「這不是妳能決定的。」

「我是他女兒。」

「令尊是自願到這裡來的，要去要留都隨他高興。從來沒有法院判定他生活無能，所以應該由他決定。」

康圖西看向伊拉。「銀斯坦先生，你需要鎮定劑嗎？」

伊拉的眼神飄忽不定，突然間像隻被逼到牆角的野獸。

「銀斯坦先生？」

他看著他的女兒哭了起來。「露西，我什麼都沒說，我能告訴他什麼呢？」

他又嗚嗚哭了起來。醫生看著露西，露西看著她父親。「沒關係，伊拉。」

「我愛妳，露西。」

「我也愛你。」

護士走過去，伊拉伸長手臂，當針筒扎進他皮膚時，他恍惚地笑著。這讓露西想起，小時候伊拉會毫不忌諱在她面前抽大麻。她記得他深深吸一口時也像這樣微笑，此刻她好奇他為什麼需要大麻？她記得那年營隊之後伊拉又重拾毒品。從她小時候開始，毒品就是伊拉的一部分——「運動」的一部分，但現在她開始感到懷疑。她之所以酗酒會不會是上癮基因作祟？還是伊拉跟她一樣，都利用外在的工具（比方毒品或酒精）來逃避現實、麻痺自己、拒絕面對真相？

28

「你在開玩笑吧？」

聯邦調查局探員喬夫．貝德福和我坐在一般大小的速食餐廳裡，就是外面是鋁門窗、裡面貼滿當地主播簽名照的那種餐廳。貝德福儀容整齊，蓄著尖端油亮的翹八字鬍。我確定我在現實生活中看過人留這種鬍子，但想不起來在哪裡看過。我一直覺得隨時會有三個男人跑過來加入他，來一小段即興四重唱。

「不是，」我說。

女服務生走過來，但沒叫我們甜心，真令我失望。貝德福看了一會兒菜單，卻只點了咖啡，我懂他的暗示也點了咖啡。我們把菜單還給服務生，貝德福等她走開才開口。

「是史都本幹的，毫無疑問。那些人都是他下的手，過去沒有疑問，現在也沒有。我說的不只是合理的疑問，而是一點疑問也沒有。」

「那四起命案，樹林裡的那四個人。」

「怎麼樣？」

「沒有證據證明是他幹的，」我說。

「沒有物證沒錯。」

「死者共四人，」我說，「其中兩名是年輕女性：瑪歌．葛林和我妹妹。」

「對。」

「可是史都本殺害的其他人都是男性。」

「沒錯。」

「而且都是十六到十八歲的男性，不覺得奇怪嗎？」

他看我的表情好像我剛突然長出了第二個頭。「克普蘭先生，我答應見你是因為，第一、你是郡檢察官；第二、令妹死在那個禽獸手下。但你這些問題……」

「我剛去見過韋恩．史都本，」我說。

「我知道。那麼讓我告訴你，那傢伙是個心理變態加上無可救藥的騙子。」

我想到露西說過同樣的話，也想起韋恩說他跟露西在我加入營隊之前曾有過一段情。

「這我知道，」我說。

「真的嗎？聽我說，韋恩．史都本占據我的生活將近二十年，二十年，你能想像嗎？我知道他多會把黑的說成白的。」

我不知道該做何回應，只好放膽跨步向前：「新的證據出現了。」

貝德福眉頭一皺，翹鬍子跟著一垂。「你在說什麼？」

「你知道吉爾．裴瑞茲是誰嗎？」

「當然知道，這案子的每件事、每個人我都瞭若指掌。」

「你們一直沒找到他的屍體。」

「對，令妹的屍體也是。」

「這你要怎麼解釋？」

「你去過那片營地，你知道那個地方。」

「的確。」

「你知道那片樹林有幾平方英里大嗎？」

「我知道。」

他舉起右手看一看。「哈囉，針先生！」接著又舉起右手看一看。「跟你介紹我的朋友乾草堆先生！」

「韋恩·史都本算是小個子。」

「道格的身高超過六呎，吉爾也不好惹，你想韋恩怎麼嚇得了或打得過他們四個人？」

「所以？」

「他身上有刀，就是這樣。瑪歌·葛林被綁了起來，他直接割斷她喉嚨。我們不確定其他人遇害的順序，可能也一樣被綁了起來，分散在樹林的不同地方，這我們無法確定。但他肯定追著道格·畢林漢跑，畢林漢的屍體放在一個淺淺的墓穴裡，離瑪歌的只有半哩遠。他身上有多處刀傷，手上也有抵抗的傷痕。我們還找到令妹還有吉爾·裴瑞茲的鮮血和衣服。這些你都知道。」

「嗯。」

貝德福把椅子往後傾，露出鞋底。「那麼克普蘭先生，請你告訴我，那個突然出現的新證據是什麼？」

「吉爾·裴瑞茲。」

「他怎麼樣？」

「他沒有在那晚遇害。他這個禮拜才喪命。」

椅子往前一放。「你說什麼？」

我告訴他馬諾洛·聖地牙哥就是吉爾·裴瑞茲的事。如果說他一臉懷疑，其實比較像是我希望的結果，而非實際的情況。實際上，貝德福探員看我的表情，好像我正在說服他復活節小兔子真的存在一樣。

「那麼讓我整理一下，」我說完之後他說。女服務生送來咖啡。貝德福什麼都沒加，只見他小心翼翼拿起杯子，避免碰到他的八字鬍。「裴瑞茲的父母否認是他，曼哈頓命案組警探也不相信是他，但你卻告訴我——」

「是他。」

貝德福輕笑一聲。「克普蘭先生，我想你占用我夠多時間了。」

他放下咖啡，準備挪出雅座。

「我知道是他，證明身分不過是早晚的問題。」

貝德福突然停下動作。「這麼說好了，」他說，「照你所說的，假設那個人真的是吉爾．裴瑞茲，那晚他真的沒死。」

「好。」

「韋恩．史都本也不會因此沒事，完全不會。」此刻他直直看著我。「很多人認為，史都本犯的最初幾件命案另有共犯。你自己也懷疑他怎麼能處置那麼多屍體。如果有兩人一同犯案，而受害者只有三個，不就簡單多了？」

「所以你認為裴瑞茲可能是共犯？」

「不是。要命，我根本不相信他沒死，這只是假設性說法。如果曼哈頓太平間的那具屍體真是吉爾．裴瑞茲，這個假設才能成立。」

我在咖啡裡加了一包代糖和一些牛奶。「柯南．道爾你熟嗎？」我問。

「寫福爾摩斯的那傢伙？」

「正是。他有個原則大概是說：還沒拿到資料就先推論是一大錯誤，因為你會扭曲事實來套進理論，而不是利用理論來解釋事實。」

「你在考驗我的耐心，克普蘭先生。」

「我給了你一個新事實，但你不重新思考發生了什麼事，反而馬上扭曲事實好套進你的理論。」

他瞪大眼睛看著我，我不怪他，我確實咄咄逼人，但現在我非施壓不可。

「你知道韋恩．史都本的過去嗎？」他問。

「知道一些。」

「他完全符合我們的犯罪心理剖析。」

「剖析不是證據，」我說。

「但多少有幫助。比方說，你知道史都本青少年時期，鄰居的寵物常離奇消失嗎？」

「是嗎？這就是我需要的證明。」

「要我舉個例子加以解釋嗎？」

「請。」

「這件事我們找到了目擊者，一個名叫查理．卡地森的男孩。事發當時他因為害怕，什麼也沒說。韋恩．史都本十六歲那年曾經親手埋了一隻小白狗——什麼品種呢，什麼比的……」

「比熊犬？」

「沒錯。他把狗埋進土裡，只露出牠的頭，小狗無法動彈。」

「很變態。」

「更慘的還在後頭。」

他又小心翼翼啜口咖啡。我等著他接下去說，只見他把杯子放下，拿餐巾按按嘴巴。

「你的夏令營老友埋好小狗之後，就到名叫卡地森的男生家裡去，他家有台騎坐式的除草機，史都本跟他借了去……」

他停住，看看我，點點頭。

「嗯，」我說。

「我這裡還有其他例子，十幾個應該有。」

「而且韋恩．史都本竟然還能進營隊工作——」

「很奇怪。我是說，伊拉．銀斯坦似乎很注重身家調查。」

「而且剛發生命案時竟沒人想到韋恩？」

「這些事我們並不知道。第一，負責普拉斯夏令營命案的是地方警察，不是我們，此案一開始還沒到聯邦層級。最重要的是，在成長階段，史都本周圍的人都很怕他，沒人敢說話，查理・卡地森就是一個例子。另外也別忘了史都本出身富裕家庭，他很小父親就過世了，她母親護著他，花錢了事之類的，保護過度。是個很保守、很嚴格的母親。」

「又可以在你的連續殺人犯剖析表裡打個勾呵？」

「不只是剖析。克普蘭先生，你知道事實。他住紐約，但命案發生時，他剛好都去過那三個地方：維吉尼亞州、印第安那州和賓州，未免也太巧了。最關鍵的當然是：拿到搜索令之後，我們在他家找到所有死者的私人物品──他特別收藏的戰利品。」

「不是所有死者，」我說。

「夠多了。」

「但不包括那四名營隊成員。」

「對。」

「為什麼？」

「我的猜測嗎？可能來不及，那時史都本還在處理屍體，時間不夠。」

「這聽起來也有點像扭曲事實，」我說。

他往後一靠，打量著我。「那麼你的理論又是什麼，我迫不及待要聽聽看。」

我不作聲。

他攤攤手。「在印第安那州和維吉尼亞州割了營隊成員喉嚨的連續殺人犯，剛好就是某夏令營的指導員，該夏令營至少有兩人同樣遭割喉？」

他的看法不無道理。打從一開始我就在思考這件事，只是還無法說服自己。

「不管有沒有扭曲，事實是什麼，你都知道。你是個檢察官，告訴我你怎麼想。」

我想了想，他等著我開口，我又在心裡忖量片刻。

「我還不確定，」我說。「也許現在推論太早了，需要再收集更多事實。」

「當你這麼做的時候，」他說，「韋恩．史都本這樣的傢伙又拿更多人開刀了。」

這句話同樣不無道理。我想起對詹瑞特和麥倫不利的強暴案證據。站在客觀立場去想，對韋恩．史都本不利的證據也一樣多，也許更多。

至少不是沒有。

「他沒有殺吉爾．裴瑞茲，」我說。

「聽到了。那麼就把這條罪狀從等式裡抽出來，好方便討論。就說他沒殺裴瑞茲那小子好了。」

他兩手一攤，對著天花板。「那又怎麼樣？」

我琢磨了一會兒。我想那讓我開始懷疑，當年我妹妹究竟發生了什麼事。

29

一小時後，我坐在飛機上，機艙門還沒關上，我就收到繆思來電。

「史都本那裡怎麼樣？」她問。

「晚點再說。法院那邊呢？」

「據我聽到的只有什麼動議和一些廢話，他們常說『予以評估』這個詞。當律師一定無聊死了，你過那種日子怎麼能不發瘋？」

「要很努力。所以沒什麼事？」

「沒啊，你明天可以休息一天。法官要全部律師星期四早上到他的辦公室集合。」

「幹嘛？」

「還不都是那個什麼『予以評估』的，不過你的某某某助理說可能沒什麼。對了，另外有件事要跟你報告。」

「什麼？」

「我請我們這裡的電腦神童查過你朋友露西收到的文章。」

「結果？」

「結果發現符合你們原來的認知，至少是一開始的認知。」

「一開始的認知？什麼意思？」

「我拿了他收集的資料，打了幾通電話，調查了一些事，結果發現一件有趣的事。」

「什麼？」

「我想我知道寄文章給她的是誰了。」

「誰？」

「你有帶黑莓機嗎？」

「有。」

「資料很多，我全部寄給你比較省事。」

「好。」

「其他我就不多說了，希望你跟我有同樣的結論。」

我想了想，耳邊想起我跟喬夫．貝德福的對話。「不希望我扭曲事實好套進理論是吧？」

「嗄？」

「沒事。繆思，寄給我吧。」

跟貝德福告別四小時後，我坐在露西研究室隔壁的研究室。這裡平常是某英國教授的研究室，但他正在輪休，露西有鑰匙。

她的助教羅尼．伯格沒敲門就走進門時，露西正望著窗外。有意思。我在羅尼身上看到一點伊拉的影子，他有那種彼得潘的特質、放蕩不羈的形象。我不是要批評嬉皮或極左派，隨你怎麼叫。我們需要這種人。我非常相信我們需要政治兩端的人存在，即使是你不認同甚至覺得反感的人（甚至因為不認同和反感才更需要他們）。沒有這些人，這世界一定很無趣，你的論點就不會越磨越亮。想想這中間的道理：沒有右，就沒有左；沒有左右，就沒有中間。

「露西，怎麼啦？我跟身材火辣的女服務生有重要約會……」羅尼看到我那一刻，聲音漸漸微弱。「這位是？」

露西仍望著窗外。

「而且沒事跑來密尼教授的研究室幹嘛？」

「我是保羅·克普蘭，」我說。

我伸出手，他跟我握手。

「哇，」羅尼說，「你就是故事裡的那個吧？P就是你？其實我在網路上查了一下這案子……」

「喔，露西跟我提過你喜歡當業餘偵探。你可能知道，我手下有不少優秀的偵探，專業調查員其實。」

他放開我的手。

「你有想跟我們分享的情報嗎？」我問。

「你在說什麼？」

「不過呢，你說對了，那封電子信確實是下午六點四十二分從弗洛斯特圖書館發的，只不過席維亞·波特六點到七點之間不在那裡。」

他逐步後退。

「是你，羅尼。」

他斜嘴一笑，搖搖頭，爭取時間。「什麼鬼。嘿，等一等……」他假裝訝異和生氣時，笑容從臉上消失。「拜託，露西，妳不會以為我……」

露西終於轉頭看他，但一句話也沒說。

羅尼指著我：「妳不會相信這傢伙吧？他……」

沒回應。露西只是瞪著他看，一語不發，直到他說不出話。羅尼最後終於癱坐在椅子上。

「可惡！」他啐了一口。

我們等著他自動招來。他垂著頭。

「你們不了解。」

「那就請你解釋，」我說。

他看看露西。「妳真的相信這傢伙？」

「比相信你多得多，」她說。

「是我就不會。露西，他是倒楣鬼。」

「謝謝你良心的建議，」我說：「你為什麼寄那種文章給露西？」

他開始把玩一邊的耳環。「我沒必要跟你說。」

「當然有必要，」我說。「我是郡檢察官。」

「所以呢？」

「所以我可以依騷擾罪逮捕你。」

「才怪。首先，你無法證明我寄了任何東西。」

「誰說的。你認為自己電腦很行，也許吧，那種雕蟲小技騙騙大學生還可以。但我辦公室裡的高手，就是一般人口中受過訓練的電腦專家，他們已經查出文章是你寄的，證據也有了。」

羅尼尋思片刻，考量該繼續否認還是另尋他法，他選擇了後者。「那又怎樣？就算是我寄的，那怎麼能算騷擾？法律什麼時候規定不能寄虛構的文章給大學教授了？」

有道理。

露西說：「我可以解雇你。」

「也許可以，也許不可以。可是露西，從個人資料來看，妳需要解釋的恐怕比我多，捏造過去的人是妳。是妳改名換姓隱瞞過去。」

羅尼對自己的表現很滿意，只見他直直坐起，交叉雙臂，一臉得意，我很想給他的臉一拳。露西一直瞪著他，他不敢直視她的眼睛。我稍微往後退，給她多點空間。

「我以為我們是朋友，」她說。

「是啊。」

「所以？」

他搖搖頭。「妳不了解。」

「那就解釋給我聽。」

羅尼又開始把玩他的耳環。「不要他在場。」

「我要在場。」

退讓到這裡就夠了。

我朝他的肩膀一拍。「我是你的新朋友，知道為什麼嗎？」

「不知道。」

「因為我是個能把你移送法辦、現在又被惹毛了的執法人員，而且我猜如果我派調查員去挖你的過去，一定會有收穫。」

「不可能。」

「是嗎？」我說。「要我舉例嗎？」

他保持沉默。

我拿起我的黑莓機。「我這裡有你的被捕記錄，要我幫你列出來嗎？」

他臉上的得意表情消失無蹤。

「朋友，全部記錄都在我這兒，連封印的檔案也有。我說我是能把你移送法辦又被惹毛了的執法人員，就是這個意思。我可以用很多種方法讓你走路，所以別再說廢話，告訴我們你為什麼寄那些文章。」

我迎上露西的目光，她對我微微點頭，也許她了解我的用意。羅尼來之前我們就討論過策略。如果只由她出面，羅尼可能會像平常一樣說謊編故事，故左右而言他，利用兩人的交情來對付露西。這種人我很清楚。外表裝得吊兒郎當、一副酷樣，想用歪嘴笑容迷倒眾生，但如果施加的壓力夠大，像羅尼這種傢伙包準會受不了。除此之外，恐懼會比利用他該有的同情心引出更快速、更誠實的答案。

此刻他看著露西，說：「我別無選擇。」

開始搬出藉口。很好。

「其實，露西，我是為妳做的，為了保護妳——好吧，還有我自己。當初我沒在申請書上列出被捕記錄，如果學校發現，我就得捲鋪蓋走路，就是這樣，他是這麼告訴我的。」

「誰告訴你的？」我問。

「我不知道對方的名字。」

「羅尼……」

「我說真的，他們沒說。」

「那他們說了什麼？」

「他們答應我這件事不會傷害到露西。他們的目標不是她。他們說我做的事是為了露西好，還說——」羅尼轉過來面對我，動作很誇張。「他們的目的是逮到一名殺人犯。」

他盡可能兇狠地看著我，但實在不是太成功，我以為他會大喊「我控訴」，見他沉默我說：「老實告訴你，我內心在發抖。」

「他們認為也許你跟那些命案有關。」

「好極了，謝謝你。然後呢？他們要你偷偷寄出那篇文章是嗎？」

「對。」

「文章是誰寫的？」

「我不知道，大概是他們吧。」

「你一直說『他們』，到底有幾個人？」

「兩個。」

「叫什麼名字？」

「我不知道。他們是私家偵探好嗎？他們說雇用他們的是某受害者的家屬。」

受害者家屬。謊言。無恥的謊言。是超優，紐華克的私家偵探社。事情開始露出端倪，所有事情都是。

「他們有提到委託人的名字嗎？」

「沒有。他們說是機密。」

「想也知道。他們還說了什麼？」

「他們說他們正在調查一些過去的命案，他們不相信都把錯推給夏日殺人魔的官方說法。」

我看看露西。之前我已經把跟韋恩・史都本和喬夫・貝德福見面的事告訴她。我們談了那一晚發生的事、我們扮演的角色、犯的錯誤，還有堅稱四名失蹤隊員皆已送命而韋恩就是凶手的說法。我們再也不知道該怎麼理解這些事才對。

「還有呢？」

「就這樣。」

「得了吧，羅尼。」

「我知道的就這樣，我發誓。」

「我不認為。那兩人寄文章給露西不就是希望她有反應？」

他不回答。

「對方應該會要求你看著她，再回報她的反應和行動吧。所以你隔天進研究室才會告訴她，你在網路上查到了她的過去，目的是希望她對你吐露祕密，這是你的任務之一吧？利用她的信任、她的好心一步步試探。」

「不是那樣的。」

「當然是。挖到把柄有獎勵嗎？」

「獎勵？」

「對，獎勵，比方一筆錢。」

「我不是為了錢。」

我搖搖頭。「謊言。」

「什麼？」

「何必假裝是怕自己的事曝光，或是為了抓到凶手替天行道才這麼做。他們給你錢是吧？」

他張開嘴巴想要否認，但我在他開口之前就封住他的嘴。

「幫我查出你的被捕記錄的幾個調查員，也可以查到銀行帳戶，要查出……比方五千元存款並不難，好比你五天前剛在西奧蘭吉的大通銀行存的那筆。」

羅尼閉上嘴。這都要歸功於繆思的調查功力，她實在很行。

「我沒做犯法的事，」他說。

「那還有待討論，不過我現在沒那個心情。文章是誰寫的？」

「我不知道。他們只給我文章，要我分次傳給她。」

「對方有說怎麼得到資訊的嗎？」

「沒有。」

「毫無概念嗎？」

「他們說有人提供消息。聽我說，他們對我的事瞭若指掌，對露西的事也一樣。但朋友，他們的目標是你，他們感興趣的是你，主要目的是要我從她嘴裡套出保羅．克普蘭的事。他們認為你可能是殺人凶手。」

「不對，羅尼，他們認為你或許是可以讓我身敗名裂的笨蛋。」

不知所措。羅尼很努力露出不知所措的模樣。他看著露西，說：「我真的很抱歉，我絕不會做出傷害妳的事，妳知道的。」

「幫我一個忙，羅尼，」露西說，「拜託你滾出我的視線。」

30

亞歷山大．索希．辛奇爾基獨自站在他的頂樓公寓裡。

人都會漸漸適應環境，這是事實。他的生活日趨安逸，對像他這種出身的人未免太過安逸了。現在的生活方式是意料中的結果。他很懷疑自己是否還像以前一樣強悍，是否還能一無所懼地走進那些巢穴、藏身處。他很確定答案是不能。不是因為年齡的關係，是安逸。

小時候，索希家曾遭遇過可怕的列寧格勒圍城戰。納粹包圍了整座城市，人民過著生不如死的生活。索希在一九四一年十月二十一日邁入五歲，圍城後的一個月，他到六歲和七歲時，圍城仍未結束。一九四二年一月，食物配給是一天四分之一磅麵包，索希的弟弟加夫洛（十二歲）和妹妹愛琳（八歲）都活活餓死。索希靠著吃街上的動物活了下來，其中以流浪貓居多。一般人聽過這類故事，但無法想像那種可怕、那種痛苦。你無力抵抗，你無可奈何。

但儘管如此，儘管可怕，人也會漸漸習慣。痛苦跟安逸一樣，有朝一日也會變成常態。

索希還記得他剛來美國的情景。到哪裡都買得到吃的，看不見大排長龍，不用擔心食物匱乏。他記得他買了一隻雞放在冰箱，簡直不敢相信自己的眼睛。一整隻雞啊。夜裡他會突然驚醒，一身冷汗，趕緊跑去打開冰箱，光盯著那隻雞看就覺得安心。

現在還是這樣。

他以前在蘇聯的老同事都很想念往日時光，想念威權，少數人返回故國，但大部分的人還是留下來了。這些人吃了很多苦頭。索希雇用了一些老同事，一來信任他們，二來也想幫忙，他們都歷盡了滄桑。當這些昔日的ＫＧＢ好友日子難熬、特別感時傷懷的時候，索希知道他們也會打開冰箱，為今天能走到這裡感到不可思議。

餓肚子的時候，你就不會去想什麼幸福滿足的生活。

留住這些記憶真好。

富足奢侈的生活過久了就會迷失方向，開始擔心精神層面、心靈健康、幸福生活、美好關係之類的鬼話。忘了自己多麼幸運，忘了挨餓的感覺，忘了看見自己瘦成皮包骨、跟絕望共處，而心愛的人原本健康年輕卻在眼前漸漸死去。但這時你卻有種可怕的直覺，幾乎覺得高興，因為今天可以多分到半片麵包。

那些相信人類異於動物的人想必是瞎了眼睛。人都有野蠻的一面，那些營養充足的人不過是比較懶惰罷了，不需要打打殺殺就能得到食物。所以他們穿得人模人樣，找到所謂的高尚目標，說服自己相信高人一等。鬼話連篇。野蠻人只是比較飢餓罷了，僅此而已。

為了生存，人什麼事都做得出來。相信自己高人一等的人都是妄想。

電腦上傳來留言。

這是現在的工作模式。不透過電話，不親自見面，而是透過電腦、電子郵件，這樣既方便又不會被追蹤。他很好奇過去的蘇聯政府會怎麼處理網路這玩意兒。他們以前做的事很大一部分在控制資訊，但你要怎麼控制網路這種東西？或者，也許沒有那麼大的不同，反正圍捕敵人的方法都是透過漏洞。有人說話，出賣彼此，背叛鄰居和心愛的人，有時只是為了一塊麵包，有時是為了拿到通往自由的車票。全都要看你有多飢餓。

索希又看一次留言，簡潔明瞭，但他不知該如何是好。上面有電話，有住址，但他一直回頭去看第一行字，很簡單的幾個字。

他重讀一遍：

我們找到她了。

此刻他忖量著該怎麼做才好。

我打手機給繆思。「可以幫我找到辛格．雪克嗎？」

「應該可以。幹嘛？怎麼了？」

「我想問她一些超優偵探社的事。」

「知道了。」

我掛上電話，轉回去看露西。她仍然望著窗外。

「妳還好嗎？」

「我信任他。」

我本來要說我很遺憾或類似的老話，但還是打住。

「你說得對，」她說。

「妳是指？」

「羅尼．伯格可能是我最好的朋友，我信任他的程度超過任何人——伊拉除外，只不過他一隻手綁在約束衣裡不能動彈。」

我努力擠出笑容。

「對了，我裝出的自憐模樣如何？挺迷人的吧？」

「事實上，」我說，「確實是。」

她離開窗前，注視著我。

「克普，我們要再試一次嗎？我是指，等這一切結束、我們弄清你妹妹的事之後，我們要重回原來的生活，還是要試試看有什麼可能？」

「我喜歡妳拐彎抹角的樣子。」

露西沒笑。

「嗯，」我說，「我想試試看。」

「答得好，很好。」

「謝謝。」

「我不希望自己永遠是那個提心吊膽的人。」

「妳不是，」我說，「還有我。」

「那麼是誰殺了瑪歌和道格？」她問。

「哇，妳跳得真快。」

「越快弄清怎麼回事，我們就……」她聳聳肩。

「妳知道嗎？」我說。

「什麼？」

「我不用多想就知道自己為什麼愛上妳。」

露西轉過身。「我不會哭我不會哭我不會哭……」

「我再也不確定是誰殺了他們，」我說。

「好吧。那韋恩・史都本呢？你還認為是他幹的嗎？」

「我不知道。可以確定他沒殺吉爾・裴瑞茲。」

「你想他對你說的是實話嗎？」

「他說他跟妳有過一段。」

「嗯。」

「可是只到二壘。」

「如果他把有一次壘球比賽故意撞到我、摸我一把那次算進去，那麼可以算說了實話。他真的這麼說嗎？」

「對。他還說他跟瑪歌睡過。」

「那可能是真的。很多男生上過瑪歌。」

「我沒有。」

「因為你剛來我就逮到你了。」

「的確。他還說吉爾和瑪歌分手了。」

「所以？」

「妳想是真的嗎？」我問。

「不知道。但你也知道夏令營怎麼回事，就像在七個禮拜內過了一輩子。大家忙著約會，然後分手然後再找新對象。」

「的確。」

「可是？」

「可是一般認為這兩對情侶是溜進樹林裡呃……廝混。」

「像我們一樣，」她說。

「對。我妹和道格還是男女朋友，不是說他們相愛或什麼的，但妳知道我的意思。我想說的是，如果吉爾和瑪歌已經分了，為什麼又一起潛進樹林？」

「我懂了。所以如果她和吉爾分手了……而且我們知道吉爾沒在林中喪命……」

我想起拉雅．辛的話，她顯然跟吉爾．裴瑞茲（或馬諾洛．聖地牙哥）很熟也很親近。「也許吉爾殺了瑪歌，而卡蜜拉和道格剛好看見。」

「所以吉爾就殺人滅口。」

「對。那麼他就麻煩大了。妳想想看，他是個窮小孩不說，哥哥又有前科，一定會受到懷疑。」

「所以他就假裝自己也死了，」她說。

我們默默坐在椅子上。

「感覺少了什麼，」她說。

「我知道。」

「可能很接近真相了。」

「也可能離遠了。」

「兩個其中一個，」露西附和。

天啊，跟她在一起感覺真好。

「還有件事，」我說。

「什麼？」

「那兩篇文章。上面說妳看見我身上沾了血，我說不能告訴任何人，這什麼意思？」

「我不知道。」

「我們從第一個部分開始，說對的那部分，我們從營隊溜走那裡。」

「好。」

「對方怎麼會知道？」

「我不知道，」她說。

「他們怎麼知道是妳帶我離開的？」

「還有……」她停頓，吞口水。「我對你的感覺？」

沉默。

露西聳聳肩。「也許誰看到我看你的樣子都猜得出來。」

「喂，我現在很努力集中精神、不要傻笑耶。」

「別太勉強，」她說。「總之，這是第一部分，現在來看第二部分。」

「說我全身是血那部分？對方到底怎麼知道的？」

「沒概念。但你知道哪部分最讓我發毛嗎？」

「哪部分？」

「說我們失散那部分。我們的確有段時間看不到對方。」

那部分我也很納悶。

「誰會知道這件事？」我問。

「我從沒告訴過任何人，」她說。

「我也是。」

「也許是亂猜的，」露西說，她停下來望著天花板。「或者……」

「或者什麼？」

「你沒告訴過別人我們失散的事對吧？」

「沒有。」

「我也沒告訴過別人這件事。」

「所以？」

「所以只有一個可能，」露西說。

「那是？」

她直直看著我。「那晚有人看見我們。」

沉默。

「也許是吉爾，」我說，「或是韋恩。」

「我們猜測的兩名凶手對吧？」

「對。」

「那麼是誰殺了吉爾？」

我停住。

「吉爾不可能自己殺了自己還搬動屍體，」她接著說。「而韋恩・史都本目前人還關在維吉尼亞州的高度警備監獄。」

我想了一下。

「那麼如果凶手不是韋恩也不是吉爾，」她說，「那會是誰呢？」

「找到人了，」繆思邊說邊走進我的辦公室。

辛格・雪克跟在後面。她一進門就很引人目光，但我不確定她是不是故意的。她的舉手投足有股狠勁，好像連空氣都最好讓開似的。繆思雖然不是盆栽，但站在她旁邊實在很像。

她們倆都走去坐下，辛格蹺起她的長腿。

「聽說超優到處挖你的醜事。」

「看來如此。」

「確實如此。我查過了，而且不達目的絕不罷休，不計代價，不擇手段。他們已經毀了你的連襟，還派人去俄國調查，派人跟蹤監視你，多少人我不清楚，甚至找人賄賂你的老朋友韋恩・史都本。簡單說就是，他們想盡辦法要抓到你的把柄拿你開刀。」

「知道他們找到了什麼嗎？」

「還不知道，目前就你聽到的那些。」

我把露西收到的文章告訴她。辛格聽了點點頭。

「這種事他們以前就幹過。文章的內容有多準確？」

「很多都錯了，我並沒有沾到血或說我們不能把這件事說出去之類的。但他們知道我們對彼此的感覺，也知道我們偷偷溜走的經過。」

「有意思。」

「他們怎麼會知道這些事？」

「難說。」

「有什麼想法嗎？」

她尋思片刻。「就像我說的，這就是他們運作的方式，是真是假無所謂，他們只是想引起一些反應。有時候你得翻轉現實，你懂我的意思？」

「不是很懂。」

「怎麼解釋呢……」辛格思考片刻。「我剛到超優偵探社的時候，你知道他們叫我做什麼嗎？」

我搖搖頭。

「抓夫妻外遇，抓姦可是門大生意，我自己的偵探社也是。過去占四成收入，甚至更多，超優更是箇中高手，雖然他們有點走旁門左道。」

「怎麼說？」

「要看案子，不過第一步都是：看清顧客到底要什麼？真相？還是活在謊言裡？或是求個心安、離婚的藉口等等？」

「我不懂。他們想要的不都是真相嗎？」

「也對也錯。其實呢，我並不喜歡這一面。監視或背景調查我都能接受，比方跟蹤太太或丈夫、調查信用卡使用狀況、電話記錄之類的。有點骯髒，但我可以理解，這麼做有它的道理。但這種案子還有另一面。」

「什麼另一面？」

「沒問題硬要找問題的一面。比方說，有些太太希望自己的丈夫搞外遇。」

我看著繆思。「我越聽越糊塗了。」

「不會。男人對老婆不是該死心塌地嗎？我認識一個傢伙，我跟他通過電話，那時我們還沒碰過面，他在電話中跟我說他絕不會搞外遇，說他有多愛他老婆等等等。但這傢伙是個討人厭的醜八怪，在某間藥局當副理，我心裡就想『誰會看上這種爛咖？』對吧？」

「我還是不懂。」

「沒有誘惑的時候要當個誠實的好人比較簡單。但碰到這種案子，超優就會翻轉現實，拿我當餌。」

「為了什麼？」

「你想呢？如果當老婆的想咬定老公在搞外遇，那麼我的工作就是去引誘老公，超優就是這樣運作的。老公在酒吧之類的地方時，他們會派我去做——」她雙手比出引號。「忠誠測試。」

「所以？」

「我不喜歡顯得很自大的樣子，可是你有眼睛。」辛格張開雙臂，儘管今天穿了件寬鬆的毛衣，還是看得出她身材傲人。「如果這不叫設圈套引人上當，我不知道還能叫什麼。」

「因為妳太漂亮？」

「是的。」

我聳聳肩：「男人如果對另一半死心塌地，別的女人多漂亮也不會影響他。」

辛格擠擠臉。「拜託。」

「什麼拜託？」

「你現在是故意裝笨嗎？拿藥局先生來說好了，你以為要他盯著我看有多困難？」

「看是一回事，更進一步是另外一回事。」

辛格看看繆思。「這傢伙是說真的嗎？」

繆思聳聳肩。

「這麼說好了，」辛格說，「我呢，大概做過三四十次所謂的忠誠測驗，你猜猜看，拒絕我的已婚男子有多少個？」

「我不知道。」

「兩個。」

「數字不是太好看，我承認——」

「等等，我還沒說完。那兩個拒絕我的，你知道原因是什麼嗎？」

「不知道。」

「因為起了疑心，覺得不對勁，兩個人都想『這種條件的女人怎麼會看上我？』他們看出這是圈套，所以才沒乖乖就範。這樣難道有比其他人好嗎？」

「有。」

「何以見得？」

「他們沒有乖乖就範。」

「但拒絕的理由不也很重要嗎？有些男人因為害怕被逮才拒絕我，但這樣難道比不怕被逮的男人更高尚嗎？也許不怕被逮的男人更愛老婆。也許有些男人很想亂來，只不過膽子小所以不敢嘗試。」

「所以呢？」

「所以讓他忠於太太的力量是恐懼，不是愛，不是結婚誓約，不是承諾。所以哪種男人比較好？要從心還是從行為去判斷？」

「很難的問題。」

「你怎麼想呢？檢察官先生……是嗎？」

「沒錯。行為決定一切。」

「行為定義人？」

「從法律上來說，對。」

「所以膽小怕事不敢亂來的男人，就是清白的。」

「對。他沒有做出對不起太太的事，至於理由又是另外一回事。沒有人說他必須為愛守住誓言，恐懼也可以是一個理由。」

「哇唔，我不同意，」她說。

「也罷。但重點是？」

「重點是：超優想挖你的醜事，不管用任何方法，如果在現實中找不到——如果當事人的老公目前為止還沒出軌——他們就會翻轉現實。也就是：找像我這樣的人去勾搭委託人的老公。懂了嗎？」

「懂了。我不只要注意自己曾經做過的事，還要小心現在正在做的事或看起來正在做的事，還有可能被引誘去做的事。」

「賓果。」

「妳不知道是誰提供文章裡的內容嗎？」

「還沒概念。不過嘿，既然你已經請我當雙面間諜，誰知道我會找到什麼呵。」她站起來。「還有什麼要我幫忙的嗎？」

「沒有了，我想大概就這樣。」

「很好。對了，詹瑞特麥倫案的帳單在這兒，我該給誰？」

繆思說：「給我吧。」

辛格把帳單給她，對著我笑。「我喜歡看你在法庭上的表現，你痛宰了那幾個王八蛋。」

「沒有妳不可能辦到，」我說。

「哪有，檢察官我看多了，你很有一套。」

「謝了。不過我很好奇，照妳的定義來看，我們是不是，呃，也用了翻轉現實這種策略？」

「不算。你要我去挖真消息，不是設陷阱叫人往下跳。沒錯，我是利用外貌問到真相，但這麼做又沒錯。」

「同意，」我說。

「哇，那我們的討論應該停在這裡。」

我十指叩合，放在後腦勺上。「超優偵探社一定很想念妳。」

「他們新找了一個美女，聽說很厲害。」

「肯定比不上妳。」

「那可不一定。總之，我說不定會把她偷過來，這樣就多了個生力軍，反正她吸引的是不太一樣的族群。」

「怎麼說？」

「我是金髮白皮，超優的新女孩是黑髮黑皮。」

「黑人？」

「不是。」

聽見辛格的話，我覺得腳下地板頓時裂開：「應該是印度來的。」

31

我打到拉雅．辛的手機。辛格走了，繆思還留著。

鈴響三聲拉雅接起電話：「喂？」

「也許妳說得對，」我對她說。

「克普蘭先生嗎？」

那腔調實在很假，我怎麼會上當，還是我心裡有一部分一直都知道？

「叫我克普就好，」我說。

「好，呃，克普。」聲音軟綿綿，我聽出故意挑逗的成分。「我什麼說得對？」

「我怎麼知道妳不適合我？怎麼知道妳不會讓我快樂得飛上天？」

繆思一臉愕然，還把食指放進喉嚨，假裝想吐。

我想約她今晚見面，她說不行，我不想強迫她，免得她起疑心。最後我們說好早上碰面。

我掛上電話看著繆思。繆思對我搖搖頭。

「別提了。」

「她真的說那種話？快樂得飛上天？」

「我說別提了。」

她又搖頭。

我看看時鐘。晚上八點半。

「我得回家了，」我說。

「好。」

「妳呢？」

「我還有事得做。」

「很晚了，回家吧。」

她不理我的話。「詹瑞特和麥倫真的一心要讓你難看。」

「我應付得來。」

「我知道你可以，不過父母為了保護小孩真的什麼都做得出來。」

我本來想說這我能理解，我自己也有女兒，為了保護她不受傷害，我什麼都願意做，但想想又覺得這樣把自己說得太偉大。

「繆思，不管他們做什麼，我都不會太驚訝。妳每天在這裡走動，也知道人什麼事都做得出來。」

「我想說的就是這個。」

「什麼？」

「詹瑞特和麥倫聽說你想往上爬，就覺得找到了你的弱點，所以才到處調查你，想盡辦法恐嚇你。這招聰明，很多人會舉雙手投降，畢竟這案子還沒完，他們以為這樣就會逼你就範。」

「結果失算。所以？」

「所以你想他們會乾脆放棄嗎？你想他們只會拿你開刀嗎？或者你想明天皮爾斯法官集合大家有什麼目的？」

回到家之後，我收到露西寄來的電子信。

記得我們以前會逼對方聽某些歌嗎？這首我不知道你有沒有聽過，反正你聽聽看。我不會三八到要你聽的時候想著我，但我希望你會。

愛你的，
露西

我下載了她附寄的歌曲，是布魯斯．史普林斯汀較少聽到的經典：〈重回你的懷抱〉。我坐在電腦前聽，布魯斯唱著冷漠與遺憾，說他被甩了、迷失了方向，渴望重新開始，並苦苦哀求能重回她的懷抱。

我邊聽邊哭。

我獨自一人坐在這裡，聽著這首歌，想著露西，想著那一晚。這其實是打從珍去世以後，我第一次流眼淚。

我把歌下載到我的iPod帶到房間，重複聽了一次又一次，過了一會兒，終於沉入睡眠。

隔天早上，拉雅在珍妮絲酒館等我。那一帶是紐澤西東北部名叫霍霍庫斯的小鎮，沒人確定到底該唸霍霍庫─斯還是霍霍─庫斯，還是霍霍庫斯一聲到底。有人說這名字源自美國原住民萊尼納帕族，這塊土地本來歸他們管，直到一六九八年荷蘭人到此地定居才易主。地名出處如今已經不可考，但老一輩人還是為此爭論不休。

拉雅今天穿了深色牛仔褲和領口敞開的白上衣。很殺，沒人受得了。美貌確實有這種力量，儘管我已經知道她的底細。我心裡忿忿不平，明知道自己被耍了，還是不由被吸引，我討厭自己。

另一方面，雖然她年輕又漂亮，我仍然忍不住想；她還是比不上露西。我喜歡自己這麼想也緊抓著這個念頭不放，心想著露西，臉上不由浮現傻笑，呼吸變微弱。只要在露西身旁就會這樣，現在又來了。

我還在摸索愛的面貌。

「你打來我很高興，」拉雅說。

「我也是。」

她上前吻我的臉，身上發出淡淡的薰衣草香。我們移到酒館後方的雅座，一整幅真人大小的用餐者畫像占據了整面牆，畫中人物的眼睛好像隨時跟著我們轉。我們這桌是最後一桌，上頭掛了個大鐘。我在這家酒館用餐已經有四年之久，卻從沒看過那座鐘調到正確的時間，大概是酒館老闆開的小玩笑吧。

我們坐下來，拉雅對我露出迷死人的微笑。我心想著露西，保持頭腦清醒。

「那麼，」我說，「妳是個私家偵探。」

拐彎抹角在這裡是沒用的，我沒時間也沒那個耐心。我連珠砲似的接下去說，不讓她有機會否認。

「妳在紐澤西州紐華克市的超優偵探社工作，在印度餐廳工作只是個幌子。餐廳那女人不曉得妳是誰的時候，我就該察覺了。」

她的笑容顫了一顫，但還是魅力十足。她聳聳肩：「你怎麼發現的？」

「這待會兒再說。妳跟我說的話裡頭，有多少是謊言？」

「其實不多。」

「妳還是要說妳不知道馬諾洛．聖地牙哥的真實身分嗎？」

「這是真的。你告訴我之前，我真的不知道他是吉爾．裴瑞茲。」

我搞糊塗了。

「你們兩個到底怎麼認識的？」我問。

她往後靠，雙手交叉。「我沒必要向你報告，有的話也是跟雇用我的律師報告。」

「如果詹瑞特是透過莫特或富萊雇用妳的，這個理由還說得過去。但問題是，妳調查的是我的過去，總不能說吉爾．裴瑞茲的事跟詹瑞特或麥倫有關。」

她沒說話。

「既然妳不覺得調查我有什麼不妥，那我對妳也就不客氣了。我猜，妳的真實身分原本不該被發現的，我想沒必要讓超優偵探社知道這件事。魚幫水，水幫魚，兩人雙贏，隨便妳加什麼老掉牙的詞進去。」

她笑了笑。

「我跟他是在街上認識的，」她說，「跟我之前說的一樣。」

「但不是偶然。」

「不是偶然，我的工作就是接近他。」

「為什麼是他？」

酒館老闆約翰——珍妮絲是他老婆也是酒館廚師——走來我們這桌跟我握手，問我身旁的漂亮女伴是誰。我幫他介紹，他親了拉雅的手。我皺了皺眉，他才識相地走開。

「他說可以提供有關你的消息。」

「我不懂。妳是說吉爾．裴瑞茲到超優偵探社——」

「他自稱是馬諾洛．聖地牙哥。」

「對。好，馬諾洛．聖地牙哥主動去偵探社說可以幫你們挖我的醜事。」

「保羅，說醜事太誇張。」

「請叫我克普蘭檢察官，」我說。「這不就是妳的任務？找事情怪罪在我頭上？要我知難而退？」

她沒回答也用不著回答。

「而且妳沒辦法躲在律師和委託人的特權後面對吧？所以妳才會回答我的問題。因為富萊絕不會讓委託人做這種事，就連顧人怨的莫特也不會做這種不道德的事。是詹瑞特他爸雇用你們的。」

「這我不便明說。但老實講，這種事我並不清楚，我負責在外蒐證，不負責跟委託人交涉。」

我才不在乎她的偵探社內部如何運作，不過聽起來她已經證實了我的猜測。

「所以馬諾洛．聖地牙哥上偵探社，」我接著說，「說他可以提供我的消息。然後呢？」

「他不肯明說是什麼消息，有點含糊其詞，只開口要了一大筆錢。」

「然後你們就把這件事告訴詹瑞特？」

她聳聳肩。

「而詹瑞特願意買單。那麼從這裡繼續說。」

「我們堅持要他拿出證據。馬諾洛說他還需要確認一些細節，但問題來了。我們調查過他，知道他的本名不叫馬諾洛．聖地牙哥，但我們也知道他握有重要甚至很聳動的情報。」

「比方？」

服務生送來兩杯水。拉雅喝了一口。

「他說他知道那四個小孩那晚在樹林裡喪命之前發生了什麼事。他告訴我們他可以證明你說謊。」

我沉默。

「他怎麼找上你們的？」我問。

「什麼意思？」

我思量片刻。

「你們到俄國挖我父母親的過去。」

「不是我。」

「我是指超優偵探社的某個偵探。而且你們的人也知道之前的命案，甚至知道警長問過我話，所以……」

我明白了。

「你們去找這個案子的所有關係人問話。我知道你們派人去找韋恩・史都本，這表示你們也去過裴瑞茲家吧？」

「我不知道，但有可能。」

「所以吉爾才會知道這件事。你們去找裴瑞茲夫婦，裴瑞茲太太或先生或吉爾打電話給你們，認為這是發財的好機會。他去找你們，沒表明真實的身分，但手中握有你們感興趣的情報。所以他們就派妳……色誘他嗎？」

「接近他，不是色誘。」

「妳說ㄐㄧˇㄠ ㄙㄜˋ，我說ㄐㄩˊㄝ ㄙㄜˋ，意思一樣。那麼他上鉤了嗎？」

「男人十之八九會上鉤。」

我想起辛格說的話，可不想重來一次這種對話。

「他跟妳說了什麼？」

「幾乎沒有。他只說那晚你跟一個叫露西的女孩在一起，我只知道這個也告訴過你了。我們見面後隔天，我打到馬諾洛的手機，是約克警探接的，其他的你都知道了。」

「所以吉爾試著要找到證據，好大賺一筆？」

「對。」

我想了想。他還去找過伊拉・銀斯坦。為什麼？伊拉能告訴他什麼事？

「吉爾有提過我妹嗎？」

「沒有。」

「那他提過……吉爾・裴瑞茲這麼名字嗎？或任何一個受害者？」

「都沒有。我說過了，他一直含糊其詞，但可以肯定他握有重要消息。」

「結果他送了命。」

她笑了笑。「你可以想像我們會怎麼想。」

服務生過來幫我們點餐，我點了特製沙拉，拉雅點了起士漢堡。想不到。

「我在聽，」我說。

「有個人說他手中握有你的醜事，還表明願意拿證據換一筆錢，結果還來不及告訴我們是什麼醜事，就一命嗚呼了。」拉雅撕下一小塊麵包沾一沾橄欖油。「你會怎麼想？」

我略過顯而易見的答案。「所以吉爾送命之後，妳的任務就變了。」

「對。」

「變成接近我。」

「對。我以為搬出加爾各答的可憐故事會打動你，你看起來像那一型的。」

「哪一型？」

她聳聳肩。「反正就某一型。可是你沒打來，所以我就打給你了。」

「那麼藍夕的公寓套房，妳說吉爾住的那一間……」

「是我們租的。我想套你的話。」

「我確實跟妳說了一些。」

「對，但我們不確定你說的是不是實話或準不準確。其實沒人相信馬諾洛．聖地牙哥就是吉爾．裴瑞茲。我們推測他可能只是個親戚。」

「那妳呢？」

「我相信你，其實。」

「我也跟妳說露西是我的女朋友。」

「這我們早就知道了。事實上，我們已經找到她了。」

「怎麼找到的？」

「別忘了我們是偵探社。不過據聖地牙哥說，她對那晚發生的事也一樣說了謊，所以我們認為直接問她也沒用。」

「所以才寄文章？」

「對。」

「文章的內容怎麼來的？」

「這我就不知道了。」

「於是監視她的工作就落到羅尼．伯格身上？」

這題她根本懶得回答。

「還有嗎？」我問。

「沒了，」她說。「其實被你發現，我反而鬆了口氣。想像你可能是個殺人凶手，感覺並不糟，只是現在覺得有點差勁。」

我站起來。「我可能需要妳出庭作證。」

「不要。」

「嗯，」我說，「這種話我聽多了。」

32

羅倫．繆思正在調查裴瑞茲家的資料。

她很快發現一件怪事。霍黑．裴瑞茲那晚跟克普見面的酒吧，竟然歸裴瑞茲夫婦所有。這就怪了。他們是貧苦的移民家庭，現在卻擁有淨值超過四百萬的酒吧。當然了，如果二十年前就有將近一百萬在手，就算只是進行保守的投資，那麼四百萬這個數字應該不誇張。

電話鈴響起時，她正在想這會不會代表了什麼。她伸手去拿話筒，塞進肩膀和耳朵中間。

「我是繆思。」

「呦，小妞，我安德魯。」

安德魯．貝瑞是她在約翰傑司法學院的朋友，搞鑑識的。他排定今天早上要利用新雷達裝置到舊營地搜尋屍體。

「小妞？」

「我玩的是機器，」他說，「人我不太行。」

「我瞭。有什麼問題嗎？」

「呃，也不算。」

他說話像在哼歌一樣，有意思。

「你去過現場了嗎？」繆思問。

「開玩笑，當然去過了。妳一說好，我就迫不及待要試試身手。昨天晚上我們開車去，住進一家叫什麼六號的汽車旅館，天一亮就開始工作。」

「所以？」

「所以我們就到了樹林裡，開始搜尋。ＸＲＪ——就是那部機器的名字——有點怪怪的，但後來表現還不錯。對了，我帶了兩個學生一起去，沒關係吧？」

「我無所謂。」

「我想也是。他們兩個妳不認識，怎麼會認識？兩個都是乖寶寶，對實地考察興奮得不得了，妳想也知道，是真實的案子嘛。他們啊，整夜google這案子，研究夏令營案的相關資料。」

「安德魯？」

「好，抱歉。我不是說嗎，機器我內行，人就不行了。不過當然啦，我的學生又不是機器對吧？我是說學生是人，活生生的人，不過還是一樣。」他清清喉嚨。「總之，妳知道我說這台雷達裝置ＸＲＪ能創造奇蹟？」

「嗯。」

「呵，我說得沒錯。」

繆思換手聽電話。「你是說……」

「我是說妳應該馬上趕來這裡。法醫已經在路上了，不過我想妳會想親自來看看。」

約克警探的手機響了，他接起：「約克。」

「嘿，我化驗室的麥斯。」

麥斯．雷諾是他們這個案子的化驗室搭檔。每次有命案，就會有新的搭檔。約克喜歡這小孩，他很聰明，也知道給他消息就好，不像有些化驗室新人大概看太多電視，以為需要解釋得鉅細靡遺才算盡責。

「麥斯，怎麼了？」

「地毯纖維化驗結果我拿到了，就是拿來包馬諾洛．聖地牙哥屍體的毯子。」

通常麥斯只會直接說結果。

「ＯＫ。」

「有什麼奇怪的地方嗎？」

「嗯。」

「什麼？」

「纖維是舊的。」

「我不太懂你的意思。」

「這種化驗有固定程序。汽車製造商都使用同一種地毯，所以你可能由此查到是通用汽車，並抓到前後五年的使用時間。有時更幸運，因為一款車只會用一種顏色的地毯，而且往往只限那一年等等。所以得出的結果你知道大概就是：『福特車，內部灰色，一九九九年到二〇〇四年』。」

「對。」

「這次的地毯纖維是舊的。」

「也許不是車子的地毯，也許有人用老舊的地毯把屍體包起來。」

「我們一開始也這麼想。後來調查過後發現是車內地毯沒錯，這表示那部車的車齡超過三十年。」

「哇。」

「那張地毯的使用時間是一九六八到一九七四年。」

「還有嗎？」

「是德國車，」雷諾說。

「賓士？」

「沒那麼高檔，」他說，「我的猜測嗎？可能是福斯。」

露西決定再去問父親一次。

她到的時候，伊拉正在畫畫，護士蕾貝卡陪在他身邊。露西走進門時，露西對她使使眼色。她父親背對著她。

「伊拉？」

他轉過來時，露西差點倒退一步。伊拉看起來很糟，臉上毫無血色，鬍子刮得亂七八糟，臉上脖子上還有東一點西一點鬍渣。平常他總是一頭亂髮，倒也滿適合他的，今天卻不同。今天他的頭髮看起來就像流浪漢。

「你還好嗎？」露西問。

蕾貝卡投來「我警告過妳」的眼神。

「不太好，」伊拉說。

「你在畫什麼？」

露西走近畫布，看見上面的圖案忽地停步。

樹林。

她吃了一驚。這毫無疑問是他們的樹林，老舊的營地。她很清楚那是什麼地方。每個細節伊拉都畫對了，不可思議。她知道他身邊已經沒有照片，況且老實說，沒有人會從這個角度拍照。伊拉還記得，過去一直鎖在他的腦海中。

畫中呈現的是夜景。月光照亮了樹梢。

露西看著父親，他父親看著她。

「我們想要獨處一下，」露西對護士說。

「我認為這樣不太好。」

蕾貝卡認為談話會讓他的情況惡化，事實剛好相反。有些記憶鎖在伊拉的腦中，經過這麼多年，終於到了不得不面對的時刻。

伊拉說：「蕾貝卡？」

「是？」

「出去。」

就這麼一句，聲音既不冷漠也不親切。蕾貝卡慢條斯理地順順裙子，嘆了一聲站起來。

「需要我的話就打電話，好嗎？」她說。

伊拉沒回答。蕾貝卡走出房間，但沒關上門。

今天沒放音樂，這令露西意外。

「要我放音樂嗎？罕醉克斯怎麼樣？」

伊拉搖頭。「現在不要，不要。」

他閉上眼睛。露西坐在他旁邊，握住他的手。

「我愛你，」她說。

「我也愛妳，勝過任何一切，永遠都是。」

露西靜靜等著，伊拉仍然閉著雙眼。

「你在想那年夏天的事，」她說。

他仍合上雙眼。

「馬諾洛．聖地牙哥來找你的時候——」

他把眼睛閉得更緊。

「伊拉？」

「妳怎麼知道？」

「知道什麼？」

「他來找過我。」

「訪客名單上有記錄。」

「可是……」他終於睜開雙眼。「不只如此吧？」

「什麼意思？」

「他也去找過妳嗎？」

「沒有。」

他似乎覺得迷惑。露西決定換個方向問。

「你還記得保羅．克普蘭嗎？」她問。

他又閉上眼睛，好像覺得痛苦。「當然記得。」

「我見了他，」她說。

眼睛猛然打開。「什麼？」

「他來找我。」

他一臉愕然。

「伊拉，發生了一些事，有人想把多年前的舊帳翻出來，我必須弄清是怎麼回事。」

「沒有必要。」

「有。幫幫我好嗎？」

「為什麼……？」他的聲音顫抖。「為什麼保羅．克普蘭會去找妳？」

「因為他想知道那晚到底發生了什麼事。」她斜著頭。「你跟馬諾洛．聖地牙哥說了什麼？」

「沒有！」他大喊。「什麼都沒有！」

「沒關係的，伊拉。聽我說，我必須知道——」

「不，妳不需要。」

「不需要什麼？伊拉，你跟他說了什麼？」

「保羅．克普蘭。」

「什麼？」

「保羅．克普蘭。」

「我聽到了。他怎麼樣？」

他的眼睛看起來幾近透明。「我想見他。」

「好。」

「現在，我現在就想見他。」

他一次比一次激動。露絲放輕聲音。

「我打電話給他好嗎？我可以帶他——」

「不！」

他轉身瞪著他的畫看，淚水湧上眼眶，他伸手去抓畫中的樹林，好像會消失在裡頭一樣。

「伊拉，怎麼了？」

「我跟他，」他說，「我要單獨見保羅．克普蘭。」

「你不希望我在場？」

他搖頭，眼睛仍瞪著樹林。

「露西，我沒辦法告訴妳那些事，我想，但是沒辦法。保羅．克普蘭，叫他來這裡，一個人來。我會告訴他他需要知道的事，那麼之後也許幽靈就會再度沉睡。」

回到辦公室時，我又吃了一驚。

「格蘭達．裴瑞茲來了，」我的祕書喬瑟琳說。

「誰？」

「一名律師。但她說她是吉爾・裴瑞茲的姊姊，你會比較熟悉。」

這名字我不記得了。我抄近路轉進等候區，馬上就看見了她。格蘭達・裴瑞茲跟壁爐照片裡的她，看起來一模一樣。

「裴瑞茲女士？」

她站起來，跟我敷衍地握握手。「我想你應該有時間見我。」

「有。」

格蘭達不等我帶路就抬頭挺胸走進我的辦公室。我跟在她後面並關上門，本來我應該按對講機說「暫勿打擾」的，但我猜喬瑟琳從我們的肢體語言就能意會。

我揮揮手示意她請坐，但她不理不睬，於是我直接繞進辦公桌坐下。格蘭達雙手插腰瞪著我。

「克普蘭先生，告訴我，你很喜歡威脅老人家嗎？」

「一開始還好，不特別喜歡，但一旦抓到訣竅，是還挺好玩的。」

她放下手。

「你以為這樣很好笑嗎？」

「裴瑞茲女士，妳何不先請坐？」

「你跑去威脅我爸媽嗎？」

「沒有——等等，有，妳父親。我確實說過，如果他不說實話，我會撕裂他的世界，讓他和他的兒女不得安寧。如果妳稱這叫威脅，那麼對，我是威脅過他。」

我對她笑了笑。她以為我會死不認帳或道歉解釋，結果都沒有，也沒火上加油。她張開嘴又閉上，然後坐下。

「那麼場面話就免了，」我說。「妳弟弟二十年前逃出了那座樹林，我要知道是怎麼回事。」

格蘭達穿著灰色西裝，絲襪是那種純白色絲襪。她雙腿交叉，裝出自在放鬆的模樣，但不是太成功。我等她先開口。

「沒那回事。我弟弟跟你妹妹都被殺了。」

「我以為我們就不說場面話了。」

她坐下來，輕敲著嘴唇。

「你真的打算對付我的家人？」

「我們現在說的是我妹妹的命案，裴瑞茲女士，妳應該理解我的心情。」

「意思就是：對。」

「毫無疑問，絕不留情。」

她又敲嘴唇。我等她開口。

「可以問一個假設性問題嗎？」

我攤開手：「儘管問。」

格蘭達說：「假設這名死者，也就是馬諾洛．聖地牙哥確實是我弟弟……我要強調這是假設……」

「好，我知道，然後呢？」

「你想這這意味著什麼？」

「表示你們騙了我。」

「不只有你。」

我往後一靠。「還有誰？」

「每個人。」她又開始敲嘴唇。「你也知道我們家的人都參與了訴訟，拿到幾百萬元賠償金，這樣一來不就成了詐欺？假設來說。」

我默不作聲。

「我們把那筆錢花在置產、投資、教育，還有治療我弟弟的病上。要不是那筆錢，湯瑪斯早就死了或住進療養院了。你了解嗎？」

「了解。」

「那麼假設吉爾還活著，我們也知情，我們就會面臨接踵而至的罰款甚至控訴。更重要的是，當年執法單位調查的是四屍命案，他們相信四名青少年皆已身亡。現在如果發現吉爾還活著，我們也會被控妨礙調查，你懂嗎？」

我們看著對方，這次換她等我打破沉默。

「這個假設還有另一個問題，」我說。

「什麼問題？」

「四個人溜進樹林，一個倖存，而且一直隱瞞這個事實。那麼根據妳的假設，自然會讓人猜測是他殺了其他三個人。」

她又敲嘴唇。「可以想像你會往那方面想。」

「可是？」

「他沒有。」

「要我就這樣相信妳？」

「這很重要嗎？」

「當然重要。」

「如果我弟殺了他們，不也結束了嗎？他死了，又不能抓他回來受審。」

「有點道理。」

「謝謝。」

「妳弟弟殺了我妹妹嗎？」

「沒有。」

「那是誰？」

格蘭達站起來。「很長一段時間我都不知道。根據我的假設，我並不知道我弟還活著。」

「妳爸媽知道？」

「我來這裡不是為了談他們的事？」

「我必須知道——」

「誰殺了你妹妹，我知道。」

「所以？」

「所以我會再告訴你一件事，就一件，但有條件。」

「什麼條件？」

「這全部都是假設，你不會再跟其他單位說馬諾洛·聖地牙哥是我弟弟，也不會再去找我爸媽。」

「這我無法答應妳。」

「那麼我就不能把你妹妹的事告訴你。」

沉默。這就是了。進退兩難。格蘭達起身要走。

「妳是律師，」我說，「如果我找妳麻煩，妳會被取消資格。」

「威脅夠了，克普蘭先生。」

我閉上嘴。

「我知道那晚你妹妹發生的事。如果你想知道，就答應我的條件。」

「妳接受我口頭的承諾？」

「不，我擬了一份合約。」

「別開玩笑了。」

格蘭達把手伸進口袋拿出文件，然後攤開。那基本上就是一份保密契約，上面明訂我不會透露馬諾洛．聖地牙哥就是吉爾．裴瑞茲一事，也不會採取任何行動，她的父母也不會因此惹上官司。

「妳知道這沒有法律效力吧，」我說。

她聳聳肩。「我最多只能做到這樣。」

「我不會說出去，」我說，「除非有非說不可的理由。我無意傷害妳或妳的家人。我也不會再跟約克或任何人說，我認為馬諾洛．聖地牙哥就是妳弟弟。我答應我會盡可能遵守諾言，但我們都知道我最多只能做到這樣。」

格蘭達遲疑片刻，然後摺起合約塞回口袋。她舉步走向門，伸手去抓門把時轉過身。

「還是假設？」她說。

「對。」

「如果我弟當年走出了森林，他不是一個人走出來的。」

我全身發冷，無法動彈，說不出話，想開口卻發不出聲音。我注視格蘭達的眼睛，她也注視我並點點頭，我看得出她紅了眼眶。她轉身開門走出去。

「別跟我玩遊戲，格蘭達。」

「我沒有。我知道的就是這樣。那晚我弟活了下來。你妹妹也是。」

33

羅倫，繆思趕到舊營地時，白晝漸漸讓位給幢幢陰影。

告示牌上寫著「查緬湖大廈中心」。她知道這片大廈占地很大，橫越將紐澤西和賓州分開的德拉威河。湖泊和大廈都在賓州那邊，大部分樹林都在紐澤西這邊。

繆思討厭樹林。她喜歡運動卻一反常態地不喜歡戶外。他討厭蟲子，討厭釣魚、涉水、健行、找寶藏、泥巴、聽廣播拿大獎、農產品市集，反正就是所有她認為「土裡土氣」的東西。

她停在警衛室前，亮出證件，以為柵門會隨即升起，結果沒有。裡頭的警衛長得像臃腫的舉重選手，他拿了她的證件並拿起話筒。

「嘿，我趕時間耶。」

「趕什麼趕？不怕內褲打結啊？」

「內褲……？」

她火了。

只見前面燈光閃爍，她猜是一群警車，也許現在方圓五十哩內的警察都想進這個鬼地方。

警衛掛上電話就坐著，也不走過來。

「喂！」繆思喊。

他沒反應。

「喂，老兄，我在跟你說話。」

他慢慢轉過頭來。可惡，她心想，這傢伙是年輕人，男的，不妙。如果是年紀大的警衛，通常只是退休無聊找事做的好好先生。那女生呢？多半是想賺錢貼補家用的媽媽。如果是正值壯年的男人呢？十個有七個是那種最危險的肌肉男，一心想當警察，卻因為某種原因未能如願。這麼說不是要貶損他的行業，不過如果一個人把當警察當做目標卻未能達成，往往都有原因，而且是你不會想深入了解的原因。

那麼面對這種有志難伸的空洞生活，還有什麼比讓檢察事務官——而且還是女的檢察事務官——乾等更好的發洩方法呢？

「哈囉！」她又試，聲音低了八度。

「現在還不能進去，」他說。

「為什麼？」

「要等一下。」

「因為？」

「洛威爾警長。」

「什麼警長？」

「洛威爾，他說沒他的同意，不准放任何人進去。」

警衛拉了拉褲子。

「我是艾塞克斯郡的檢察事務官，」繆思說。

他用鼻子哼了一聲。「這裡看起來像艾塞克斯郡嗎？」

「我同事在裡頭，我必須進去。」

「嘿，不怕內褲打結？」

「說得好。」

「什麼？」

「內褲打結這句啊，你說第二次了，非常好笑。覺得很想罵人的時候，能不能用這句？你說了算。」

警衛當沒聽見，伸手去拿報紙。繆思很想直接開進去，把門撞倒。

「你身上有槍嗎？」繆思問他。

他放下報紙。「什麼？」

「槍，你身上有槍嗎？你知道，彌補其他不足啊。」

「閉上妳的狗嘴。」

「告訴你，我有。你把門打開，我就讓你摸我的槍。」

對方不說話。去死吧，也許她應該一槍斃了他。

警衛狠狠瞪著她。她用空下的那隻手抓抓臉，故意豎起小指對準他的方向。從他注視她的眼神看起來，這個動作正好打中他的要害。

「妳找死嗎？」

「嘿，」繆思把手放回方向盤，「別讓內褲打結。」

很蠢，她知道，但也很好玩。此刻她的腎上線素激升，她迫不及待要知道安德魯發現了什麼。從閃光燈的數量來看，一定有重大發現。

比方一具屍體。

兩分鐘過去。繆思正想拿出槍要逼他開門時，只見一名穿制服的男人漫步到她車前，他頭戴一頂大寬帽，衣服上有警長徽章，名牌上印著「洛威爾」三個字。

「需要幫忙嗎，小姐？」

「小姐？他有告訴你我是誰嗎？」

「沒有，抱歉，他只說——」

「我是羅倫．繆思，艾塞克斯郡的檢察事務官。」繆思指著警衛室，說：「我的證件在那個癟三那裡。」

「妳叫我什麼？」

洛威爾警長嘆一聲，拿手帕抹抹鼻子。他的鼻子大又圓，臉上所有五官也是，都長長往下垂，好像有人幫他畫了漫畫肖像，然後放在陽光底下融化似的。他舉起拿手帕的那隻手，對警衛揮一揮。

「放輕鬆，珊蒂。」

「珊蒂？」繆思重複說，眼睛看往警衛室。「那不是女生的名字嗎？」

洛威爾警長低頭看她，大概不同意她的話，她不怪他。

「珊蒂，把這位女士的證件給我。」

先是內褲，再來小姐，現在變成女士。繆思極力克制自己不要發怒。這裡離紐華克和紐約不到兩個小時，卻跟該死的白人郊區小鎮沒兩樣。

珊蒂把證件拿給警長。警長用力抹鼻子，他的皮膚鬆鬆垮垮，繆思有點擔心會不會突然掉下來。看過證件後，他嘆了一聲，說：「珊蒂，你應該告訴我她是誰的。」

「但你說沒你的同意不准放人進去。」

「如果你在電話上直接說她是誰，我就會點頭。」

「可是——」

「兩位，」繆思打斷他們，「幫個忙，這種落後的管理方法你們下次管理大會再檢討好嗎？我得先進去。」

「把車停右邊，」洛威爾沉著地說。「我們得走路到現場，我帶妳上去。」

洛威爾對珊蒂點點頭。珊蒂隨即按下按鈕，柵門升起。繆思把車開進去時故意舉起小指搔臉，珊蒂氣得鼻孔冒煙也無可奈何，繆思覺得他活該。

她停好車，洛威爾過來找她。他拿來兩把手電筒並把其中一把給她。她快失去耐性了，一把抓住手電筒，說：「好，往哪邊走？」

「妳對人真客氣，」他說。

「謝了，警長。」

「右邊，來吧。」

繆思住在一棟很不怎麼樣的花園公寓裡，四平八穩，毫無特色，所以她沒什麼資格評論。不過以她的業餘眼光來看，這個獨立的社區跟其他社區並無兩樣，本想營造鄉村風格卻徹底失敗。鋁合金外牆模仿小木屋的樣式，在一片往四面延伸的三樓公寓中顯得十分突兀。洛威爾離開人行道，轉進一條黃土路。

「珊蒂跟妳說了內褲打結那句？」洛威爾問。

「嗯。」

「別介意，他對每個人都一樣，男的也不例外。」

「他一定是你們狩獵隊的支柱。」

繆思數了數，總共七部警車、三部不同種類的救護車，全都閃著燈。為什麼需要閃燈她不知道。這裡的住戶在一旁圍觀，多半是老人和年輕夫婦，都是被不必要的閃燈吸引出來的，卻什麼也沒看到。

「要走多久？」繆思問。

「大概一哩半，要我邊走邊做導覽嗎？」

「導覽什麼？」

「之前的命案現場啊。待會兒我們會經過二十年前尋獲其中一具屍體的地點。」

「你也參與了那個案子？」

「只沾到邊，」他說。

「意思是？」

「只沾到邊而已，處理一些比較小或比較不重要的事情，就是外圍或邊緣的部分。就說是邊兒。」

繆思看著他。

洛威爾可能笑了笑，但藏在一臉垂肉裡看不太出來。「對管理落後山林的鄉巴佬來說還算不錯呵？」

「佩服佩服。」

「妳應該對我客氣一點。」

「為什麼？」

「第一，妳沒事先知會我就到我的地盤上搜尋屍體。第二，這是我負責的案件，妳是客人，應該有禮貌。」

「你不會跟我玩什麼權限遊戲吧？」

「沒，」他說。「但我喜歡說話狠一點，我表現如何？」

「嗯。可以繼續往前走了嗎？」

「當然。」

小徑越來越窄最後整個消失。他們爬上岩石、繞過樹叢。繆思本來就很野，喜歡這一類的活動，而且她的鞋子——富萊．希克利去死吧——也沒問題。

「等等，」洛威爾說。

太陽繼續西沉，洛威爾的側臉成了剪影。他脫下帽子，又拿手帕抽了抽鼻子。「畢林漢那孩子的屍體就是在這裡找到的。」

道格．畢林漢。

樹林好像隨著這句話沉靜下來，接著風哼起古老的旋律。繆思低頭注視。一個孩子。畢林漢當時十七歲，屍體有八處刀傷，多半是反抗凶手攻擊時受的傷。繆思看著洛威爾，只見他低頭閉眼。

繆思想起另一件事。她在檔案上看過洛威爾這名字。「只沾到邊，見鬼，」她說，「你是頭頭。」

洛威爾不答。

「我不懂，你為什麼不告訴我？」

他聳聳肩。「為什麼不告訴我妳又開始調查這案子？」

「其實沒有。我是說，目前為止我們還沒有任何證據。」

「所以妳的人是在壓寶，」他說，「只是蒙到的？」

繆思覺得情況不太妙。

「這裡離發現瑪歌・葛林的地方有多遠？」繆思問。

「正南方半哩遠。」

「最先找到的是瑪歌・葛林的屍體對吧？」

「對。看到妳剛進來的地方嗎？就是那片公寓？以前營隊女生就住那裡，也就是女生住的小木屋。男生的在南邊，葛林的屍體就是在附近發現的。」

「找到葛林的屍體之後多久，你們才找到畢林漢？」

「三十六個小時。」

「很久。」

「範圍太大。」

「還是很久。屍體就直接棄置在那裡？」

「不是，放在一個淺淺的墓穴裡，第一次沒找到可能就是這個原因。那情況妳也知道，聽到有小孩失蹤，大家都想當個好市民，看能不能幫上忙，所以都出來幫忙找。大家從墓穴上跨過去，根本沒發現他人在裡頭。」

繆思低頭看地面，毫不起眼，上面放了一個十字架，有點像為車禍受害者設的臨時墓碑。但十字架老舊之外也搖搖欲墜，不見畢林漢的照片，也沒有紀念品、鮮花或絨毛熊，只有一個破舊的十字架孤單立在樹林中。繆思差點打冷顫。

「凶手名叫韋恩．史都本，妳應該知道，是營隊指導員。那晚發生了什麼事有很多說法，但大家似乎都認為史都本先幹掉失蹤的兩個孩子：裴瑞茲和克普蘭，埋屍滅跡。後來他開始挖土埋畢林漢的時候，警方找到了瑪歌．葛林的屍體，所以他才逃走。匡提科那裡的大人物說，埋屍體是他獲得快感的一部分。妳知道史都本埋了其他州的受害者？」

「我知道。」

「而且其中有兩個活埋？」

這她也知道。「你問過韋恩．史都本話嗎？」

「營隊每個人我們都問過。」他小心翼翼地、慢慢地說出這句話。繆思腦中噹了一聲。

洛威爾接下去說：「確實，史都本那孩子讓我毛骨悚然，至少這是我目前的感覺，不過這也許是後見之明，我不確定了。沒有證據顯示史都本跟命案有關，跟其他人就更不用說了。況且史都本家裡有錢，他爸媽幫他請了律師。妳可以想像營隊馬上解散，孩子全都回家了，之後史都本被送到海外讀書，我記得是瑞士的學校。」

繆思仍然盯著十字架不放。

「可以繼續往前走嗎？」

她點點頭。兩人繼續走。

洛威爾問：「檢察事務官妳幹多久了？」

「幾個月。」

「之前呢？」

「在命案組待了三年。」

他又抹了抹他的大鼻子。「面對這類案子始終不容易吧？」

這問題似乎沒有要她回答，所以她沒作聲，繼續往前走。

「問題不在暴力本身，」他說，「甚至跟死亡無關，那些都會過去，你什麼也無能為力。問題在於留下來的東西——回音。走過的樹林。有些老一輩的人覺得這裡一直有回音。想想其實有道理。畢林漢那孩子當時一定害怕得尖叫，尖叫聲發出回音，前後彈來彈去，聲音越來越小，但從未完全消失，好像有一部分的他直到現在仍在哭喊。命案會像那樣發出回音。」

繆思低著頭，看著自己的腳踩在凹凸不平的土地上。

「妳見過任何一個受害者家屬嗎？」

她想了想。「其實我的上司就是其中之一。」

「保羅．克普蘭，」洛威爾說。

「你記得他？」

「我不是說了，營隊每個人我都問過話。」

繆思腦中又噹了一聲。

「是他要妳調查這個案子嗎？」洛威爾問。

她沒回答。

「命案很不公平，」他接著說。「好比上帝原本有個計畫，那就是祂建立的自然順序，結果有人半路攔截這計畫，搞得亂七八糟。如果能破案當然很好，不過那就好像把鋁箔紙捏皺，找出凶手雖然可以重新把鋁箔紙攤平，但對受害家屬來說，鋁箔紙再也無法恢復原形。」

「鋁箔紙？」

洛威爾聳聳肩。

「警長，你真像個哲學家。」

「偶爾可以觀察妳上司的眼睛。不管那晚發生了什麼事，一定都還沒消失，還是會發出回音，妳說是嗎？」

「我不知道，」繆思說。

「我不知道妳該不該來這裡。」

「什麼意思？」

「那晚我問過他話。」

繆思停下腳步。「你是指這裡頭有利益衝突？」

「大概是這個意思。」

「保羅．克普蘭也是嫌犯？」

「這案子還未了結。儘管妳插手，這還是我的案子，所以我不會回答這個問題。但我告訴妳：他說了謊。」

「他只是個孩子，那晚剛好輪他值夜，他不知道會那麼嚴重。」

「這不是藉口。」

「後來他就洗清罪嫌了對吧？」

洛威爾不回答。

「我讀過檔案，」繆思說。「他犯了錯，沒有善盡看守的責任。你只提到造成的傷害，你知道他也覺得自責嗎？他當然想念他妹妹，但我想自責的感覺更令他難受。」

「有意思。」

「什麼？」

「妳說他自責，」洛威爾說。「為什麼自責？」

繆思繼續往前走。

「不覺得奇怪嗎？」

「哪裡奇怪？」繆思問。

「那晚他離開崗位。我的意思是說，妳想想看，大家都說他是個負責任的孩子，但就在隊員偷溜出去，也就是韋恩．史都本計畫犯案的那一晚，平常做事負責的保羅．克普蘭卻一反常態怠忽職責。」

繆思不出聲。

「我一直覺得這也太巧了。」

洛威爾笑了笑，轉身走開。

「來吧，」他說。「天色越來越暗了，妳一定想知道妳的朋友發現了什麼。」

格蘭達．裴瑞茲走後，我沒有哭，但接近了。

我獨自坐在辦公室裡，不知道該做什麼，該想什麼，該有什麼感覺。我的身體在顫抖。我低頭看手，明顯在抖。我甚至做了當你懷疑自己是否在做夢時會做的事：自我檢查。結果發現不是夢，是真的。

卡蜜拉還活著。

我妹妹活著走出了那座樹林，就跟吉爾．裴瑞茲一樣。

我打手機給露西。

「嘿，」她接起。

「妳不會相信剛剛吉爾的姊姊跟我說什麼。」

「什麼？」

我轉述給她聽，說到卡蜜拉走出森林那部分時，露西顯然倒抽了一口氣。

「你相信她嗎？」露西問。

「妳說卡蜜拉的部分嗎？」

「對。」

「她何必說謊？」

「怎麼？妳覺得她說謊嗎？她會有什麼動機？」

露西沉默。

「保羅，我不知道。但這裡我們漏了很多東西。」

「這我知道，可是妳想想，格蘭達沒有必要說這種謊。」

沉默。

「怎麼了，露西？」

「只是覺得怪罷了。如果你妹還活著，那她究竟跑到哪兒去了？」

「我不知道。」

「那你接下來要怎麼做？」

我思考了一會兒，試圖平復心情。好問題。下一步呢？我要從這裡走到哪裡？

露西說：「我又問了我爸一次。」

「結果？」

「他記得那晚的一些事。」

「什麼事？」

「他不肯告訴我，他說他只能告訴你。」

「我？」

「對。伊拉說想見你。」

「現在？」

「如果你想的話。」

「我想。要我去載妳嗎？」

她遲疑半晌。

「怎麼？」

「伊拉說他想單獨見你。他不要我在場。」

「好。」

又遲疑。

「保羅？」

「什麼？」

「你還是來載我好了。你進去找他的時候，我在車上等你。」

命案組警探約克和迪倫坐在「技術室」裡吃披薩。技術室其實是他們聚會的地方，他們常把電視、錄影機之類的設備推進來一起看。

麥斯．雷諾走進來。「兩位還好嗎？」

迪倫說：「披薩難吃死了。」

「真為你難過。」

「豈有此理，這裡是紐約，大蘋果之都，披薩的故鄉耶。但這個披薩吃起來就像違法讓寵物亂撇條的味道。」

雷諾打開電視。「真可惜這披薩不合你的胃口。」

「是我說得太誇張嗎？」迪倫轉向約克說。「我是認真的，到底是這披薩吃起來噁心巴拉，還是我的問題？」

約克說：「你吃第三片了。」

「可能是最後一片，為了證明我說真的。」

約克轉向麥斯．雷諾。「有什麼發現嗎？」

「我想我找到我們要找的人了——至少找到他的車了。」

迪倫又咬了一大口披薩。「少說話，多看帶子。」

「發現屍體的地點過去兩條街的轉角有家便利商店，」雷諾說。「商店老闆怕小偷幹走他放在店門外的商品，所以就把攝影機對著外面。」

迪倫說：「韓國人嗎？」

「你說什麼？」

「便利商店老闆是韓國人，對吧？」

「不確定，幹嘛問這個？」

「我敢打賭是韓國人。所以他把攝影機對準外面，免得哪個下三濫偷他的柳丁。誰知道他私底下幹了多少骯髒事，卻鬼吼鬼叫說他又不是沒納稅，當局應該想想辦法，比方條子應該把他那些隨便湊合、模糊不清的影帶看過一遍，找出偷他水果的人。」

他停住。約克看看雷諾。「繼續說。」

「總之，沒錯，攝影機拍到一部分街景，所以我們開始查看車齡三十年以上的汽車，看會不會有什麼收穫。」

雷諾已經把影片轉到有輛老福斯金龜車開過去的畫面。他按下停格鍵。

「我們要找的車？」約克問。

「一九七一年的福斯金龜車，我們這邊有個專家說，他看那輛車子的麥弗遜支柱式懸吊系統和前行李箱就知道。更重要的是，這種車跟我們在聖地牙哥衣服上找到的地毯纖維吻合。」

「漂亮！」迪倫說。

「可以看到車牌號碼嗎？」約克問。

「不行。只能看到側面，看不到車牌，連州名也沒辦法。」

「但路上能有幾輛黃色原廠的福斯金龜車？」約克說。「我們從紐約監理所查起，再到紐澤西和康乃迪克。」

迪倫點點頭，邊說話邊嚼食物，像隻牛。

「應該會有些收穫。」

約克轉向雷諾，說：「還有嗎？」

「迪倫說得沒錯，帶子的品質不是太好，但如果我放大……」他按下一個鍵，畫面拉近。「就可以看到一點點那傢伙的臉。」

迪倫瞇起眼睛。「他長得像吉他大師傑利．賈西亞。」

「一定留著長長的灰髮和灰鬍子，」雷諾附和。

「就這樣？」

「就這樣。」

約克對迪倫說：「來查汽車記錄吧。這輛車應該不難找。」

34

洛威爾警長的話在靜謐的樹林裡迴響。

洛威爾不是笨蛋，他認為保羅．克普蘭對命案的事說了謊。

會嗎？這很重要嗎？

繆思想了想。她喜歡克普，這點毫無疑問。他是個好上司，也是很優秀的檢察官，但洛威爾的話把她拉回現實，提醒她她其實早就知道的事：這是一起命案，跟其他命案一樣，有它一定的發展，儘管那發展最終會指向她的上司。

不能摻雜個人好惡。

幾分鐘後，樹叢傳來聲響，繆思看見好友安德魯。安德魯把長手長腳變成了一種藝術，只見他的瘦長四肢笨拙而迅速地動來動去，拉著看似嬰兒車的東西往前走，一定就是XRJ。繆思大聲喊他，安德魯抬起頭，顯然不高興工作被打斷，但一看清是誰，整張臉頓時一亮。

「嘿，繆思！」

「安德魯。」

「看到妳太好了。」

「嗯哼。」她問：「你在幹嘛？」

「什麼意思？我在幹嘛？」他放下機器。另有三名穿著約翰傑司法學院運動衫的年輕人吃力地走在他旁邊，她猜應該是學生。「我在找墓穴。」

「我以為你發現了什麼。」

「的確，上去再三百碼的地方。但一想到有兩具屍體沒找到，我就覺得不能安於現在的成績，妳知道我的意思。」

繆思嘖嘖口水，說：「你找到一具屍體？」

安德魯一臉興奮，通常只有在帳棚佈道大會才會看到這種表情。

「我告訴妳，這台機器真的太神奇了，當然我們運氣也很好。這一帶很久沒下雨了，好像……多久，警長？」

「兩三個禮拜，」洛威爾說。

「看吧，這也幫了我們忙，很大的忙，因為地面是乾的。妳知道透地雷達是怎麼運作的嗎？我在這台寶貝機器上裝了八百兆赫的雷達探測器，可以深入地下四呎，可別小看區區四呎。通常四呎看起來就很深了，很少殺手會挖超過三四呎深的墓穴。另一個問題是，目前的機器還不能分辨類似大小的物品，比方菸斗或植物的地下根或我們要找的東西——骨頭——的差別。這台XRJ不只能輸出不同斷面的地下土壤圖，還有新的三D畫質提升功能——」

「安德魯？」繆思說。

他推推眼鏡。「怎樣？」

「我看起來像對你的玩具怎麼運作有興趣嗎？」

他又推推眼鏡。「呃……」

「我只在乎它能不能運作，所以你就行行好，在我對誰開槍之前快說你發現了什麼。」

「骨頭，」他帶著微笑說，「我們發現了骨頭。」

「人的對吧？」

「當然。其實我們最先發現的是頭骨，之後只好停止挖掘。現在專業人員正在開挖。」

「多大的？」

「什麼多大？骨頭嗎？」

「不是，我說橡樹——騙你的，當然是說骨頭。」

「我怎麼會知道？法醫可能知道，她現在在現場。」

繆思快步向前，洛威爾跟在她後面。她看見前方有大型聚光燈，簡直就像電影場景。她知道很多挖掘隊儘管在光天化日下工作，也會用高伏特電燈照明。有個在犯罪現場工作的傢伙告訴她，強光有助於在一片糟粕中發現黃金：「沒有了強光，就好像在昏黃的酒吧裡喝得醉醺醺，想判斷每個小妞有多正也難。你也許覺得挖到什麼寶，但早上醒來卻恨不得把自己的手咬斷。」

洛威爾指著一名手帶橡膠手套的漂亮女人。繆思猜想她應該也是學生，對方看起來不可能超過三十，一頭烏黑的長髮整整齊齊綁在後面，像佛朗明哥舞者。

「那位是歐妮爾博士，」洛威爾說。

「她是法醫？」

「對。妳知道法醫在這裡是用選的。」

「你是指要經過競爭之類的？比方自我推薦說：大家好，我是歐妮爾博士，我對死人很有一套。」

「我的話會來個機智問答，」洛威爾說，「不過我們這些鄉巴佬騙不過你們這些聰明的都市人。」

繆思走近時，發現「漂亮」還不足以形容她。泰拉．歐妮爾美呆了。繆思看得出來她的美貌也讓工作人員分心。負責犯罪現場的不是法醫，而是警察，但每個人都一直偷瞄歐妮爾。繆思快步走向她。

「我叫羅倫．繆思，艾塞克斯郡的檢察事務官。」

對方伸出戴手套的那隻手。「泰拉．歐妮爾，法醫。」

「妳對屍體有什麼看法？」

她原本一臉戒備，但洛威爾點點頭示意她不用擔心。「是妳派貝瑞先生來的嗎？」歐妮爾問。

「是。」

「有意思的傢伙。」

「我知道。」

「不過那台機器真的有用。我不知道他到底怎麼找到那些骨頭的，不過真有他的。他們先找到頭蓋骨也很幸運。」歐妮爾眨眨眼，看往別處。

「有什麼問題嗎？」繆思問。

歐妮爾搖搖頭。「我從小在這一帶長大，以前就在這地方玩耍。妳可能以為我會覺得毛毛的，其實一點也不會。」

繆思的腳輕敲著地面，等她繼續說。

「那些青少年消失那年，我才十歲。我跟朋友以前會來這裡玩，在這裡架個火堆，亂編故事，說那兩個從未找到的小孩還在這座樹林裡看著我們，說他們並沒有死，隨時會找到我們把我們殺了。很蠢吧。不過是想讓男朋友把外套借給妳、搭住妳的肩。」

歐妮爾露出微笑，搖了搖頭。

「歐妮爾博士？」

「是。」

「請妳告訴我你們找到了什麼。」

「我們還在研究，不過目前看來是一具滿完整的骨頭，在地底三呎深的地方找到的。我得把骨頭拿到化驗室化驗才能確認身分。」

「目前妳有什麼看法？」

「跟我來。」

她帶著繆思走到挖掘範圍的另一邊，只見骨頭都貼上標籤，放在藍色防雨布上。

「沒有衣服嗎？」繆思問。

「沒有。」

「是腐爛了還是原本就裸身？」

「還不確定。不過周圍沒有銅板、首飾、鈕釦、拉鍊甚至鞋子，這些東西通常可以保存很久，所以我猜應該是裸身。」

繆思不說話，只盯著褐色的頭蓋骨看。「死因呢？」

「太久了，很難判斷。不過有幾件事可以確定。」

「比方？」

「骨頭有點凌亂，一來埋得不是很深，二來已經在那裡一段時間。」

「多久？」

「難說。上學期我修了犯罪現場土壤採樣研究，就是從地面被動過的樣子來判斷墓穴是多久以前挖的，但那只是初步判斷。」

「所以？妳的猜測？」

「骨頭埋在那裡已經一段時間，保守估計也有十五年。簡單的說——順便回答妳心裡的疑問——時間範圍跟二十年前在這片樹林裡發生的命案相符，非常符合。」

繆思嚥嚥口水，提出她一開始就想問的問題。

「妳知道性別嗎？可以確定骨頭是男是女嗎？」

有個低沉的聲音打斷他們：「博士？」

說話的是其中一名現場鑑識人員，看他身上穿著鑑識員必備的防風外套就知道。他人高馬大，留著大鬍子，肚子更大。只見他手拿小鏟子，呼吸聲像一般大塊頭一樣吃力。

「泰瑞，怎麼了？」歐妮爾問。

「我想差不多了。」

「你想收工了嗎？」

「我想今晚暫時到這裡好了。明天也許再回來檢查一下。不過如果妳同意，我們想先把屍體運走。」

「再給我兩分鐘，」歐妮爾說。

泰瑞點點頭，走到一邊。歐妮爾仍盯著骨頭不放。

「繆思警探，妳對人骨有研究嗎？」

「一點點。」

「不經過徹底的查驗，很難區別骨頭是男是女。一個判斷依據是骨頭的大小和密度，男性的通常較大較厚。有時實際高度也有幫助，男性通常較高。不過這些都不是絕對的標準。」

「所以妳現在還無法確定？」

歐妮爾一笑。「我沒這麼說，妳過來看。」

歐妮爾屈膝蹲下，繆思照做。她的手裡握著一支手電筒，光束窄而強的那一種。

「我說『很難』，不是不可能。妳看。」

她把光線對準頭蓋骨。

「妳知道妳看的是什麼樣的骨頭嗎？」

「不知道，」繆思答。

「第一，這應該是較輕的那種骨頭。第二，看一下眉骨底下的地方。」

「好。」

「那裡有個專業名詞叫眉弓，男性通常較突出，女性的額頭相對來說很直。這個頭蓋骨雖然歷經風吹日曬，但看得出來眉弓不明顯。不過真正的關鍵，也就是我要指給妳看的是骨盆部分，明確地說就是骨盆腔。」

她舉起手電筒。「看到了嗎？」

「看到了，應該。然後呢？」

「挺寬的。」

「這表示？」

歐妮爾關上手電筒。

「這表示死者是白人，」歐妮爾說，重新站起來。「身高約五呎七吋，跟卡蜜拉．克普蘭一樣高。對了，沒錯，是女性。」

迪倫說：「你不會相信有這種事。」

約克抬起頭。「什麼？」

「我上網查那輛福斯車的資料，三州裡頭只有十四筆符合的資料，勁爆的是：其中一輛登記的名字是伊拉．銀斯坦。有印象嗎？」

「不就是那個營地的所有人？」

「答對了。」

「你是說克普蘭一開始的判斷就沒有錯？」

「我查到了伊拉．銀斯坦的住址，」迪倫說。「好像是療養院之類的地方。」

「那我們還等什麼？」約克說。「還不快走。」

35

露西上車之後，我按下CD播放鍵，布魯斯的〈重回你的懷抱〉響起。她笑說：「你拷貝了？」

「嗯。」

「喜歡嗎？」

「非常。我還拷貝了別的。有一首史普林斯汀未曾正式發行的獨唱〈整夜開車〉。」

「那首我每聽必哭。」

「妳聽每首歌都哭，」我說。

「瑞克．詹姆斯的〈超級怪胎〉就不會。」

「我更正。」

「〈亂來〉那首也不會。」

「即使奈利唱到『你最厲害的一面可比史帝夫．納許嗎？』也不會哭？」

「天啊，你太了解我了。」

我微笑。

「以一個剛知道死去的妹妹可能還活著的人來說，你還滿平靜的。」

「腦袋自動切割。」

「你自己發明的？」

「我都是這麼做的，把東西放進不同的箱子才不會發瘋，就是把事情暫時擱下不管它。」

「自動切割，」露西說。

「沒錯。」

「我們心理學對它有另一種稱呼：拒絕面對現實。」

「隨妳怎麼稱呼。現在事情有了進展，我們要找到卡蜜拉，她不會有事的。」

「這我們心理學也有一個專有名詞：一廂情願甚至是妄想。」

我們繼續往前開。

「妳爸還會記得什麼呢？」我問。

「不知道，但可以確定吉爾去找過他。我猜那次見面勾起了伊拉的一些回憶，但我不知道是什麼回憶。也許沒什麼，他的狀況本來就不好，可能是他想像甚至自己捏造的。」

我們停在伊拉的福斯金龜車旁的停車格。看見那部老車的感覺很奇妙，照理說應該會喚起過去的回憶才對。伊拉以前常開著它在營地裡轉來轉去，有時笑咪咪把頭伸出窗外，幫人送這送那，充當臨時郵差。他會把車停在小木屋旁當做陪襯，假裝車子正在帶領遊行隊伍。但此刻看到這輛老福斯我卻毫無感覺。

我的自動切割系統失靈了。

因為我懷有希望。

希望能找到我妹妹，希望自己跟另一個女人生命相連（珍死後第一次），希望感覺得到自己的心在另一個人身旁跳動。

我試著警告自己，試著提醒自己，希望是最殘酷的女人，會把你的靈魂像塑膠杯一樣捏爛。但此刻的我不想這樣，我想要希望。我想緊抓住希望，讓自己的心情放鬆一會兒。

我看著露西。她微笑，那笑容將我的心撕裂，我好久沒有這種感覺了，此刻只覺得一陣暈眩。之後我做了令自己驚訝的事，我伸出雙手捧著她的臉。她的笑容頓時消失，兩眼搜尋著我的眼神。我抬起她的臉吻她，動作輕到幾乎讓人心痛。我的身體一震，並聽見她倒抽一口氣。露西回應了我的吻。

我整個人被她粉碎，但心甘情願。

露西把頭埋進我懷裡，我聽見她在輕輕啜泣。我撫摸著她的頭髮，抵抗暈眩的感覺。我不知道我們這樣坐了多久，也許五分鐘，也許十五分鐘，我不知道。

「你該進去了，」她說。

「妳要在這裡等？」

「伊拉說得很清楚，他要單獨見你。我可能會去發動他的車，給電池充充電。」

我並沒有再吻她一次。我下了車，漂浮似的走上小徑。這房子周圍環境清幽，充滿綠意。房子本身應該是喬治王朝風格的磚樓建築，外表是工工整整的長方形，前面立著白色圓柱，讓我想起豪華的兄弟會會所。

櫃臺有個女人，我向她報上姓名，她要我留下名字，接著打了通電話，說話很小聲。我耐心等待，聽著喇叭放送的背景音樂，雖然是沙達卡的鋼琴曲，不過聽起來還是像背景音樂。

一名身穿便服的紅髮女人走向我。她穿著裙子，眼鏡掛在胸前，看起來像是個刻意不要看起來像個護士的護士。

「我叫蕾貝卡，」她說。

「我是保羅．克普蘭。」

「我帶你去見銀斯坦先生。」

「謝謝。」

我以為她會帶我穿過走廊，沒想到是從後面走到戶外。外面的花園整理良好，現在打開造景燈有點早，不過燈都開了。一排濃密的樹籬像看門狗一樣圍繞著建築物。

我馬上就認出伊拉。

他變了但其實一點也沒變。有些人就是如此，縱使老了、頭髮白了、胖了、憔悴了，卻還是絲毫沒變。伊拉就是這種人。

「伊拉？」

營隊上從沒有人喊他的姓。我們都喊大人叔叔或阿姨，但我實在沒辦法再喊他伊拉叔叔。

他披著一件斗篷，那種斗篷我最後一次看到是在胡士托音樂節的紀錄片上。伊拉慢慢站起來，對著我張開雙臂。營隊就是這個樣子，大家擁抱來擁抱去，彼此相親相愛，一切都非常的「四海一家」。我迎向他的擁抱，他用盡全力緊緊抱著我，我感覺得到他的鬍子摩擦著我的臉。

放開我之後，他對著蕾貝卡說：「讓我們單獨談一談。」

蕾貝卡轉身走出去。他帶我走向一張水泥和綠色木頭做成的公園長椅坐下。

「克普，你都沒變，」他說。

他還記得我的小名。「你也是。」

「你以為艱辛的生活會在我們臉上留下更多痕跡是吧？」

「大概吧。」

「你現在做什麼工作？」

「當郡檢察官。」

「真的？」

「嗯。」

他皺眉。「一種權力機構。」

伊拉就是伊拉。

「我起訴的不是反戰示威人士，」我告訴他。「而是殺人犯和強暴犯之類的人。」

他瞇起眼睛。「所以你才會來這裡？」

「什麼？」

「為了抓到殺人犯和強暴犯？」

我不知道該怎麼詮釋這句話，只好順著他的話，說：「可以說是。我想知道那晚在樹林裡發生了什麼事。」

伊拉閉上眼。

「露西說你想見我，」我說。

「對。」

「為什麼？」

「我想知道你為什麼回來。」

「我從來沒有離開。」

「你知道你傷了露西的心。」

「我寫過信也打過電話給她，但她不回我電話。」

「那也一樣。她很痛苦。」

「我也不希望發生這種事。」

「那現在為什麼又回來？」

「我想知道我妹妹發生了什麼事。」

「她被殺了，跟其他人一樣。」

「沒有，她沒有。」

伊拉不表意見。我決定施點壓力。

「這件事你知道。吉爾．裴瑞茲來過這裡對吧？」

伊拉咂咂嘴。「好乾。」

「什麼？」

「我嘴巴乾。我有個朋友是肯因茲人，在澳洲，是我見過最酷的一個人。他常說『老兄，人不是駱駝』，這是他要東西喝的方式。」伊拉咧嘴笑。

「我想這裡找不到喝的。」

「我知道，我從來就不是酒鬼，現代人說的『娛樂用藥』比較合我胃口。不過我現在說的是水。冷藏箱那裡有些波蘭泉礦泉水，你知道那種礦泉水是直接從緬因州送來的？」

他笑出聲，他把以前的電台廣告詞說錯了，但我沒糾正他。他站起來，踉踉蹌蹌走到右邊，我跟上去。那邊有個行李箱形狀的冷藏箱，上面有紐約游騎兵的商標。他打開蓋子，拿了瓶礦泉水遞給我，再拿一瓶，然後扭開瓶蓋咕嚕嚕喝下肚。水流下他的臉龐，白色鬍子頓時轉成深灰色。

喝夠之後他啊了一聲。

我試著重拾原來的話題。

「你跟露西說想見我。」

「對。」

「為什麼？」

「因為你在這裡。」

我等著他繼續說。

「我在這裡，」我緩緩地說，「是因為你說要見我。」

「不是那個『這裡』，而是重回到過去。」

「我說過了，我想弄清楚——」

「為什麼是現在？」

又是這個問題。

我說：「因為吉爾．裴瑞茲那晚沒有死，他回來了。他不是來找過你？」

他兩眼無神，邁步走開，我跟上去。

「伊拉，他有來嗎？」

「他用的不是那個名字，」他說。

他繼續走，我發現他走路一跛一跛，五官皺成一團，好像很痛苦。

「你還好嗎？」我問他。

「我需要走一走。」

「走去哪裡？」

「樹林裡有幾條小徑。跟我來。」

「伊拉，我不是來——」

「他說他叫馬諾洛什麼的，但我怎麼會不知道他是誰：吉爾．裴瑞茲那小子。你記得他嗎？我是說他以前的樣子。」

「記得。」

伊拉搖搖頭。「是個好孩子，但很容易被人左右。」

「他想幹嘛？」

「他沒說出真實身分，一開始沒有。雖然長相變了，但舉手投足還有過去的影子。人有些東西可以隱藏，比方可以吃胖，但吉爾說話還是有點口齒不清，動作也還是一樣，他從以前就這樣緊張兮兮的，你知道我的意思？」

「知道。」

我以為這個後院有圍牆，沒想到沒有。伊拉溜進籬笆的一處缺口，我尾隨在後。只見前方有一座長滿樹木的山丘。伊拉吃力地走上小徑。

「你可以離開嗎？」

「當然，我是自願住進來的，要進要出隨我高興。」

他繼續往前走。

「吉爾跟你說了什麼？」我問。

「他想知道那晚發生了什麼事。」

「他不知道？」

「知道一些，他想知道更多。」

「我不懂。」

「沒必要懂。」

「有，有必要。」

「都過去了。韋恩已經在坐牢。」

「韋恩沒有殺吉爾。」

「我以為有。」

我沒聽清楚這句。伊拉越走越快，走路不穩，明顯很痛苦。我想叫他停下來，但他一直在說話。

「吉爾有提到我妹妹嗎？」

他停了一會兒，露出悲傷的笑容。「卡蜜拉。」

「對。」

「可憐的孩子。」

「他有提到她嗎？」

「我很喜歡你父親，那麼好的人，吃了那麼多苦。」

「吉爾有說我妹妹發生了什麼事嗎？」

「可憐的卡蜜拉。」

「對。卡蜜拉。他有提到關於她的事嗎？」

伊拉又開始爬坡。「那晚流了好多血。」

「伊拉，拜託你專心講一件事：吉爾有提到有關卡蜜拉的任何事嗎？」

「沒有。」

「那麼他想要什麼？」

「跟你一樣。」

「什麼？」

他轉過頭。「答案。」

「什麼問題的答案？」

「跟你一樣。他想知道那晚發生了什麼事。他不明白。克普，都過去了，他們死了，凶手已經落網，你應該讓死者安息。」

「吉爾沒死。」

「他來找我之前，他確實已經死了。你懂嗎？」

「不懂。」

「結束了。死者走了，生者才安全。」

我伸手抓住他的手。「吉爾．裴瑞茲跟你說了什麼？」

「你不明白。」

我們停住。伊拉低頭看山丘，我循著他的目光看下去，現在只看得見屋頂，我們已經在樹林深處。我們兩人的呼吸都比平常吃力，伊拉臉色慘白。

「一定要繼續埋著。」

「什麼？」

「我跟吉爾就是這麼說的：都過去了，要往前走。那麼多年了，他死了，現在又出現，但他應該已經死了。」

「伊拉，你聽我說：吉爾跟你說了什麼？」

「你就是不肯放手是嗎？」

「對，」我說，「我不會放手的。」

伊拉點點頭，一臉哀傷。接著他把手伸進斗篷，拿出一把槍對著我，一句話也沒說就對我開槍。

36

「我們現在有個問題。」

洛威爾警長拿著大到可充當小丑道具的手帕抹抹鼻子。他任職的警察局比繆思預期的現代，不過她本來就期待不高。建築本身很新，乾淨又閃亮，到處是電腦和隔間，放眼望去灰白夾雜。

「你現在有的，」繆思說，「是一具屍體。」

「我不是這個意思。」他指了指繆思手上的咖啡。「咖啡如何？」

「很讚，其實。」

「本來很糟的，有些人煮得太濃，有的太淡，每次都放在爐子上乏人問津。直到去年，有個好市民捐了一台咖啡機給警察局。那種咖啡包妳用過嗎？」

「警長？」

「是。」

「你現在是在含蓄地施展鄉巴佬的魅力，對我放電嗎？」

他咧著嘴，說：「一點點。」

「就當我被電暈了。我們的問題是什麼？」

「我們剛在樹林發現一具屍體，而且根據初步研判是很久以前的屍體。目前只能夠肯定三件事：死者是白人、女性、身高五呎七吋。我已經查過記錄，五十哩內並沒有符合這三個條件的失蹤人口或行蹤不明的女孩。」

「你我都知道死者是誰，」繆思說。

「我們還不確定。」

「難道你認為還有哪個五呎七吋高的女孩會在同樣時間被殺，並埋在另外兩具屍體附近？」

「我沒這麼說。」

「那麼你怎麼想？」

「我們還不確定身分，歐妮爾教授正在努力。我們已經調了卡蜜拉．克普蘭的牙醫記錄，應該一兩天內就會確定。不急，我們手上還有其他案子。」

「不急？」

「我是這麼說的。」

「那我就不懂了。」

「繆思警探，我不得不懷疑，妳扮演的最重要角色到底是……執法人員還是政治夥伴？」

「什麼鬼東西？」

「妳是郡內的檢察事務官，」洛威爾說。「我很想相信一個人，尤其是跟妳同年齡，靠自己的聰明才幹才有今天成就的女士。但我畢竟活在現實世界裡，也知道有貪污、偏袒和拍馬屁這種事，所以我要問——」

「我是靠自己得來的。」

「我想妳是。」

繆思搖搖頭。「我不敢相信我還得對你證明我自己。」

「當然要啊，親愛的。假如這是妳的案子，而我突然跑進來，妳也知道我會馬上跑回去告訴頂頭上司——對方還是跟此案有關的人——妳會怎麼做？」

「你以為我會幫他掩蓋？」

洛威爾聳聳肩。「再換個方式想：假設我是這裡的副局長，奉警長之命來調查妳負責的命案，而且警長本身涉嫌該案，妳會怎麼想？」

繆思往後一靠。「好吧，」她說，「那麼我要怎麼樣才能讓你放心？」

「讓我慢慢確認屍體身分。」

「你不希望克普蘭知道我們發現了什麼？」

「他已經等了二十年，再多等一兩天又何妨？」

繆思知道他想說什麼。

「我希望做對的事，」她說，「但不喜歡欺騙我信任也喜歡的人。」

「繆思警探，過日子並不容易。」

她皺眉。

「還有一件事，」洛威爾接著說。「我需要妳告訴我，為什麼貝瑞那小子會帶著他的玩具來這裡找多年前的屍體？」

「我說過了。他們想實地測試機器。」

「妳工作的地點在紐澤西州的紐華克，妳是說那裡沒有他們可以測試機器的墓地嗎？」

他說得當然對。該是說實話的時候了。

「有名男性在紐約市遭人殺害，」繆思說，「我的上司認為他是吉爾．裴瑞茲。」

洛威爾的撲克臉馬上瓦解。「又來了？」

她正要解釋，泰拉．歐妮爾就急急走進來。洛威爾看來不太高興被打斷，但聲音聽不出來。「泰拉，怎麼了？」

「我有個新發現，」她說，「我想是重要的發現。」

克普下車後，露西含著笑容坐在車裡整整五分鐘，整個人還沉浸在他的親吻中。她從沒有過這種經驗：他的大手捧著她的臉、他看她的方式等等。那感覺好像心不只重新跳動還飛了起來。

這樣的感受既美好又可怕。

她翻了翻他車上的CD，找到班弗茲三人組的唱片，選了〈好人〉這首歌。這首歌在說什麼她一直搞不清楚，用藥過量？墮胎？還是精神崩潰？但到最後卻說那女生是個好人，徹底將他淹沒。悲傷的歌曲比喝酒好，她心想。不過好不了多少。

熄火時，她看見一台掛紐約車牌的綠色福特直接開到安養院前，停在標示「請勿停車」的空位上。兩人下了車，一個高，一個壯，雙雙走進門。露西不知該做何感想，也許沒什麼。

伊拉的金龜車鑰匙在她的袋子裡。她從皮包裡摸出車鑰匙，往嘴裡塞了一片口香糖，假如克普又吻她，她可不希望不好的口氣壞了氣氛。

她很好奇伊拉會跟克普說些什麼，也納悶伊拉記得些什麼。他們父女倆從沒談過那晚的事，一次也沒有，應該要談的，也許一切都會改觀，也許不會。死者已逝，生者猶生。雖然不是什麼有深度的想法，但就是如此。

她下車走向老福斯車，把手中的車鑰匙對準車子。習慣真是奇妙。現在已經沒有車用鑰匙開鎖了，每輛都有遙控器，這輛老福斯當然沒有。她把鑰匙插進駕駛座車門的鎖孔轉了轉，鑰匙都生鏽了，她得用力轉，最後鎖終於喀一聲打開。

她想起自己目前為止過的生活，還有犯過的錯。她跟克普說過那晚被推著往前走，跌跌撞撞走下山丘，不知怎麼停下來的感受。那種感覺千真萬確。這些年來克普試著找過她，但她一直避不見面，也許她該早點跟他聯絡，應該馬上查清那晚發生了什麼事，可是她卻選擇埋葬過去。她拒絕面對，害怕直視，所以就想辦法躲起來，而且選擇了最普遍的方式：酒精。沒有人借酒精逃避的。通常只是躲在酒精背後。

她坐進駕駛座，立刻察覺不對勁。

首先是駕駛座的地板。她低頭一看，皺起眉頭。

一罐汽水瓶。

其實是健怡可樂。

她把瓶子撿起來，裡頭還有些殘餘的飲料。她思考了一會兒：她有多久沒發動這部車了？少說有三四個禮拜。當時沒看到有飲料罐，或者有，可是她沒看到，這也有可能。

這時有股味道令她一震。

她還記得十二歲那年在營隊附近的樹林發生的一件事。那天伊拉帶她去散步，他們突然聽到槍聲，伊拉失去了理智，因為這就表示有獵人闖進他們的土地。伊拉找到人，對他們大喊這是私人土地，其中有個獵人也喊回去，走上來撞伊拉的胸膛，露西記得伊拉的身上發出可怕的味道。

就是現在她聞到的味道。

露西轉頭看後座。

地板上有血。

接著，她聽見遠方響起槍聲。

找到的骨頭就放在有一個個小洞的銀色桌上子。小洞方便清洗，只要拿水管噴一噴即可。地板鋪了瓷磚，並斜向中間的排水道。繆思不想去想有什麼東西會流進排水道、他們又從那裡清出過什麼東西、通樂有沒有效，或者需不需要用更強的。

洛威爾站桌子一邊，繆思和歐妮爾站另外一邊。

「怎麼了？」洛威爾問。

「第一，少了一些骨頭。晚點我會再去察看一次，這是小事，不重要，這種情況在這樣的案子裡很常見。我打算照幾張X光，檢查骨化中心，特別是瑣骨的部分。」

「這樣我們會知道什麼？」

「年齡。長大之後骨頭就會停止生長。骨化的最後一個地方就在那裡，大概就是瑣骨和胸骨的交會處，過程大約在二十一歲左右停止。不過這個現在並不重要。」

洛威爾看著繆思。繆思聳聳肩。

「所以妳的大發現是？」

「這個。」

歐妮爾指著骨盆。

繆思說：「之前妳指給我看過，那證明了這是女性的屍骨。」

「對。就像我說的，骨盆較寬，眉弓較不突出，骨質密度較低，這些都顯示她是女性。我很確定我們現在看到的是一名女性的屍骨。」

「那妳要給我們看的是？」

「恥骨。」

「怎麼樣？」

「看到了嗎？我們稱這叫恥骨的凹痕，或者應該叫切痕。」

「好。」

「軟骨使骨頭連在一起，這是基本的解剖學，兩位也許知道。說到軟骨我們通常會想到膝蓋或手肘，有彈性，能伸縮。不過你們看到這個了嗎？恥骨表面的記號？本來連在一起後來才分開的骨頭，軟骨表面就會留下這種痕跡。」

歐妮爾抬頭看他們，臉色發光。

「聽得懂嗎？」

繆思說：「不懂。」

「軟骨繃緊時會留下凹痕，也就是恥骨分開的時候。」

繆思看看洛威爾，只見他聳聳肩。

「這表示？」

「這表示她生前，恥骨曾一度分開。繆思警探，就表示妳找到的這名死者生產過。」

37

有把槍指著你的時候，周圍一切並沒有變慢。

反而變快了。伊拉拿槍指著我的那一刻，我以為會有時間反應。我先是舉起雙手，直覺地證明自己無意傷害對方。我張開嘴巴想說服他，告訴他我會乖乖合作，照他的意思去做。我的心跳加速，呼吸停止，眼睛只看得見槍，除了槍口那對著我的巨大黑洞以外，其他什麼也看不見。

但這些事我都來不及做，沒時間問伊拉為什麼，沒時間問我妹妹發生了什麼事、她是死是活、吉爾那晚是怎麼逃出森林的、韋恩．史都本究竟有沒有涉案。也沒有時間告訴伊拉他說得對：我不該揭開謊言，現在也一樣，我們都能夠抱著謊言重回生活。

我完全沒有時間反應。

因為伊拉已經扣下扳機。

一年前，我看過葛拉威爾寫的《決斷兩秒間》。我不敢簡化他的論點，不過書裡提到，人應該依賴直覺多一點，也就是一輛卡車逼近我們時，我們的大腦會自動跳出的動物直覺。他還說人會做些倉促的判斷，有時似乎沒什麼道理，以往我們稱之為直覺，但這些直覺往往是對的。也許現在我的腦中就是直覺在運作，也許伊拉的動作或他拿出槍的方式，讓我意識到說什麼也沒有用，他無論如何都會開槍，我死定了。

那種感覺使我馬上跳開。

但子彈仍然打中我。

他瞄準我的胸口發射，子彈射中我的身側，像發燙的長矛劃過我的腰，我覺得側腹一沉，趕緊滾到一棵樹後面。伊拉又開一槍，這次沒打中。我繼續往前滾。

我伸手摸到一塊石頭，腦袋一片空白，什麼也沒想就撿起石頭，邊滾邊把石頭往他的方向丟。這只是個走投無路的可悲動作，好比四腳朝天、毫無反擊能力的小孩可能會做的事。

那一丟一點力量也沒有。石頭雖然打中他，但我不認為很嚴重。現在我明白了，原來這是伊拉的預謀，他想單獨見我是為了帶我進樹林對我開槍。

外表溫柔敦厚的伊拉其實是殺人凶手。

我回頭看身後。他太近了。我想到最早的《特務辦喜事》這部喜劇片，劇中的亞倫．艾金說要跑「蛇形」才能避開子彈。可惜這裡派不上用場，伊拉只離我六到八呎遠，手裡有把槍，而且我已經中彈，感覺得到身體在流血。

我死定了。

我們繼續往山下跑，我用滾的，伊拉奮力穩住身體，保持平衡，準備再開一槍。我知道他會的，也知道我只剩幾秒可以脫逃。

我唯一的活命機會是反轉方向。

我抓住地面，逼自己往前衝刺，伊拉料想未及，試圖要慢下來。我抱住一棵樹，把雙腿甩向他。同樣可悲的反擊動作，我像個差勁的體操選手卡在鞍馬上。但伊拉正好在我的攻擊範圍內，再加上措手不及，我的腳就這麼踢中他的右踝邊，雖然不很重，但也夠了。

伊拉發出一槍，跌在地上。

槍，快搶槍，我心想。

我爬向他。我比他高大、年輕，身體也比他好。他是個老人，腦袋不太靈光，當然還可以開槍，手腳也還有力，但歲月和濫用藥物減慢了他的反射動作。

我爬到他身上尋找手槍。槍本來在他的右手，我集中精神往右手前進，只想著右手，雙手抓住他的右手，滾過去壓住按下，扳開手指。

手裡是空的。

我滿腦子都是右手，根本沒發現他的左手正朝我揮過來。他跌倒的時候，槍一定掉了，此刻只見他左手緊握著槍，像握著一塊石頭，抬起槍托打我的額頭。

那感覺就像閃電劃過我的腦袋，我只覺得腦袋瓜猛拉向右邊，彷彿錨被扯斷，開始搖來晃去。我的身體猛烈顫抖。我放開他。

我抬起頭，他拿槍指著我。

「不要動，警察！」

我認出聲音，是約克。

空氣停止流動，劈啪作響。我的視線從槍移到伊拉的眼睛。我們離得很近，槍直接對著我的臉。我看見了。他打算開槍殺了我，他們不可能來得及阻止他。警察已經趕到，對他來說這已經結束了，他一定知道，儘管如此，他還是想殺了我。

「爸！不要！」

是露西。伊拉聽見她的聲音，眼神頓時改變。

「把槍放下！現在就放下！」

又是約克。我仍然盯著伊拉的眼睛不放。

伊拉也盯著我的眼睛。「你妹妹死了，」他說。

之後他把槍轉向他自己，放進他的嘴裡，扣下扳機。

38

我昏了過去。

別人是這樣跟我說的。不過，我確實有些模糊的記憶：我記得聽見露西尖叫，記得抬頭看見藍天，看著雲朵從眼前飛掠而過。我想我應該是仰躺在擔架上被抬上了救護車，但印象就到這裡為止。藍色的天。白色的雲。

之後當我開始有近乎平靜的感覺時，我才想起伊拉的話。

你妹妹死了……

我搖搖頭。不對。格蘭達告訴過我，卡蜜拉活著走出了那片樹林。伊拉什麼都不知道，不可能知道的。

「克普蘭先生？」

我再一次眨眼。我躺在床上，這裡是醫院的病房。

「我是麥法頓醫師。」

我環視這間房間，看見約克在他背後。

「你的側腹中槍，傷口已經縫好了，你不會有事的，不過會痛——」

「醫生？」

麥法頓醫生用他平板專業的語調為我說明，沒想到沒說多久就被打斷。他皺起眉頭。「嗯？」

「我沒什麼大礙對吧？」

「對。」

「那我們可以待會兒再說吧？我真的需要跟這位警官談一談。」

約克忍住笑。我以為醫生會抗議，醫生通常甚至比律師更自負，但他並沒有反駁我，只是聳聳肩，說：「當然可以。你們談完之後再請護士呼叫我。」

「謝謝你。」

他沒再說什麼就走了。約克移到床邊。

「你們對伊拉了解多少？」我問。

「化驗室人員比對了在屍體身上找到的地毯纖維，呃……」約克的聲音漸弱。「我們還沒確認身分，但如果你希望，我們可以叫他吉爾．裴瑞茲。」

「那好。」

「好。總之，他們在他身上找到的地毯纖維，確定來自一部老車。另外我們也在棄屍地點附近找到一部監視器，從影片中看到一部黃色的福斯車，跟銀斯坦的車一樣，所以我們才急忙趕過來。」

「露西人在哪裡？」

「迪倫正在問她問題。」

「我不懂。伊拉殺了吉爾．裴瑞茲？」

「對。」

「確定？」

「確定。首先，我們在那輛福斯車的後座發現血跡，我猜跟裴瑞茲的血跡應該吻合。再來，中途之家的員工證實裴瑞茲在命案前一天去找過銀斯坦，但登記的名字是馬諾洛．聖地牙哥，他們也證實看見銀斯坦隔天早上開著福斯車離開，那是他六個月來第一次外出。」

我擠擠臉。「他們沒想到要把這件事告訴他女兒？」

「露西．金去看他那天，看見他開車出去的員工剛好沒值班。況且，那裡的員工跟我說過很多次，銀斯坦從未被判定無行為能力之類的，本來就可以自由來去。」

「我不明白，伊拉為什麼要殺他？」

「跟殺你的理由一樣，我猜。你們都在追查二十年前在營隊上發生的事，銀斯坦先生不希望這件事曝光。」

我試著把所有事情拼湊在一起。「所以他殺了瑪歌．葛林和道格．畢林漢？」

約克停了半晌，好像在等我把我妹妹加進名單裡。但我不想。

「可能。」

「那韋恩．史都本呢？」

「他們也許一起犯案，我不知道。我只知道伊拉．銀斯坦殺了我的死者。喔，還有一件事：伊拉拿來射殺你的槍，口徑跟用來射殺吉爾．裴瑞茲的槍一樣。我們現在在做彈道測試，但八成會吻合。另外那部金龜車後座有血跡、監視錄影帶又拍到他開車經過棄屍地點附近……拜託，太多點了。可是伊拉．銀斯坦死了，你知道要審判死人很難。至於他二十年前做過或沒做過的事……」約克聳聳肩，「嘿，我也很好奇，但那是別人要解開的謎。」

「需要的話，你會幫忙？」

「當然，樂意之至。你弄清楚之後，何不來這裡一趟，讓我帶你去吃頓牛排大餐？」

「就這麼說定。」

我們握握手。

「我應該謝謝你救了我一命，」我說。

「是應該，只不過我不認為是我救了你。」

我還記得伊拉臉上的表情，那種非殺了我不可的堅決表情。約克也看到了，伊拉無論如何都要斃了我。救我一命的與其說是約克的槍，不如說是莎拉的尖叫聲。

後來約克走了，我一個人待在病房裡。除了醫院，這世界上也許還有其他更叫人沮喪的獨處空間，但我實在想不到。我想起我的珍，她是那麼的勇敢，唯一真正恐懼的，就是獨自待在病房裡。所以我整晚在醫院裡陪她，睡在醫院的椅子上，那種椅子很有潛力成為上帝創造的綠色星球上最難睡的床，但說這個不是要人稱讚我。那是珍很脆弱的時刻，第一次在醫院過夜那天，她抓著我的手，當她說：「拜託別丟下我一個人」時，還努力不讓聲音顯得太絕望。

所以我沒走，直到後來，直到她回家。珍想在家裡走完最後一程，因為想到要在像我現在置身的房間裡死去，就覺得……

現在該我了。我獨自在這病房裡，心裡並不覺得特別害怕。我想起恐懼，想起生命帶我前往的地方。我出事的時候，誰會陪在我身旁？當我在醫院裡醒來，我會看到誰守在我的病床旁？第一個浮現我腦海的名字是葛蕾塔和鮑伯。去年我切貝果時割傷手，是鮑伯開車載我去醫院，葛蕾塔幫我照顧凱拉。他們是我的家人，我在世上唯一的家人。如今他們也不見了。

我想起我上一次住院的情景。十二歲那年，我染上了風濕熱，當時那種病很少見，現在更少。我在醫院裡住了十天，還記得卡蜜拉來看我，有幾次還帶了幾個吵吵鬧鬧的朋友一起來，她知道那會讓我轉移注意力。我們玩了很多次拼字遊戲。男生都喜歡卡蜜拉。她以前還會帶男生錄給她的卡帶來，有史提利丹合唱團、超級流浪漢合唱團、杜比兄弟合唱團等等。卡蜜拉會跟我說哪些團很讚，哪些團遜斃，我把她的話當成聖旨，她聽什麼，我就跟著聽什麼。

她在森林裡受了什麼苦？

我一直想知道。韋恩．史都本對她做了什麼？把她綁起來嚇唬她，像他對瑪歌．葛林那樣嗎？她掙扎過，也像道格．畢林漢一樣因為反抗而受傷嗎？他活埋了她，就像活埋印第安那或維吉尼亞州的受害者一樣嗎？卡蜜拉受了多少苦？臨死之前有多害怕？

現在……新的問題是：卡蜜拉活著走出了樹林嗎？

我把思緒轉向露西，想像她經歷的一切：眼睜睜看著深愛的父親轟掉自己的腦袋，我心裡不禁納悶為什麼又怎麼會走到這個地步。我想伸手觸摸她，對她說些話，試著安慰她。

這時傳來敲門聲。

「請進。」

我以為是護士，結果不是，是繆思。我對她微笑，本以為她也會對我微笑，只見她的臉色比任何時候都要難看。

「幹嘛一張苦瓜臉，」我說，「我沒事。」

繆思移近床邊，表情還是沒變。

「我說——」

「我問過醫生了，她說你說不定今天就可以出院。」

「那妳幹嘛苦瓜臉？」

繆思抓了張椅子拉近床邊。「我們需要談一談。」

我看過繆思扳起臉孔。

那是她認真時候的臉，翻成文字就是：我要那混蛋死得很難看，或是故意扳起臉想騙我，不過通常都會被我看穿。我看過她對殺人犯、強暴犯、盜車犯、幫派分子擺出這種臉，但這次的對象竟然是我。

「怎麼了？」

她的表情還是一樣。「拉雅．辛那邊怎麼樣？」

「跟我們想的差不多。」我簡短帶過，因為這時候談拉雅幾乎讓人覺得文不對題。「重點是，吉爾．裴瑞茲的姊姊來找我。她跟我說卡蜜拉還活著。」

我看見她的表情動了一下。她很厲害，這點毫無疑問，但我也不遜色。聽說真正的「情感流露」

只有不到十分之一秒的時間。但我還是看到了：她對我說的話也許並不驚訝，但終究還是震了一下。

「繆思，怎麼了？」

「今天我跟洛威爾警長談過話。」

我皺眉。「他還沒退休？」

「還沒。」

我本來要問她為什麼跟洛威爾聯絡，但又想到繆思原本做事就細心，自然會跟負責當年命案的警官聯繫。這多少也解釋了她對我的態度。

「我猜猜看，」我說，「他認為我對那晚的事說了謊。」

繆思不置可否。「你不覺得奇怪嗎？命案發生那晚，你剛好沒留下來看守。」

「妳知道原因。那篇文章妳看過了。」

「我是看了。你跟女朋友偷溜出去，後來你不想讓她惹上麻煩才說謊。」

「對。」

「但文章裡也說你身上染了血，是真的嗎？」

我看著她。「到底怎麼回事？」

「我正在假裝你不是我的上司。」

我用力坐起來，側腹剛縫好的傷口痛死我了。

「洛威爾跟妳說我有嫌疑？」

「他沒必要說。而且誰說你一定要有嫌疑，我才能問這些問題。那晚的事，你說了謊——」

「那是為了保護露西，這妳早就知道了。」

「我知道的是你告訴我的。你把自己放在我的位置上，就能明白我必須拋開偏見和私心處理這個案子。如果你是我，難道你不會問這些問題？」

我想了想。「我懂了。好。妳問吧，想問什麼就問。」

「你妹妹懷孕過嗎？」

我一怔，呆坐在原地。這問題像一記突如其來的左鉤拳擊中我。她也許是故意的。

「妳是認真的嗎？」

「是。」

「為什麼問這個？」

「你回答就是了。」

「沒有，從來沒有。」

「確定？」

「我想是。」

「是嗎？」她問。

「我不懂。妳為什麼問我這個？」

「我們辦過女生瞞著家人懷了孩子的案子，甚至有個案子的當事人直到小孩生出來才知道自己懷孕，記得嗎？」

記得。

「繆思，我現在這麼做是濫用職權，但妳為什麼問我妹妹是不是懷孕過？」

她打量著我的臉，目光像黏滑的蟲子一樣在我身上游移。

「夠了，」我說。

「克普，你必須迴避這個案子，這你自己知道。」

「沒有必要。」

「有必要。負責的人還是洛威爾，這是他的案子。」

「洛威爾？十八年前韋恩．史都本落網之後，那個土包子就沒再碰過這案子。」

「一樣。這是他的案子，他是頭頭。」

我不知道該怎麼想才好。「洛威爾知道吉爾．裴瑞茲一直還活著這件事嗎？」

「我跟他說了你的理論。」

「那麼妳為什麼突然問我卡蜜拉有沒有懷孕？」

她不說話。

「好吧，隨妳高興。妳聽好，我答應格蘭達．裴瑞茲盡可能不把她的家人牽扯進來，但妳就去跟洛威爾說吧。也許他會讓妳參與，我對妳的信任遠超過那個鄉下警長。重點是，格蘭達．裴瑞茲說我妹妹活著走出了樹林。」

「而伊拉．銀斯坦說她死了，」繆思說。

房間頓時安靜下來。這次她的表情變化較明顯。我直直看著她，她試著定住眼神但終究還是別開。

「繆思，到底怎麼了？」

她站起來。她身後的門打開，一名護士走進來，連聲招呼都沒打就拿血壓計套住我的手臂開始打氣，並往我嘴裡塞了一根溫度計。

繆思說：「我馬上回來。」

溫度計還在我的嘴裡。護士幫我量脈搏，我的脈搏一定比平常快。我含著溫度計大喊：「繆思！」

她走了。我躺在床上，心裡很不安。

懷孕？卡蜜拉懷孕過嗎？

看不出來。我試著回想，她有陣子開始穿寬鬆衣服嗎？懷孕多久呢？幾個月？如果她有懷孕跡象，我父親一定看得出來，他是婦產科醫生，不可能瞞得過他的眼睛。

但也許她並沒有懷孕。

我會說這是胡扯，說我妹妹絕不可能懷孕，但問題是我根本不知道這是怎麼一回事，而繆思知道的好像比她說的還要多。她不是隨口亂問的。一個好檢察官辦案時有時也得這麼做：姑且相信某個看似離譜的念頭，只是為了看看它能吻合現實到什麼程度。

護士終於完成工作。我伸手去拿電話打回家問凱拉的狀況。電話另一頭傳來葛蕾塔親切的「嗨」時，我有點意外。

「嗨，」我說。

親切的語氣頓時消失。「我聽說你沒有大礙。」

「他們是這麼告訴我的。」

「我現在在這裡陪凱拉，」葛蕾塔冷冷地說，像交代公事一樣。「今天晚上她可以睡我那裡，如果你希望的話。」

「那很好，謝謝。」

兩邊安靜片刻。

「保羅？」

她平常都叫我克普，我有不好的預感。「嗯？」

「凱拉好不好對我很重要，她仍然是我的外甥女，是我姊姊的女兒。」

「我明白。」

「而你，對我一點也不重要。」

說完她就掛斷電話。

我往後一靠等繆思回來，試著用發疼的腦袋把事情仔仔細細、按部就班想過一遍。

格蘭達．裴瑞茲說我妹妹卡蜜拉活著走出了樹林。

伊拉．銀斯坦卻說她死了。

那麼我要相信誰？

格蘭達．裴瑞茲看起來算正常；伊拉一直有些精神錯亂。

格蘭達勝。

另外，伊拉一直說希望把過去掩埋。他殺了吉爾．裴瑞茲，也差點殺了我，因為不希望我們繼續挖掘以前的事。他應該猜得到，只要我認為卡蜜拉還活著，就會繼續追查；只要我還抱著能把卡蜜拉帶回家的希望，就會不顧一切、不管結果繼續挖掘破壞。他顯然不希望如此。

這麼一來，他就有了謊稱卡蜜拉已死的動機。

另一方面，格蘭達．裴瑞茲也不希望我再往下挖，只要我繼續追查，她的家人就有危險，她舉列的詐欺和不法行為都會曝光。由此可知，她也發現要我打退堂鼓的最好方法，就是說服我二十年前的事並沒有任何改變，韋恩．史都本確實殺了我妹妹。告訴我卡蜜拉死了，對她才有利。

但她卻沒有這麼做。

格蘭達勝。

我感覺到希望——又是它！——在我胸中升起。

繆思終於回來並關上房門。「我剛跟洛威爾警長談過，」她說。

「哦？」

「我說過了，這是他的案子，有些事除非他點頭，不然我不能透露。」

「跟妳剛剛那個懷孕的問題有關？」

繆思坐下，那模樣好像害怕椅子會垮掉似的，還把雙手放膝上，很不像平常的她。她平常很像嗑多了安非他命太過興奮、差點被飛車擦撞的過動兒，我從沒看過她那麼壓抑。只見她低著頭，那一瞬間我有點同情她的處境，她是那麼努力地要做對的事，一直都是。

「繆思？」

她抬起眼，我不喜歡眼前的畫面。

「出了什麼事？」

「你記得我要安德魯．貝瑞去營地的事嗎？」

「當然記得，」我說。「貝瑞想測試什麼透地雷達之類的新玩意兒。然後呢？」

繆思只是看著我，不說話，我看見她眼眶泛紅。接著她對我點點頭，那是我看過最悲傷的頷首。

我覺得我的世界啪一聲墜落。

希望。希望曾經溫柔地呵護我的心，現在卻伸長利爪把我的心捏碎。我無法呼吸，我猛搖頭，但繆思卻不停點頭。

「他們在找到那兩具屍體的附近，找到很久以前的屍骨，」她說。

我搖頭搖得更大力。不要現在，不要在經歷這一切之後。

「女性，五呎七吋高，埋在土裡約十五到三十年。」

我還是搖頭。繆思停止點頭，等著我鎮定下來。我試著理清思緒，不去聽她說的話，試著封鎖一切，然後重新倒轉。這時我想起一件事。

「等等，妳問我卡蜜拉有沒有懷孕過，是指找到的屍骨……他們看得出她懷孕過？」

「不只懷孕，」繆思說，「她生產過。」

我坐在原地，試著理解這一切卻辦不到。懷孕是一回事，這不是不可能，她可能去墮胎之類的，我不知道。但懷胎十月然後生下孩子，如今她死了，經過這一切……

「繆思，查清發生了什麼事。」

「我會的。」

「如果有個孩子……」

「我也會查出來。」

39

「有新消息。」

亞力士·科可洛夫至今仍是個令人印象深刻但有點可怕的人。八〇年代末，柏林圍牆倒下、他們的生活徹底轉變之前，科可洛夫是索希在外籍旅客觀光局的下屬。想想其實很好笑。他們在家鄉是KGB菁英，一九七四年還曾是阿爾法隊的小組成員。這個隊伍本來的任務是反恐和緝凶，但在一九七九年寒冷的聖誕節早晨，他們襲擊了喀布爾的達魯拉曼宮。之後不久，索希找到觀光局的差事，搬到紐約。跟他處得並不特別好的科可洛夫也接著離開了俄國。兩人都把家人留在祖國，遠赴美國。有什麼辦法呢，紐約太誘人了，只有最強悍的蘇聯人才去得了，但即使是最強悍的人也得被他不一定喜歡或信任的同事監視，也必須常被人提醒：他們摯愛的家人還留在家鄉，上級一聲令下，他們就有得罪受。

「繼續說，」索希說。

科可洛夫是個酒鬼，一直都是，但年輕時這幾乎成了他的優勢。他聰明又強悍，酒精使他變得更加兇狠。科可洛夫很聽索希的話，像隻狗一樣。如今歲月在他身上留下了痕跡，兒女都已長大，對他已無用處，太太也很早就離開了他。雖然令人同情，但不管怎麼說他都是前朝舊人了。的確，他們一直都不喜歡彼此，但兩人之間還是有份特殊情誼。科可洛夫對索希的忠誠與日俱增，所以索希一直把他放在發薪名單上。

「他們在樹林裡發現一具屍體，」科可洛夫說。

索希閉上眼，他沒料到會演變成這樣，但也不至於太驚嚇。培維爾·克普蘭想挖出過去的事，索希想阻止他，因為有些事不知道比較好。他的哥哥姊姊加夫羅和艾琳埋在集體墓園裡，沒有墓碑，毫無尊嚴。索希並不為此感到難過，不過就是塵歸塵、土歸土罷了。但有時他還是納悶，納悶加夫羅有天會不會從墓穴裡爬出來，指責他六十多年前偷了他一口麵包。索希知道只是一口麵包，不會改變任何事，但他每天早上仍會想起自己做過的事，想到那口偷來的麵包。

現在的情況就是這樣嗎？死者發出了復仇的吶喊。

「你怎麼知道的？」索希問。

「培維爾上次來過之後，我就一直注意地方新聞，」科可洛夫說。「我在網路上看到了報導。」

索希不由笑了。兩名老KGB惡棍利用美國網路蒐集資訊，多諷刺啊。

「我們該做什麼？」科可洛夫問。

「做什麼？」

「對。我們該做什麼？」

「什麼都不必做，亞力士，都已經過了那麼久。」

「命案在這個國家沒有追訴時效規定，警方會展開調查的。」

「然後發現什麼？」

「都過去了。我們已經沒有要保護的組織或國家了。」

科可洛夫無言。

沉默。亞力士摸摸下巴，看往別處。

「怎麼了？」

亞力士說：「索希，你懷念那時候嗎？」

「我懷念我的青春歲月，」他說，「僅此而已。」

「那時候大家都怕我們三分，」科可洛夫說。「經過我們面前都會發抖。」

「怎麼，你覺得這是好事？」

他的笑容很難看，牙齒搭配他的嘴巴嫌小，像齧齒動物。「別裝了。那時我們手中握有權力，就像神一樣。」

「不對，我們不是神，是惡霸，是神的邪惡部下。有權力的是他們，我們只是害怕，所以就讓其他人比我們更加害怕。他們讓我們以為自己很了不起，說穿了，其實就是欺負弱小。」

亞力士對著索希把手一揮，像要驅散他說的話。「你老了。」

「我們都是。」

「我不喜歡整件事又翻出來。」

「你也不喜歡培維爾回來，因為他讓你想起他的祖父是吧？」

「不是。」

「你逮捕的那個人，那對老夫老妻。」

「你想你好些了嗎，索希？」

「沒有，我知道沒有。」

「那不是我的決定，你知道的。有人舉發他們，我們只負責行動。」

「的確，」索希說。「神命令你採取行動，所以你就照辦，這樣你還覺得自己了不起嗎？」

「不是這樣的。」

「就是這樣。」

「換成你也會這麼做。」

「對，沒錯。」

「我們是為了更高的目標才這麼做。」

「亞力士，你真的信那一套？」

「對，現在還是，我還是懷疑我們到底有什麼大錯。每次看到自由開放釀成的危險，我還是會產生這樣的懷疑。」

「我不會，」索希說。「惡棍就是惡棍。」

沉默。

科可洛夫說：「那現在呢？他們發現了屍體會怎麼樣？」

「也許不會有事，也許會死更多人，也許培維爾終於有機會面對自己的過去。」

「你沒提醒他不該這麼做嗎？應該讓過去繼續埋在地底？」

「我說了，」索希說，「但他不聽。誰知道到最後誰對誰錯。」

麥法頓醫生進來告訴我，子彈穿過我的側腹但沒傷到內臟，算是不幸中的大幸。每次看到電影中的英雄人物中槍受傷卻還能照常生活，好像什麼事也沒有，我就很不以為然。不過實際上，不少槍傷確實會像這樣漸漸癒合，坐臥在病床上不會比在家裡休息要好。

「我比較擔心你頭部受的傷，」醫生說。

「但我可以回家了？」

「你先睡一下好了，看看醒來後情況怎麼樣，我想你今天應該留在醫院過夜。」

我想跟他說現在我覺得全身疼痛不適，回家不會有好處。我現在的樣子想必很可怕，回家一定會嚇到凱拉。

他們在樹林裡找到一具屍骨，我的腦袋還是無法理解這件事。

繆思把初步驗屍結果傳真到醫院給我。現在警方知道的還不多，但很難不相信死者就是我妹妹。洛威爾和繆思徹底查過了附近的失蹤女性，試著找出符合條件的行蹤不明女性，結果毫無收穫。初步比對過電腦檔案之後，唯一符合條件的就是我妹妹。

目前法醫還沒找出死亡原因，碰到這類屍骨常有這種結果。就算凶手割了她的喉嚨或將她活埋，也可能永遠查不出來了，因為骨頭上不會留下記號，而且死者的軟骨和內臟早已腐爛，成了寄生蟲的大餐。

我的腦袋直接跳到關鍵點：恥骨的凹痕。

這證明死者生產過。

我不禁又懷疑起這怎麼可能。在正常的情況下，我可能會認定他們挖到的人不是我妹妹，因而重新燃起希望，但如果不是，這件事又該做何解釋？在同一段時間內，有另外一個女孩，而且是無人能出面指認的女孩，也在營隊的同一地點遭人殺害埋屍嗎？

說不過去。

總覺得我漏掉了什麼，而且漏了很多。

我拿出手機，醫院裡收不到訊號，我找出約克的號碼，再用病房的電話打給他。

「有什麼新發現嗎？」我問他。

「你知道現在幾點了嗎？」

不知道。我看看時鐘。「十點多，」我說，「有新發現嗎？」

他嘆道：「彈道測試證明了我們的推測：銀斯坦拿來射殺你的手槍跟他用來射殺吉爾．裴瑞茲的槍是同一把。DNA檢驗要幾個禮拜，不過福斯金龜車後座的血跡血型跟裴瑞茲吻合。以運動術語來說，我會說是快達陣了。」

「露西那邊呢？」

「迪倫說她幫不上什麼忙。她受到很大的驚嚇，只說她父親狀況不好，也許想像自己遭受到什麼威脅。」

「迪倫相信嗎？」

「當然，為什麼不？不管怎麼樣，我們的案子都算結束了。你還好吧？」

「迪倫中過一次槍。」

「只有一次？」

「中得好。反正他跟每個女人約會都會秀一秀他的傷疤，他說女人很吃這一套。你，學著點。」

「迪倫傳授的泡妞秘訣。謝了。」

「猜猜看，秀過傷疤之後他接下來會說什麼？」

「嘿，寶貝，想看我的槍嗎？」

「可惡，你怎麼知道？」

「露西跟你們談完之後人呢？」

「我們開車載她回學校。」

「好，謝了。」

我掛上電話，撥露西的號碼，電話直接轉到語音信箱，我留了言。之後我打到繆思的手機。

「妳在哪？」我問。

「回家路上。怎樣？」

「我想妳可能會去雷斯頓大學找露西問話。」

「我去過了。」

「然後？」

「她沒開門，但我看見裡頭的燈亮著，她在裡面。」

「她還好嗎？」

「我怎麼知道？」

我有不好的感覺。親眼看見父親自殺，此刻又獨自一人待在住處。「妳現在離醫院多遠？」

「十五分鐘。」

「來接我好嗎？」

「你可以出院嗎？」

「誰會擋著我？而且才一下下。」

「老大，你是要我載你去你女朋友家嗎？」

「不是。我以郡檢察官的身分，要求妳載我到近日命案的重要關係人家裡。」

「不管怎樣，我馬上到，」繆思說。

沒有人阻止我離開醫院。

我雖然不舒服，但我還有比這更糟的時候。我擔心露西，而且越來越確定這不只是一般的擔心而已。

我想念她。

我想念她，就像我們想念愛戀的人一樣。我也可以避重就輕，迴避這種說法，說是因為最近接二連三的事件使我的情緒特別激動，說我只是懷念過去的純真歲月，懷念爸媽還在一起、妹妹還活著，甚至珍還健康美麗快樂的時光。但事實並非如此。

我喜歡跟露西在一起，喜歡那種感覺。我喜歡跟她在一起，就像一般人喜歡跟自己心愛的人在一起一樣。沒有必要多加解釋。

繆思開車來載我。她的車又小又窄，我對車不太有研究，也搞不清楚她開的是什麼車，只覺得車裡都是菸味。她一定察覺了我臉上的表情，才會說：「我媽是個大菸槍。」

「嗯哼。」

「她跟我住在一起，暫時的，直到她找到第五任老公為止。我叫她別在我車上抽菸……」

「可是她不聽。」

「才不是，我越說她越故意，在公寓裡也一樣。每次回家，一打開門我就覺得自己在吞菸灰。」

我暗自希望她開快一點。

「你明天上法庭沒問題嗎？」她問。

「我想是。」

「皮爾斯法官想在他的辦公室見律師團。」

「知道要幹嘛嗎？」

「不知。」

「幾點」

「早上九點整。」

「我會到。」

「要我去接你嗎？」

「好。」

「那我可以有公司配車嗎？」

「我們是郡級單位，又不是公司行號。」

「那公務車怎麼樣？」

「也許。」

「酷。」她又開了一會兒。「你妹的事我很遺憾。」

我沒說話。目前我還不知道該做何反應，也許要等到身分確認，也許我已經悼念了二十年，所以那種心情已經所剩無幾。更有可能的是，我只是暫時把情緒擺進後面的焚化爐。又有兩個人喪命。

不管二十年前在那片樹林裡發生了什麼事……當地有些小孩說樹林裡有妖魔鬼怪吃掉或帶走小孩，也許是真的。不管是誰殺了瑪歌和道格——卡蜜拉也很可能在那裡送命——那個人都還活著，還有呼吸，還在殘害生命。也許他沉睡了二十年，也許他到了新的地方或轉移到其他州的樹林，現在又回來了，這次我絕對不會再讓他逃掉。

雷斯頓大學的教職員宿舍一片昏暗。宿舍是老舊的磚牆建築，一棟挨著一棟，裡頭照明不佳，不過我想這也許不是壞事。

「妳介意在車上等嗎？」我問。

「我要去辦點事，」繆思說，「很快回來。」

我走上步道，燈雖然熄了，但我聽得到音樂，也認得出那首歌：邦妮．麥基的〈某人〉。很悲傷的歌曲，「某人」代表完美的愛，她知道它在某個地方卻永遠找不到。露西就是這樣，愛聽傷心的歌曲。我敲門，沒回應；我按門鈴又再敲門，還是沒回應。

「露西！」

沒聲音。

「露西！」

我又敲門。不管醫生幫我做了什麼治療，現在都漸漸失效。我感覺到側身的縫線，真真確確感覺到每個動作都在撕裂我的皮膚。

我轉轉門把，鎖上了。我看見兩扇窗，想往窗內打探，但太暗了，接著又試著打開窗，但兩扇都鎖上了。

「開門，我知道妳在裡面。」

我聽見身後有車子開過來，是繆思。她停好就走下車。

「拿去，」她說。

「什麼？」

「萬能鑰匙，我跟學校警衛拿的。」

繆思果然是繆思。

她把鑰匙丟給我，逕自走回車上。我拿鑰匙開門，又敲了一次門，轉動門把，門打開了。我走進去，關上身後的門。

「不要開燈。」

是露西的聲音。

「讓我一個人靜一靜好嗎，克普？」

iPod跳到下首歌。亞歷山卓·艾斯科維多唱著什麼樣的愛會毀了一個母親，讓她發了瘋地穿越糾結樹林。

「妳應該買克特爾選集的，」我說。

「什麼？」

「就像以前電視廣告的啊，比方時光生活呈現給您『史上最悲傷抑鬱的歌曲』。」

我聽見她的鼻子哼了一聲。我的眼睛漸漸適應黑暗，看到她坐在沙發上。我走上前。

「不要過來，」她說。

但我繼續往前走，在她身旁坐下。她手裡拿著一瓶喝了一半的伏特加。我環顧這間公寓，沒有私人的東西，沒有新的、明亮的或開心的東西。

「伊拉，」她說。

「我很遺憾。」

「警察說他殺了吉爾。」

「妳認為呢？」

「我在他的車上看見血跡。他對你開槍，所以……對，我想是他殺了吉爾。」

「為了什麼？」

她沒回答，又灌了一大口酒。

「把酒給我，」我說。

「克普，我就是這樣子。」

「妳不是。」

「我不適合你，你救不了我的。」

我心裡有幾種回應方式，但每一種都很老套，所以也罷。

「我愛你，」她說，「我是說，一直都是。我跟其他男人交往過，談過幾次感情，但你一直在那裡，跟我們在房間裡，甚至在床上。這太蠢了，當時我們都只是孩子，但事實就是如此。」

「我懂，」我說。

「他們認為殺了瑪歌和道格的可能是伊拉。」

「妳不認為？」

「他只是希望這件事落幕。你了解嗎？這件事對他造成的損失和傷害太大，而且他看見吉爾的時候，一定很像看見幽靈回來糾纏他。」

「我很遺憾，」我又說。

「你回家去吧，克普。」

「我想留下來。」

「這不是你能決定的。這是我的家，我的生活。你回去吧。」

她又喝了一大口酒。

「我不想這樣把妳放下。」

她的笑容有點尖銳。「怎麼，你以為這是第一次嗎？」

她看著我，想跟我吵架，我不想奉陪。

「反正我就是這樣。在黑暗中喝悶酒，聽悽慘的音樂，很快就會精神恍惚或不省人事，隨便你怎麼說都可以。明天醒來幾乎不會有宿醉。」

「我想留下來。」

「我不想。」

「不是為妳，是為了我自己。我想跟妳在一起，尤其是今天晚上。」

「我不想要你留下來，這樣只會更糟。」

「可是——」

「拜託你，」她說，語帶懇求。「拜託你讓我一個人靜一靜。明天，明天我們再重新開始。」

40

泰拉・歐妮爾醫師很少睡超過四五個小時，她並不怎麼需要睡眠。隔天早上六點天一亮她又重回樹林。她喜愛樹林，其實只要是樹林她都喜歡。她念的是費城賓州大學醫學院，都市的學校，大家以為她一定會喜歡。他們都說，妳長得那麼漂亮，城市活力四射又到處是人，什麼事都可能發生。

可是在費城讀書期間，她每週末都回家。畢業後她考上法醫，就在威爾克斯巴里兼任法醫賺點外快。她試著要找出自己的人生哲學，後來漸漸體認到某次聽某搖滾巨星，好像是艾力・克萊普頓接受訪談時說的話：我對人並不特別著迷，她也一樣。說來也許可笑，不過她寧可跟自己在一起。她喜歡看書、看電影，但不評論。她不知道該怎麼面對男人和男人的自我，還有他們的自大吹噓和疑神疑鬼。她不想要生活上的伴侶。

待在這裡，像這樣的樹林裡，是她最快樂的時候。

她帶著她的工具箱。大眾幫忙買單的時髦新玩意中，她覺得最有用的就是最簡單的東西：濾網。其大小跟她廚房裡的濾網一模一樣。她把濾網拿出來，開始篩泥土。

濾網的功能就是找到牙齒和破碎的小骨頭。

這工作很吃力，跟她高中以後做過的考古挖掘工作很像。那時她在南達科他州的不毛地區實習，大家都稱那一帶叫巨豬考古遺址，因為考古學家最初在那裡發現了古豬獸，其實就是一種很大的古代豬。當時她成天跟豬和古代犀牛的化石為伍，那是很美好的經驗。

她用同樣的耐心在這片埋屍地點工作，一般人會覺得這種工作單調乏味得要命，但歐妮爾卻樂在其中。

一個小時後，她找到了一小片骨頭。

她覺得脈搏加速。照過骨化X光之後，這樣的結果其實在她的預料之中。儘管如此，能夠找到遺失的那一塊……

「我的天啊……」

她不由喊出聲，聲音在寂靜的樹林迴盪。她無法置信，但證據就在眼前，就在她戴著橡膠手套的手心裡。

她找到的是舌骨。

至少是一半，但已經嚴重鈣化，一用力可能就會碎掉。她回頭繼續尋找，盡可能加快篩濾速度，沒有太久，大概五分鐘後，她就找到了另外一半。她拿起兩片骨頭。

經過這麼多年，骨頭碎片仍像拼圖一樣吻合。

歐妮爾的臉綻放開心的微笑。有一瞬間，她瞅著兩片骨頭，不可思議地搖著頭。

她拿出手機，見沒有訊號趕緊駕車往回開了大約半哩，直到看見兩家酒吧才停下車打給洛威爾警長。對方在鈴響兩聲後接起。

「是妳嗎，醫生？」

「對。」

「妳在哪裡？」

「埋屍地點，」她說。

「妳聽起來很興奮。」

「確實。」

「為什麼？」

「我在土裡找到了某個東西，」歐妮爾說。

「然後？」

「它改變了我們對這個案子原本的認知。」

醫院不時響起的嗶嗶聲吵醒了我。我慢慢醒來，眨了眨眼，一睜開眼就看見裴瑞茲太太坐在我旁邊。

她把椅子拉到我的床旁邊，皮包放膝上，雙腿併攏，背脊打直。我直視她的眼睛，看得出來她哭過了。

「銀斯坦先生的事我聽說了，」她說。

我等著她接下去說。

「我也聽說他們在樹林裡找到骨頭。」

我覺得口好乾，轉頭往右邊一看，只見隔壁台子上有個黃褐色水壺，這種醫院特有的水壺的特有功能就是讓水特別難喝。我正要伸手去拿，手還沒舉起，裴瑞茲太太就站起來幫我把水倒進杯子再遞給我。

「你想坐起來嗎？」裴瑞茲太太問。

「也好。」

她按下遙控器，我的背漸漸上揚，調整成坐姿。

「這樣可以嗎？」

「很好，」我說。

她坐回位子。

「你還是不肯放手，」她說。

我不想回答這問題。

「他們說是銀斯坦先生殺了我的吉爾。你想是真的嗎？」

我的吉爾。所以不用再假裝，不用再躲在謊言或女兒後面，也不用再問假設性問題了。

「我想是。」

她點點頭。「有時候我覺得吉爾真的死在那片樹林裡了，應該是這樣的，之後的時間都是借來的。那天警察打給我的時候，我早就知道了。我一直在等這一天，你懂嗎？有一部分的吉爾從沒逃出那片樹林。」

「告訴我是怎麼回事，」我說。

「這些年來我以為自己知道，但也許我從來就不知道真相，也許吉爾對我說了謊。」

「把妳知道的告訴我。」

「那年夏天你也參加了營隊，你認識我的吉爾。」

「認識。」

「你也認識那個名叫瑪歌．葛林的女孩？」

我說認識。

「吉爾迷上了她，可是他是窮小子，我們家住在厄文頓的破舊區域。銀斯坦先生辦了一個勞工子女也能參加的活動，我在裡頭的洗衣房工作。這你知道。」

我知道。

「我很喜歡你母親。她很聰明，我常跟她聊天，什麼都聊，聊書、聊生活、挫折和失望。娜塔莎是我們說的老靈魂，她是那麼的美麗，但那很脆弱。我說的你懂嗎？」

「我想我懂。」

「總之，吉爾很為瑪歌．葛林著迷，這可以理解。他才十八歲，她在他眼裡簡直就像雜誌裡的模特兒。男生就是如此，抵抗不了慾望，我的吉爾也一樣，只不過那女孩傷了他的心。這也很平常，他應該難過幾個禮拜就沒事的，本來可以的。」

她頓了頓。

「所以發生了什麼事？」

「韋恩．史都本。」

「他怎麼了？」

「他在吉爾的耳邊竊竊私語，說他不該輕易放過瑪歌，故意刺激他的男性尊嚴。他說瑪歌在私底下嘲笑吉爾，還慫恿吉爾『要給她點顏色瞧瞧』。過了一陣子，我不知道多久，吉爾答應了他。」

我的臉一垮。「所以他們一起合作犯案？」

「不是。你還記得瑪歌總是在營隊上賣弄風騷吧？」

同樣的話韋恩也說過。

「很多小孩想挫挫她的威風，我兒子當然是一個，道格．畢林漢也是，你妹妹說不定也是。她之所以在現場，也許是道格帶她去的，不過這不重要。」

這時有個護士打開門。

「現在不方便，」我說。

我以為對方會回嘴，但一定是我的口氣很兇嚇退了她。她退了回去，讓門合上。裴瑞茲太太低頭垂眼盯著自己的皮包看，好像怕有人搶走它似的。

「韋恩很仔細地計畫過，吉爾是這麼跟我說的。他們打算把瑪歌引到樹林裡，原本只是想惡作劇。你妹妹幫忙引她出來，說要帶她去認識幾個可愛的男生。吉爾戴了面罩，把瑪歌抓來綁起來，原本應該到這裡就結束了。他們打算把她丟在樹林裡幾分鐘，她要是沒自己逃脫，他們就來幫她鬆綁。很愚蠢又幼稚，但確實有這種事。」

這我知道。夏令營總是不缺這種「惡作劇」。我記得有一次我們把某個男生連同他的床移到樹林裡，隔天早上他醒來時發現自己一個人睡在外面，嚇都嚇死了。我們也曾拿手電筒去照睡著隊友的眼晴，邊模仿火車的聲音，邊搖著他大喊：「趕快離開鐵軌！」然後眼睜睜看他從床上跳下來。我記得有兩個惡霸隊友常叫其他隊員同性戀，有天深夜，我們趁他們熟睡時把其中一個的衣服剝光光，把他放在另外一人的床上。早上醒來，其他隊友都看見他們光著身子睡在同張床上，從此以後他們就不敢再囂張。

把一個騷貨綁起來，丟在樹林裡幾分鐘……老實說我並不意外。

「後來事情開始走樣，」裴瑞茲太太說。

我等著她繼續說。一滴淚滑落她的眼睛，她把手伸進皮包拿出一疊面紙按按眼睛，把淚水吞下肚。

「韋恩．史都本拿出一把刮鬍子的剃刀。」

聽到這句話時，我的眼睛應該瞬間睜大了一些。我幾乎可以看見當時的情景，可以看見他們五個人在樹林裡，可以想像他們的表情、他們的訝異。

「瑪歌馬上察覺他們在玩什麼把戲，所以將計就計，任由吉爾把她綁起來，然後把我兒子羞辱了一頓，取笑他，說他搞不定一個真正的女人，反正就是從古至今女人羞辱男人常說的那些話。吉爾並沒有因此反擊，他能做什麼呢？但韋恩突然拿出剃刀，一開始吉爾以為這也是惡作劇的一部分，只是要嚇唬嚇唬她，沒想到韋恩毫不猶豫走到瑪歌面前割斷她的脖子。」

我閉上眼睛，腦海又浮現那畫面，彷彿看見刀片劃開年輕的肌膚，鮮血迸濺，生命從她體內流失。我想了想，瑪歌遭殺害時，我正在不遠處跟我的女朋友做愛。這大概很諷刺，人類最殘忍血腥的行為緊鄰著最不可思議的行為，但此時已難想像那種場景。

「有一瞬間，大家都靜止不動，站在原地。然後韋恩笑著對他們說：『多謝幫忙。』」

我皺眉，但心裡也許漸漸明白：卡蜜拉把瑪歌騙進樹林，吉爾把她綁起來……

「接著韋恩拿起剃刀，吉爾說他們看得出來韋恩多麼自得其樂，他盯著瑪歌屍體看的樣子很可怕。當下他嗜血的慾望被挑起，接著開始追著他們跑，他們拔腿往四面八方逃，韋恩追上去。吉爾跑了很遠很遠，中間發生了什麼事我並不清楚，但可以猜得到。韋恩追上道格．畢林漢把他殺了，吉爾僥倖逃走，你妹妹也是。」

護士又進來。

「很抱歉，克普蘭先生，我必須幫你量脈搏和血壓。」

我點頭示意她可以進來。我必須喘喘氣，此刻我只覺得心臟怦怦跳。又來了。如果不冷靜下來，我會一直困在原地。

護士安靜而快速地工作。裴瑞茲太太左右張望好像剛進門、剛意識到自己身在何處似的。我很怕她會站起來走掉。

「沒關係的，」我對她說。

她點點頭。

護士完成工作。「你今天早上就可以出院了。」

「很好。」

她擠了擠笑容，走出去。我等著裴瑞茲太太繼續說。

「吉爾當然很害怕，你可以想像，你妹妹也一樣。你要從他們的立場去想：他們還那麼小，差一點就送命，親眼看見瑪歌被殺。但最可怕的也許是韋恩說的那句話：多謝幫忙。你了解嗎？」

「他把他們拉下水。」

「對。」

「那他們怎麼做？」

「只能躲起來，躲了超過二十四小時。你母親和我擔心死了，我丈夫在厄文頓的家裡，你父親雖然在營隊上，但跟著搜索隊去找人了。那通電話打進來時，我跟你母親正好在一起。吉爾知道廚房後面公共電話的號碼，他打了三次，但聽見是別人接的馬上掛斷。他們失蹤一天多後，終於等到我接起了電話。」

「吉爾跟妳說了事情的經過？」

「對。」

「妳跟我媽說了？」

她點頭。我心中的疑團漸漸解開。

「妳有跟韋恩．史都本聯絡嗎？」我問。

「用不著，他已經先跟妳母親聯絡了。」

「他說了什麼？」

「沒，但他把事情講得很清楚。他已經弄好那天晚上的不在場證明。我們早就猜到了，當母親的就是這樣。」

「猜到什麼？」

「吉爾的哥哥艾德瓦多正在服刑，吉爾自己也有一些不良記錄，他跟幾個朋友偷過車。你家和我家都是窮人家，再說繩子上一定留下了指紋。警方一定會懷疑為什麼你妹妹把瑪歌．葛林引進樹林。韋恩已經把對他不利的證據都銷毀。他家裡有錢，備受寵愛，也請得起最好的律師。克普蘭先生，你自己是檢察官，那麼我問你，如果吉爾和卡蜜拉站出來，你想誰會相信他們？」

我不由閉上眼。「所以妳就叫他們躲起來。」

「對。」

「是誰在他們的衣服上染上血？」

「是我。我去見了吉爾，他還在樹林裡。」

「妳有看見我妹妹嗎？」

「沒有。吉爾把衣服給我，把自己割傷，拿衣服按在傷口上。我要他先躲起來直到我們想出對策為止。你母親跟我努力要想出翻轉情勢的方法，好讓警方相信事實。但幾天過去了，我們還是想不出好法子。我知道警察會怎麼想，就算他們相信我們，吉爾還是共犯，卡蜜拉也一樣。」

我看見了另一個點。

「妳有個身體殘障的兒子。」

「對。」

「妳需要錢照顧他，也許還需要錢送格蘭達去上好學校。」我直視她的眼睛。「妳什麼時候想到可以利用打官司賺上一筆的？」

「我們原本沒這麼想，那是後來的事。畢林漢他爸爸開始控訴銀斯坦先生沒盡好保護他兒子的責任，我們才想到這點。」

「才看到了機會。」

她調了調坐姿。「銀斯坦先生應該看好這些孩子，這樣他們就不會偷跑進森林，他也有錯。沒錯，我看見了一個機會，你母親也是。」

我覺得天旋地轉，只想擋住這種感覺好接受新的現實。「妳是說……」我停住。「妳是說我爸媽知道我妹還活著？」

「不是的，」她說。

我的心涼了一截。

「不會吧……」

她沉默。

「她沒告訴我爸，是嗎？」

「對。」

「為什麼？」

「因為她恨他。」

我坐在椅子上想著他們之間的爭吵、怨恨、不快樂。「那麼恨嗎？」

「什麼？」

「恨一個人是一回事，」我說，「但她恨我爸恨到連親生女兒是死是活都不願意告訴他嗎？」

她沒回答。

「裴瑞茲太太，我問妳一個問題。」

「我不知道答案，我很抱歉。」

「妳跟妳先生說了對不對？」

「說了。」

「但她從沒告訴過我爸。」

默不作聲。

「他以前會到樹林裡找她，」我說。「三個月前當他躺在病床剩下最後一口氣時，最後一句話是要我繼續找她。裴瑞茲太太，她那麼恨他嗎？」

「我不知道，」她又說。

我漸漸感覺到這些話對我的打擊，就像大雨劈哩啪啦打在我身上。「她在等待時機是嗎？」

裴瑞茲太太沒回答。

「她把我妹妹藏起來，誰都不透露，甚至……連我都不說。她在等賠償金下來，她就是這麼打算的。一拿到錢……她就跑了，帶著一大筆錢去跟我妹妹會合。」

「這……就是她的計畫。」

我脫口說出下一個問題：「她為什麼不帶我一起走？」

裴瑞茲太太看著我。我思索著其中的理由，然後想通了一件事：「如果她帶我走，我爸就會一直找，他會找索希叔叔和他KGB的老朋友幫忙。他也許會讓我媽走，說不定早就不愛她了；他以為我妹死了，所以也不會去找她。但我媽知道他絕不會讓我走。」

我想起索希叔叔曾說她已經回俄國了。她們倆都是嗎？她們現在人都在俄國嗎？這樣解釋得通嗎？

「吉爾改名換姓，」她接著說，「到處旅行，生活過得馬馬虎虎。後來那些私家偵探找上門問一大堆問題，他聽到風聲，覺得又看到賺錢的機會，畢竟他也怪你，這實在太巧了。」

「我？」

「你那晚沒留守營地。」

我無言。

「所以他多少會怪你，覺得這也許是讓你為此補償的好機會。」

這解釋了其他事，完全符合拉雅．辛跟我說的話。

她站起來。「我知道的就是這些。」

「裴瑞茲太太？」

她看著我。

「我妹妹有懷孕嗎？」

「我不知道。」

「妳看過她嗎？」

「什麼？」

「卡蜜拉。吉爾跟妳說她還活著，我母親也這麼告訴妳，可是妳親眼看過她嗎？」

「沒有，」她說。「從來沒有。」

41

我不知道該怎麼想才好。

而且幾乎沒有時間多想。裴瑞茲太太走後五分鐘，繆思就進來了。

「上法院了。」

我們從容不迫地辦理出院。我辦公室有套額外準備的西裝，我換上西裝就前往皮爾斯法官的辦公室。富萊．希克利和莫特．普賓已經到了。昨晚的事他們早有耳聞，但就算他們在乎，今天也不打算表現出來。

「各位，」法官說，「我希望我們能想辦法解決這案子。」

我沒那個心情。「今天來就是為了這個？」

「對。」

我看著法官，他看著我。我把頭一搖。是啊，如果對方挖我的醜事對我施壓，有什麼道理不對法官做同樣的事？

「檢察官對交易沒興趣，」我說。

我站起來準備走人。

「坐下，克普蘭先生，」皮爾斯法官說。「你提供的ＤＶＤ證據可能有問題，我也許必須將它排除。」

我走向門。

「克普蘭先生！」

「我要走了，」我說。「法官，算在我頭上。你該做的都做了，把錯怪在我頭上。」

富萊．希克利皺起眉頭。「你在說什麼？」

我不答，直接伸手去轉門把。

「坐下，克普蘭先生，不然你就是藐視法庭。」

「因為我不想和解？」

我轉身注視皮爾斯法官，只見他氣得下嘴唇發抖。

莫特．普賓說：「有人可以解釋一下現在什麼狀況嗎？」

我跟法官都不理他。我對皮爾斯點點頭表示我了解，但我不打算讓步。我打開門走出去，步上走廊，只覺得側腹的傷口好痛，腦袋陣陣作痛，只想坐下來痛哭一場，坐下來好好想想我剛聽到有關我媽和我妹的事。

「我不認為這樣行得通。」

我轉過身，看見詹瑞特他父親。

「我只是想辦法要救我的兒子，」他說。

「你兒子強暴了一個女孩。」

「我知道。」

我停下來，看見他手裡拿著一個牛皮紙袋。

「坐一下，」他說。

「不要。」

「想像令千金長大之後，也許有天在派對上喝多了，酒醉駕車不小心撞到人，害對方送命。想像類似的情況，她不小心犯了錯。」

「強暴跟犯錯不一樣。」

「一樣。他知道自己不會再犯，他闖了禍，以為自己很行，現在他學到教訓了。」

「我不想再討論這件事，」我說。

「我知道。但每個人都有祕密，都會犯錯、做錯事，有些人只是藏得比較好。」

我不說話。

「我從沒找你的孩子麻煩，」詹瑞特說。「只對你一個人，只挖你的過去，甚至拿你的連襟開刀，但從沒碰過你的孩子。那是我個人的底線。」

「你是君子，」我說。「那麼你抓到皮爾斯法官什麼把柄？」

「那不重要。」

他說得對，我沒必要知道。

「克普蘭先生，我要怎麼做才能幫助我兒子？」

「覆水難收，」我說。

「你真的這麼想？你認為他的人生完了？」

「你兒子最多也許坐五六年牢，」我說。「他在獄中和出獄後做的事，才是決定他人生的關鍵。」

詹瑞特舉起手中的牛皮紙袋。「我不確定該拿這個怎麼辦。」

我默不出聲。

「一個男人會盡一切力量保護自己的小孩，這也許是我的藉口，也許是你父親的藉口。」

「我父親？」

「你父親曾是KGB成員，你知道嗎？」

「我沒時間管這個。」

「這是他的檔案摘要，我的手下已經翻譯成英文。」

「我沒必要看。」

「我想你應該看一看。」他遞給我，我沒接。「如果你想知道做父親的為了讓子女過得更好會做到什麼地步，你最好看一看。也許你會因此更了解我。」

「我不想了解你。」

詹瑞特的手一直停在半空，我終究還是接了過去。他沒再說什麼就走了。

我走回辦公室並關上門，坐在書桌前打開檔案，開始讀第一頁，沒什麼令人吃驚的內容。接著是第二頁，正當我覺得再也沒什麼能夠傷害我的時候，眼前的文字撕裂我的胸口，把我四分五裂。

這時繆思沒敲門就走進來。

「他們在營地找到的屍骨，」她說，「不是你妹妹。」

我說不出話。

「反正那個歐妮爾博士找到了舌骨什麼的，大概是喉嚨部位的骨頭，形狀像馬蹄鐵。總之呢，那骨頭斷成兩半，這表示死者可能是自己上吊自殺的。可是年輕人的舌骨不會那麼脆，我猜反而比較像軟骨。所以歐妮爾就利用X光又做了幾次骨化測試。簡單地說，這具屍骨比較可能是四五十歲的女性，而不是卡蜜拉這種年紀的女孩。」

我不說話，只是張大眼睛看著面前的檔案。

「你還不懂嗎？那不是你妹妹。」

我閉上眼睛，覺得心無比沉重。

「克普？」

「我知道。」

「什麼？」

「樹林裡的那個人不是我妹，」我說，「是我媽。」

42

索希看見我並不訝異。

「你知道對不對？」

他正在講電話，只見他舉起手蓋住話筒。

「坐，培維爾。」

「我問你。」

他說完電話，把電話放回話座，眼睛瞄到我手中的牛皮紙袋。「那什麼？」

「我爸的KGB檔案摘要。」

他的肩膀一沉。「那些事你不能全都相信，」索希說，但話語的背後毫無力量，好像只是看著提詞機照唸。

「第二頁列出我爸做過的事，」我努力止住聲音中的顫抖。

索希沉默地看著我。

「他出賣了我的外公外婆是嗎？是他去告發他們的，我的親生父親。」

索希還是說不出話。

「該死，回答我！」

「你還不了解。」

「我親生父親出賣了我的外祖父母，是還不是？」

「是。」

我怔住。

「有人指控你父親在接生時發生疏失，我不知道是不是真的，反正沒差。當局想治他，他們會施加什麼壓力我跟你說過了，甚至可能毀了你們整個家。」

「所以他為了自保就出賣我的外祖父母？」

「不論如何，當局都不會讓他們好過。但沒錯，法第米爾確實為了保護自己的孩子，選擇犧牲岳父岳母。他不知道會演變到這種地步，原以為當局只會嚇嚇他們、展現一下權威就算了。他以為他們最多只會拘禁你外祖父母幾個禮拜，交換條件是你們家可以獲得第二次機會，你父親也可以為子女和子女的子女打造更好的生活。難道你不了解嗎？」

「不，很抱歉，我不了解。」

「因為你有錢，日子過得又舒服。」

「少跟我說廢話。人不會出賣自己家人，你應該知道的，你經歷過列寧格勒圍城，列寧格勒人沒有屈服。不管納粹做了什麼，你都忍過去了，一樣抬頭挺胸。」

「你以為這麼做很聰明嗎？」他厲聲說，雙手握拳。「天啊，你太天真了。我看著自己的哥哥姊姊活活餓死，你懂嗎？如果我們早屈服，把整座該死的城市交給那些混帳，加夫羅和艾琳到現在還活在世上。也許情勢會倒向納粹，但我的哥哥姊姊就能保住性命，還能孕育下一代，而不是……」

他轉過身。

「我媽什麼時候發現的？」我問。

「你父親他一直良心不安，你母親多少起了疑心，我想因為這個原因，她才那麼鄙視他。你妹妹消失那晚，他以為卡蜜拉死了，整個人徹底崩潰，所以才說出實話。」

確實有可能，我聽得毛骨悚然。我媽知道了我爸出賣了自己的岳父岳母，到死都不原諒他，就算讓他痛苦、讓他以為親生女兒死了也無所謂。

「所以，」我說，「我媽就把我妹藏起來，計畫拿到賠償金之後就跟卡蜜拉一起消失。」

「對。」

「但這裡頭藏了一個最關鍵的問題。」

「什麼問題？」

我攤攤手。「那我呢？她唯一的兒子。她怎麼能丟下我？」

索希不答。

「我從小到大一直覺得我媽不夠愛我，就這樣丟下我，再也沒回來。你怎麼能說服我相信這樣的事？」

「你認為知道真相比較好嗎？」

我想起自己到樹林裡偷看我爸的情景。他為了尋找女兒到處挖地，有一天突然停下來，我以為是因為我母親跑了。我還記得他最後一次到樹林，他告訴我別再跟著他：

「今天別來，保羅，今天我一個人去……」

那天是他最後一次掘地，不為了找我妹妹，而是為了埋葬我媽。

把她埋在原本該是我妹妹喪生的地方，算是因果報應嗎？或者是現實的考量，誰會懷疑早已徹底搜尋過的地方？

「爸發現她計畫逃跑？」

「對。」

「怎麼發現的？」

「我告訴他的。」

索希對準我的眼神。我默默無語。

「我發現你母親從她跟你爸的共同帳戶裡轉走了十萬元，KGB成員本來就會互相監視，我去找你爸問這件事。」

「他去找她當面對質。」

「對。」

「而我媽……」我聲音哽咽，只好清清喉嚨，眨眨眼睛，再試一次。「我媽從來沒打算拋下我，她想帶我一起走。」

索希定定看著我，點點頭。

照理說，真相應該會給我一點安慰，實際上卻沒有。

「你知道他殺了她嗎？」

「知道。」

「就這樣？」

他又沉默。

「而你什麼也沒做？」

「我們仍然為當局工作，」索希說。「如果他殺了人的消息走漏，我們都可能有危險。」

「你的身分可能曝光。」

「不只我，你父親知道我們很多事。」

「所以你就替他隱瞞。」

「過去的做法就是如此：為了更高的目標犧牲自己。你父親說她威脅要把我們都抖出來。」

「你相信他的話？」

「相不相信重要嗎？你父親從沒想過要殺她，他失去了理智，想想當時的情景：娜塔莎打算跑去躲起來，打算帶走孩子永遠消失。」

我想起我爸臨終前說的最後一句話。

「保羅，我們還是要找到她……」

他指的是卡蜜拉的屍體？還是卡蜜拉本人？

「我爸發現我妹妹還活著？」我問。

「沒那麼簡單。」

「什麼意思？他發現了還是沒有？我媽告訴他了嗎？」

「娜塔莎？」索希提高聲音。「從來沒有。你可以說她勇敢，說她寧死不屈，不管你父親對她做什麼，她都不肯說。」

「包括把她活活勒死？」

索希不說話。

「那麼他是怎麼知道的？」

「他殺了你母親之後，到處翻她的文件和通話記錄，自己把找到的資料拼湊在一起，心裡多少開始起疑。」

「那麼他知道嗎？」

「就像我說的，事情沒那麼簡單。」

「我不懂。他到處找卡蜜拉嗎？」

索希閉上眼，繞到書桌後面。「你問過我列寧格勒圍城的事，」他說。「你知道那讓我學到什麼嗎？死者走了，什麼都不是了，你將他們埋葬，然後繼續前進。」

「我會記住的。」

「你不斷挖掘過去，不肯讓死者安息，結果呢？又有兩個人喪命；發現你深愛的父親殺了你母親，這樣值得嗎？值得驚擾過去的幽靈嗎？」

「要看情況，」我說。

「看什麼情況？」

「看我妹妹發生了什麼事。」

我等他接下去說。

我父親臨終前的最後一句話浮現我腦海：「你知道嗎？」

我以為他在指責我。以為他在我臉上看見了自責，其實不是。他想問的是：我知道我妹妹真正的命運嗎？知道他做了什麼事嗎？知道他殺了我母親並親手把她埋在樹林裡嗎？

「我妹妹出了什麼事？」

「我說沒那麼簡單就是指這個。」

我等他把話說完。

「你要知道，你爸從頭到尾都不確定。沒錯，他找到了一些證據，但唯一能確定的是你母親打算拿著錢帶你一起逃跑。」

「所以？」

「所以他請我幫忙，要我調查他找到的線索。他要我幫忙找到你妹妹。」

我看著他。

「你找到了嗎？」

「我去找了。」他上前一步。「調查完後，我告訴你父親他搞錯了。」

「什麼？」

「我告訴他，你妹妹那晚就在樹林裡送了命。」

我搞糊塗了。「是這樣嗎？」

「不是，她沒有死。」

我覺得心中的烏雲逐漸散去。「你騙了他，你不希望他找到卡蜜拉。」

他不說話。

「那現在呢？她現在人在哪裡？」

「你妹妹知道你父親做的事。她當然不能站出來，沒有證據證明她有錯，況且她一開始為什麼消失也是一個問題。當然，她也害怕你父親，她怎麼能回去找殺了你母親的男人？」

我想起裴瑞茲家犯下的詐欺和種種不法行為，我妹妹也好不到哪裡去。我爸的問題還沒加進來之前，卡蜜拉要回家就已經困難重重了。

我的心中再度湧現希望。

「那麼你找到她了？」

「嗯。」

「所以？」

「我給她一筆錢。」

「你幫助她躲著我爸。」

他沒回答，也用不著。

「她現在人在哪？」我問。

「我們有很多年斷了聯絡。你要知道卡蜜拉不想傷害你，她想過要帶你一起走，但這麼做太不切實際，她知道你很愛你父親。後來你成了公眾人物，她知道如果她回來，這件醜聞會對你造成什麼影響。你想想看，如果她回來，什麼事都得攤在陽光下，這麼一來，你的事業就完了。」

「早就完了。」

「嗯。現在我們知道了。」

我們，他說「我們」。

「那麼卡蜜拉現在在哪裡？」我問。

「在這裡。」

一瞬間空氣彷彿流失，我無法呼吸，頻頻搖頭。

「經過這麼多年要找到她不容易，」他說。「但人總算讓我找到了。我跟她談過了，她不知道你父親死了，我把這件事告訴她之後，一切當然就改觀了。」

「等一等，你……」我頓了頓。「你跟卡蜜拉談過了？」

我想那是我的聲音沒錯。

「對。」

「我不懂。」

「你進門的時候，我正在跟她通電話。」

我全身發冷。

「她就住在兩條街過去的飯店裡，我叫她過來這裡。」他看著電梯。「她來了，正在坐電梯。」

我慢慢轉過身，看著電梯上的數字往上跳，聽見叮一聲。我上前一步，心裡還是無法相信，這會不會是個過分的惡作劇？希望又抓住我的心。

電梯停住。我聽見電梯門打開，不是快速滑開，而是不情願地打開，好像很害怕交出電梯裡的人一樣。我全身僵硬，心跳得厲害，兩眼直盯著電梯門打開。

自從消失在樹林裡之後，過了二十年，卡蜜拉終於重新踏進我的生活。

後記

一個月後

露西不希望我跑這一趟。

「好不容易結束了，」就在我前往機場之前，她對我說。

「說過了，」我回嘴。

「克普，你不需要再面對他。」

「需要。我需要最後的答案。」

露西閉上眼。

「怎麼了？」

「一切都很脆弱，你知道嗎？」

我知道。

「我怕你又會改變看法。」

我了解，但這件事非做不可。

一個小時後，我坐在飛機上望著窗外。這個月來，生活多多少少回歸正軌。詹瑞特和麥倫強暴案就要邁向輝煌終點之際，突然出現意想不到的轉折。兩邊家屬還是不放棄，想盡辦法對皮爾斯法官施壓，皮爾斯終究還是讓步。他否決我們提出的色情片，聲稱我們太晚提出這項證據。表面看起來我們似乎陷入困境，但陪審團看出事有蹊蹺（這是常有的事），仍然裁定被告有罪。富萊和莫特想當然提出了上訴。

我想告皮爾斯法官，但想定他罪是不可能的；我也想告詹瑞特他爸和超優偵探社勒索，但同樣懷疑能不能成功。不過查蜜的官司進行得很順利，聽說對方希望這件事盡快落幕，正在談高達七位數字的和解金，我希望她能拿到這筆錢。可是我在我的水晶球裡看到的查蜜，未來似乎並不太快樂。我不知道。她一直過得很辛苦，我總覺得金錢不會改變一切。

鮑伯已經保釋出獄，這件事我讓步了。我告訴聯邦政府雖然我的印象有點「模糊」，但我相信鮑伯曾經跟我提過他需要借一筆錢，而我也同意了。我不知道這樣能不能過關，也不確定自己做得對不對（也許錯了），但我不想眼睜睜看著葛蕾塔他們家支離破碎。想說我是偽君子請便，我的確是，然而是非對錯的界線有時非常模糊。在現實世界的強烈日光下，那界線確實模糊不清。

當然，在那片幽暗的樹林裡也一樣模糊。

羅倫．繆思的最新近況一句話就能說完：繆思還是繆思。這點我很感激。大維．馬奇州長還沒要我辭職，我也沒自動請辭。也許我應該請辭，有天也會這麼做，只是目前我還不想放棄。

拉雅．辛後來離開超優偵探社跟人合夥，那人不是別人，正是辛格．雪克。辛格說她們正在尋覓第三個「尤物」，這樣就可以把她們的新偵探社叫做「霹靂嬌娃」。

飛機降落。我下了飛機，查看我的黑莓機，有通我妹卡蜜拉寄來的短訊。

嘿，老哥：我跟凱拉要去市區吃午餐順便逛逛。想你愛你的卡蜜拉。

我妹妹，卡蜜拉。她回來實在太好了。我不敢相信她怎麼會那麼快成為我們生活中理所當然、不可或缺的一部分。事實上我們之間的關係一直有點緊張，雖然漸漸改善，未來也會越來越好，但那種緊張關係還是在，錯不了。有時我們一天到晚喊對方老哥、老妹，跟對方說「愛」或「想念」，為的就是想要克服那種緊張關係。

我還是不知道卡蜜拉全部的遭遇，她省略了一些細節。我只知道她改名換姓在莫斯科重新開始，但沒待太久。後來在布拉格住了兩年、在西班牙布拉瓦海岸的貝古爾城住了一年，後來回到美國，不停搬家，結了婚，在亞特蘭大郊區定居下來，三年後離婚。

她一直沒有小孩，卻已經成為天底下最好的姑姑。她很喜歡凱拉，兩人的關係不只是互相彌補那麼簡單。現在卡蜜拉跟我們住，三個人住在一起的感覺很好，比我想像的更好，也有助於抒解我們之間的緊張關係。

我內心有一部分當然想不通她為什麼過了這麼久才回家，我們之間的緊張氣氛主要也來自這裡。索希說那是因為她想保護我們、我的名譽、我對我父親的記憶，這我能理解。我也明白她怕爸爸看到她的反應。

但我總覺得還有別的原因。

卡蜜拉選擇對樹林裡發生的事保持沉默。她從沒告訴過任何人韋恩做了什麼。不管她的選擇是錯是對，都等於任由韋恩去殺害其他人。我不知道怎麼做才對，站出來比較好還是相反。你也可以說，韋恩無論如何都會沒事，說不定他會逃跑或躲在歐洲，犯案時更小心翼翼，一次又一次逃脫。誰知道呢？但謊言無論如何都會化膿。卡蜜拉以為可以將謊言深埋，也許我們都是。

然而，我們之中沒有人毫髮無傷走出樹林。

至於我的感情生活，呃，我戀愛了，就這麼簡單。我全心全意愛著露西。我們一頭栽了進去，忘了要慢慢來，好像要彌補錯失的時光似的。這裡頭也許有種不顧一切去愛的不健康心理，一種執迷，一種彷彿在茫茫大海中抓住救生艇的感覺。我們常見面，分開時我覺得迷失方向、茫無目的，只想跟她在一起。我們講電話、寫電子郵件、不停傳簡訊。

但那是愛對吧？

露西有趣、傻氣、溫暖、聰明又美麗，我深深為她著迷。我們似乎什麼事都意見一致。

當然，這次旅程除外。

我了解她的恐懼，也很清楚這一切有多麼脆弱，但人不能每天都過著如履薄冰的生活。所以我又來到這裡，維吉尼亞州龐德鎮的紅蔥州立監獄，期望得知最後的真相。

韋恩．史都本走進來，我們會面的地方跟上次一樣，他坐的位置也是。

「哇，你還真是個忙碌的孩子，克普，」他對我說。

「你殺了他們，不管你說了、做了什麼，總之是你這個連續殺人犯幹的。」

韋恩揚起嘴角。

「你之前就計畫好了是嗎？」

「有人在監聽嗎？」

「沒有。」

他舉起右手。「你敢保證？」

「我保證。」

「那好吧，當然了，還用說嗎？沒錯，我早有計畫。」

原來如此。而他也覺得該是面對過去的時候了。

「然後付諸行動，裴瑞茲太太說得沒錯，你殺了瑪歌，後來吉爾、卡蜜拉和道格驚慌而逃，你追上去逮到道格，把他殺了。」

他舉起食指。「這裡我判斷錯誤。我太快對瑪歌動手了，本來打算把她留到最後，反正她已經被綁起來了。誰叫她的脖子那麼誘人、那麼柔弱……我很難抗拒。」

「有幾件事我一開始想不通，」我說，「現在想通了。」

「我在聽。」

「偵探社寄給露西的文章，」我說。

「啊。」

「我想不到誰會在樹林裡看到了我們，露西猜對了，只有一個可能：凶手。那就是你，韋恩。」

他攤攤手。「人要謙虛。」

「是你提供超優偵探社那些內容，你是消息來源。」

「謙虛，我還是主張謙虛。」

他很自得其樂。

「你怎麼讓伊拉乖乖合作的？」我問。

「親愛的伊拉叔叔，那個腦筋不清楚的老嬉皮。」

「對。」

「他沒幫什麼忙，我只要他閃一邊就行了。你聽到可能會嚇到，伊拉吸毒，我有照片和證據，這事如果曝光，他的寶貝營地就毀了，他自己也是。」

他又笑。

「所以當吉爾和我威脅要翻出舊帳，」我說，「伊拉就慌了。就像你說的，他本來腦袋就不太清楚，現在又更糟糕。妄想蒙蔽了他的思考。你已經在服刑，我跟吉爾舊事重提只會讓事情更糟。所以伊拉亂了陣腳，他想堵住吉爾的嘴，還有我的。」

韋恩又露出微笑。

但這次的笑容跟前幾次不一樣。

「韋恩？」

他不說話，只是咧嘴笑。我有種不好的感覺，重新在腦中播放我剛說過的話，還是覺得不妙。

韋恩的笑一直掛在臉上。

「你笑什麼？」我問。

「克普，不覺得你漏了什麼嗎？」

我按兵不動。

「幫我的不只有伊拉一個。」

「我知道，」我說。「還有吉爾，他把瑪歌綁起來。我妹妹也在那裡，她把瑪歌引進森林。」

韋恩瞇起眼，把食指和拇指張開。「你還是漏了一個很小的地方，」他說。「一個這些年來我一直藏在心裡的小祕密。」

我屏住呼吸，他只是笑，我打破沉默。

「是什麼？」我又問。

他靠上前悄聲說：「你，克普。」

我說不出話。

「你忘了你在裡頭的角色。」

「我知道，」我說。「我沒留下來看守。」

「對，沒錯。如果你有呢？」

「我會阻止你。」

「對，」韋恩刻意把字拉長。「就是這樣。」

我等著他接下去說，但他停在那裡。

「我也要負部分的責任，你想聽的就是這個？」

「不是，沒那麼簡單。」

「那是什麼？」

他搖頭。「你沒抓到重點。」

「什麼重點？」

「你想想看，沒錯，你沒留下來看守，但你自己說過，整件事我早有計畫。」

他舉手遮住嘴巴，聲音又變成耳語。

「那麼你想：我怎麼知道那晚你不會留守？」

我和露西開車去樹林。

我已經事先獲得洛威爾警長的許可，所以警衛（繆思提醒我小心此人）揮揮手就放我們進去。我們把車停在公寓停車場。這感覺很奇妙，我跟露西有二十年沒踏進這裡了，那些住宅二十年前當然不存在。儘管如此，過了這麼多年，我們還是知道自己身在何處。

露西的父親，她親愛的伊拉擁有這片土地。多年前他來到這個地方，感覺自己就像麥哲倫發現了新世界。也許他看著這片林地，找到自己一生的夢想：一片營地，一個公社，一個擺脫人類罪惡的自然棲息地，一塊平靜和諧的地方，不管叫什麼，總之是能守護他的價值觀的地方。

可憐的伊拉。

我看過的犯罪行為都從小地方開始。做太太的為了一點小事生丈夫的氣，也許是找不到遙控器，也許是為了一桌冷掉的晚餐，之後愈演愈烈。但這案子剛好相反，某種狂想讓一切動了起來，最後是一個發狂的連續殺人犯啟動這一切。韋恩·史都本的嗜血慾望使一切運轉起來。

也許我們多少都助了他一臂之力。到頭來恐懼變成了韋恩的最佳共犯。詹瑞特他爸也讓我見識到了恐懼的力量：只要使人恐懼到一定程度，他們就會默許自己不贊同的行為。只不過這招用在他兒子的強暴案上沒見效。他嚇不了查蜜·強森，也沒嚇到我。

也許是因為我已經被嚇過太多次。

露西帶了花，但她應該知道，依照傳統我們不在墓碑上放花，只放石頭。我也不知道這花要給誰，我媽還是他爸？也許兩個都有。

我們循以前的小徑——沒錯，至今還在，不過已經雜草叢生——走往貝瑞發現我媽屍骨的地方。她葬身多年的墓穴如今已空，犯罪現場的黃色封條迎風飛揚。

露西蹲下來，我聽著風吹的聲音，懷疑自己是否聽見哭喊。沒有，除了空蕩蕩的心，我什麼也沒聽見，

「露西，那天晚上我們為什麼跑進樹林？」

她沒抬頭看我。

「我其實從沒真正想過這個問題，但其他人都想過。大家都想不通我怎麼會這麼不負責任。可是對我來說，那沒什麼好說的，我只是戀愛了，跟女朋友偷溜出去，這種事再自然不過了。」

她輕輕放下花，還是不看我。

「那天晚上伊拉沒有幫韋恩，」我對我心愛的女人說。「是妳幫了他。」

我聽見自己換上了檢察官的語調，我希望他閉嘴，但他不肯。

「韋恩說他事先都計畫好了。那麼他怎麼確定我不會留守？因為妳會負責把我引開。」

我感覺得到她整個人越縮越小。

「就因為這樣，妳才一直無法面對我，」我說。「妳才覺得自己好像跌下山丘，停不下來。這跟你們家失去營地和金錢或名譽掃地無關，重點是，妳幫了韋恩的忙。」

我等待她回應。露西低下頭，我站在她身後，她把臉埋在手裡啜泣，兩肩在顫抖。聽見她的哭泣聲，我的心都碎了。我上前一步。算了，我心想。這次索希叔叔說得沒錯，我不需要知道任何事，不需要再重提往事。

我只需要她。所以我上前一步。

露西舉起一隻手阻止我，一點一點鼓起勇氣。

「我不知道他想做什麼，」她說，「他說如果我不配合，他就會叫人來抓伊拉。我以為……我以為

他只是要嚇嚇瑪歌，只是個愚蠢的惡作劇。」

我的喉嚨頓時哽住。「韋恩知道我們走散了。」

她點頭。

「他怎麼知道？」

「他看到我。」

「妳，不是我們？」我說。

露西又點頭。

「妳發現了屍體對不對？我是說瑪歌的屍體。文章裡提到的滿身是血就是指這個。韋恩說的不是我，是妳。」

「對。」

我想像當時的情景，她一定很害怕，也許跑去找她爸爸，而伊拉看到整個人驚慌失措。

「伊拉看見妳全身是血，以為……」

她不說話。這麼一來就說得通了。

「伊拉不會為了保護自己而想殺我和吉爾，」我說。「但他是個父親。一輩子守護愛、和平和體諒的信念，但到頭來他最重要的角色還是父親，跟大家沒有兩樣。所以他為了保護自己的女兒，不惜殺人。」

露西又哭了起來。

大家都選擇沉默，大家都是因為害怕，我妹、我媽、吉爾和他的家人，甚至連露西也是。他們多少都有責任，也都付出了慘重的代價。那我呢？我想搬出藉口，說我當時還小，說我少不更事難免……難免什麼？意亂情迷嗎？但我真的有藉口嗎？那天晚上我應該留下來看守營隊，確保大家的安全，但我卻逃避責任。

樹木似乎將我們團團包圍。我抬頭看樹，再看看露西的臉。我看見美麗，看見傷害，我想走向她，卻沒有辦法。我不知道為什麼。我想走過去，也知道這麼做是對的，但就是做不到。

相反的，我轉過身，舉步離開我心愛的女人身邊。我期待她喊我，叫我不要走，但我還是繼續往前走，一直走出樹林，回到停車的地方。我坐在路邊護欄上，閉上雙眼。最後她非回來這裡不可，所以我坐在這裡等她。我不知道她回來之後我們會往哪裡去，我們會不會一起開車離開？還是，經過這麼多年，這片林子會再奪走最後一條人命。

致謝

我的專長並不多，但幸好我認識很多天才。雖然這樣列出姓名有點像在自抬身價，不過還是要感謝以下朋友和同事的幫助：麥可．拜登醫生、琳達．費恩斯坦、大衛．高特醫師、安妮．阿姆斯壯—科本醫師、克里斯多佛．克里斯蒂，還有真才實料的傑夫．貝德佛。

謝謝米琪．霍夫曼、麗莎．強森、布萊恩．塔特、艾力卡．伊朗依，還有達頓的所有人。謝謝奧里昂的強恩．伍茲和貝爾方的法蘭夸．特里夫。感謝亞倫牧師和亞倫普瑞斯特文學經紀公司（此名極富創意）的每個人。

一如往常，本書是虛構小說。也許有人認為本書的部分靈感來自於一起發生於北卡羅來納州，並凸顯司法制度之荒謬可笑的案件。其實不然。早在該案發生之前，這個故事的靈感就在我腦中成形。有時藝術模仿生命，有時生命模仿藝術，不論是哪一種，本書都絕無影射任何真實或虛構的事件，或是我個人對該事件的看法。

最後，我要特別感謝我的經紀人：傑出的麗莎．艾爾巴．凡斯。我的心情起伏不定又缺乏安全感，但這十年來她已經摸清了我的個性和跟我的相處之道。麗莎，真有妳的。